Colisión

Colisión

M. Gambín

Rocaeditorial

© Oristán y Gociano, 2014

Primera edición: noviembre de 2014

© de esta edición: Roca Editorial de Libros, S. L.
Av. Marquès de l'Argentera 17, pral.
08003 Barcelona
info@rocaeditorial.com
www.rocaeditorial.com

Impreso por LIBERDÚPLEX, s.l.u.
Crta. BV-2249, km 7,4, Pol. Ind. Torrentfondo
Sant Llorenç d'Hortons (Barcelona)

ISBN: 978-84-9918-904-8
Depósito legal: B-20.749-2014
Código IBIC: FF

RE89048

A mis hijas
A todos los que velan por nuestra seguridad

SANTA CRUZ DE TENERIFE

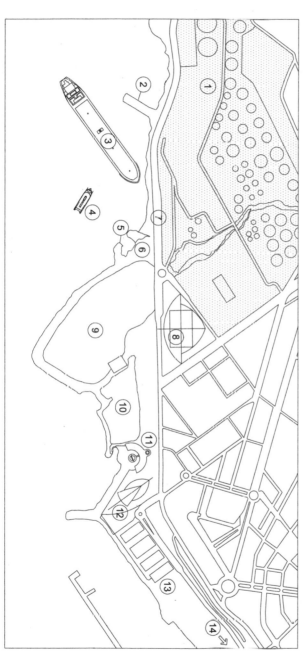

1. REFINERÍA
2. MUELLE DEL PUERTO DE LA HONDURA
3. ROSSIA
4. NIVARIA ULTRARAPIDE
5. ESCOLLERA

6. PLAYA
7. AVENIDA MARÍTIMA
8. RECINTO FERIAL
9. PALMETUM
10. PARQUE MARÍTIMO

11. CASTILLO DE SAN JUAN
12. AUDITORIO
13. DÁRSENA DE LOS LLANDS
14. PLAZA DE ESPAÑA

NIVARIA ULTRARAPIDE

1. PROA
2. CUBIERTA DE PASAJE
3. PUENTE DE MANDO
4. PUERTA DE ACCESO AL PUENTE DE MANDO
5. ESCALERA AL PUENTE DE MANDO
6. PLATINUM CLASS
7. BALCÓN DE PLATINUM CLASS
8. ACCESO VEHÍCULOS
9. JETS
10. SALA DE MÁQUINAS
11. PLATAFORMAS ELEVADORAS DEL GARAJE
12. CUBIERTA DE GARAJE
13. TALLER
14. ESCALERA INTERIOR ENTRE CUBIERTAS

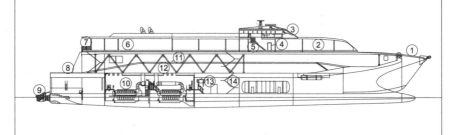

NIVARIA ULTRARAPIDE

1. PROA
2. PUENTE DE MANDO
3. PUERTA A LA CUBIERTA EXTERIOR
4. APARATOS DE AIRE ACONDICIONADO
5. POPA
6. BALCÓN DE PLATINUM CLASS
7. TOLDOS DE AISLAMIENTO DE LA CUBIERTA DE GARAJE
8. PESCANTE DE DESEMBARCO DE LANCHA SALVAVIDAS
9. COMIENZO DE LA ESCALERA. NIVEL DE CUBIERTA DE PASAJE
10. PUERTA DE SALA DE MÁQUINAS
11. PLATAFORMA INFERIOR NIVEL DEL MAR
12. PROTECTORES DE LOS JETS

NIVARIA ULTRARAPIDE. CUBIERTA DE PASAJE

1. PROA
2. ZONA DE ASIENTOS. SALÓN PRINCIPAL
3. PUERTA DE ACCESO AL PUENTE DE MANDO
4. SALA DE DESCANSO DE LA TRIPULACIÓN
5. TIENDA DE REGALOS
6. ZONA DE BUTACAS Y MESAS DE LA CAFETERÍA
7. CAFETERÍA SALÓN PRINCIPAL
8. SERVICIOS
9. CAFETERÍA DE PLATINUM CLASS
10. PLATINUM CLASS
11. BALCÓN DE PLATINUM CLASS
12. ESCALERA EXTERIOR
13. PROTECTORES DE LOS JETS

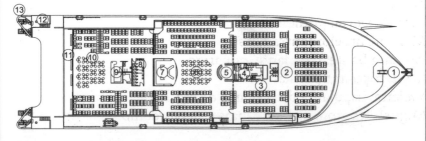

Personajes

Ariosto y sus amigos
Luis Ariosto: filántropo tinerfeño
Olegario, alias Sebastián: su chófer
Natalya Kolikova: violonchelista de prestigio
Julio Arribas: esposo de Natalya, director de la Orquesta Sinfónica de Tenerife
Vicky Ossuna: galerista
Yoli Chaves: empresaria
Cuqui Benítez de Ledesma: ginecóloga
Elena González de Arico
Enriqueta Cambreleng

Secuestradores
Ibrahim Basayev
Evgeny Kirilenko
Ramzam
Utsiev
Ajmed
Nurdi

Empleados del Nivaria Ultrarapide
Tomás Bretón: capitán
Vicente Dorta: primer oficial
Martín Curbelo: contramaestre
Antonio Baute: tripulante, camarero
Juani: tripulante, camarera
Violetta: tripulante de la tienda de regalos
Miguel Reverón, jefe de cabina o mayordomo

Personal del 112
Gabriel Cruz: responsable provincial
Nemesio Cutillas: coordinador de guardia

Policías
Antonio Galán: inspector de la Policía Nacional
Ramos: subinspector
Morales: subinspector
Pedro Ascanio: técnico en armamento
Blázquez: comisario jefe

Guardias Civiles del Semar
Teniente Pinazo
Sargento Galván
Capitán Velasco

Guardias Civiles del GRS
Capitán Castillo
Sargento Vargas

Personajes en el *Rossia*
Capitán Grigori Kovaliov
Alcalde Servando Melián
Sandra Clavijo: periodista

Personajes en el *Queen Elizabeth*
Robert Carpenter: pasajero, exmarino
Maggie: su esposa
Higgins: sobrecargo
Capitán Howard Packard

Otros personajes
Teniente Rey: piloto del F18
José Antonio Franco de Rivera: ministro de Interior
Arabia Mederos: teniente de alcalde

1

26 de octubre de 2002, 5.30 horas

*I*brahim Basayev consultó la hora en su teléfono móvil. Eran las cinco y media de la madrugada, tanto allí, en Chechenia, como en Moscú. La noche estaba acabando. Un nuevo día lleno de tensión comenzaba.

Se arrebujó con el abrigo para combatir el intenso frío de las afueras de Itum-Kale, la ciudad más próxima a la cordillera que enseñoreaba el gigantesco monte Tebulosmta, donde había cobertura para poder hacer llamadas. Aquella noche, igual que las dos anteriores, debía estar allí. Así lo exigía lo que estaba sucediendo a miles de kilómetros al norte, en la capital de los odiados invasores.

Al igual que él, más de una docena de líderes de la resistencia chechena estaban dispersos por los alrededores con sus móviles en la mano, recibiendo noticias y dando instrucciones.

Dos días antes, un grupo de héroes había dado el mayor golpe que se había infligido nunca a los tiranos rusos: cincuenta patriotas habían tomado el teatro Dubrovka en Moscú y mantenían retenidos a ochocientos rehenes. Era una forma de recordarle al mundo entero que la guerra de Chechenia no había terminado con la ocupación militar rusa.

El pulso con el Gobierno de Putin se mantenía hora tras hora. Una procesión de negociadores había entrado y había salido del teatro en los dos últimos días. Las peticiones de los chechenos eran muy simples: el final de las operaciones militares, la salida de las tropas rusas de su tierra y la liberación de los compatriotas presos.

Sin embargo, los rusos eran un hueso duro de roer. Siempre lo habían sido, desde el principio, ciento setenta años atrás, cuando invadieron por primera vez su país. Y por ello las infinitas negociaciones nunca habían llegado a buen puerto. La falta de compromiso de las autoridades moscovitas con sus ciudadanos había obligado a los líderes del movimiento checheno a plantear un ultimátum: a las seis de la mañana tomarían medidas drásticas contra los enemigos retenidos en el teatro.

Y el tiempo se acababa.

Ibrahim rezaba para que la situación se resolviera pacíficamente, aunque no las tenía todas consigo. Los rusos hablaban y hablaban, prometían esto y aquello, pero, a la hora de la verdad, nada de nada.

Él no había estado a favor de aquella incursión en el territorio enemigo. Le había parecido una operación suicida. Sí, la noticia aparecería en los periódicos de todo el mundo, pero no estaba seguro de que creara simpatías para su causa. No contra civiles desarmados. Sin embargo, la mayoría sí que estuvo de acuerdo. El pueblo checheno había sido oprimido durante años, primero la cruel bota, primero del imperialismo zarista, luego de los soviéticos y ahora rusa. No les habían dejado levantar cabeza. Y ahora treinta y dos hombres y dieciocho mujeres demostraban ante la opinión pública mundial que los chechenos no se rendían.

El hermano mayor de Ibrahim, Dzhokhar, era uno de los combatientes que se encontraban dentro del teatro, por lo que su preocupación era aún mayor. Había hablado con él cuatro horas antes (era increíble que los teléfonos funcionaran). Dzhokhar le había pedido que no volviera a llamar hasta el mediodía, pero Ibrahim no podía aguantar más.

Marcó el número y esperó respuesta. Su hermano contestó a la tercera señal.

—¿Ibrahim? —La voz de Dzhokhar se mostraba nerviosa y excitada—. ¡Ya ha comenzado!

Notó que su estómago se encogía.

—¿Qué ha comenzado, hermano? —preguntó.

—¡El ataque ruso! —le respondió Dzhokhar—. Han llenado los conductos de ventilación con gas somnífero que ha afectado a los que estaban en el patio de butacas, pero no a los que estábamos en los pasillos y en las puertas de acceso. En este momento están entrando decenas de miembros de las fuerzas especiales y disparan contra todo lo que se mueve.

—¿Podréis hacerles frente?

—No estoy seguro, muchos de los nuestros están en torno al escenario, donde el gas surte mayores efectos. Me temo que Movsar dé la orden de detonar los explosivos de un momento a otro.

Ibrahim sabía, como todos los rusos que hubiesen seguido las noticias por televisión las últimas cincuenta horas, que su líder Movsar Baraev había ordenado repartir ciento veinte kilos de trilita en distintos lugares del teatro.

—¡Ten cuidado, Dzhokhar! —le pidió—. ¡Intenta escapar si puedes!

Su hermano no respondió. A través del auricular del móvil oyó unas ráfagas de disparos que le ensordecieron. Entonces, una explosión. Luego, más disparos, gritos, ruido de estática y, finalmente, la comunicación se cortó.

Ibrahim se quedó mirando el teléfono, como si este tuviera la obligación de responder a todas sus preguntas. En el fondo, sabía lo que estaba pasando en aquel momento, muy lejos de allí. No hacían falta respuestas.

Ibrahim, temblando, guardó el aparato en el bolsillo de su abrigo de campaña. El conflicto checheno se estaba cobrando más víctimas aquella noche. Más dolor, más rabia, más impotencia.

Y más determinación.

Ibrahim juró una vez más destinar su vida a ganar aquella guerra.

Donde fuera.

13

2

En la actualidad. 3 de octubre, 01.15 horas

La noche era fría y la humedad cubría con un manto cada vez más visible las carrocerías de los automóviles aparcados en la avenida de los Menceyes, una vía amplia que vertebraba el acceso al barrio de La Cuesta, en La Laguna, en la isla de Tenerife. El subinspector Ramos conducía un coche patrulla camuflado siguiendo a una Ford Transit sospechosa; mantenía una distancia continua de dos automóviles entre ambos vehículos. A su derecha, en el asiento del acompañanyte, el inspector Galán seguía con la vista fija en la furgoneta, que giró a la derecha por la calle Verdugo y Massieu, dejando la rotonda a su izquierda. Ninguno de los autos que le seguían giró tras ella, por lo que el coche policial se encontró sin tener vehículos de cobertura al doblar la esquina directamente detrás de la Transit.

—¿Paro? —preguntó Ramos, un tipo robusto, de cincuenta y tantos, poco hablador y con fama de poseer muy mal genio.

—Aminora la velocidad, que se alejen un poco. No quiero que nos descubran tan pronto —respondió Galán.

Galán era un inspector de la nueva hornada, de cuarenta y pocos, de hombros anchos, con estudios universitarios y buenas maneras. Era un buen ejemplo de la nueva imagen de agente del orden, técnico y eficiente, que el ministerio trataba de ofrecer a la sociedad.

Iban tras la pista de una banda de narcotraficantes que se había hecho un hueco en el entorno Santa Cruz-La Laguna en los últimos meses. Conocían a los que distribuían la droga en la calle, pero la policía todavía no había dado con el origen de la droga, con el tipo que era capaz de traer de fuera de la isla las dosis de *oxi*, cocaína oxidada con cal virgen y gasolina, el doble de peligrosa que el crac. El asunto correspondería únicamente a la Brigada de Estupefacientes si no fuera por el asesinato de uno de los vendedores. A partir de ese momento, entraron los de Homicidios, y Galán y Ramos con ellos. Un confidente les había descrito cómo era la camioneta de reparto de la droga. Tenía las mismas características que la que estaban siguiendo. Sin embargo, no estaban seguros de que fuera esa. Por eso la seguían a cierta distancia, esperando que los llevara al lugar de aprovisionamiento, ya fuera un garaje, ya fuera un almacén.

La furgoneta avanzó un par de manzanas y giró de nuevo, esta vez a la izquierda, dejando atrás un solar vallado que ocupaba la esquina. Ramos llegó despacio al cruce y asomó la cabeza. La Ford Transit se había detenido en mitad de la calle. Un hombre con cazadora negra había bajado del asiento del copiloto y comenzaba a abrir la puerta metálica de un garaje.

—¡Bingo! —dijo Ramos—. Ya tenemos el sitio.

—Ahora toca vigilarlo —comentó Galán—. No podemos entrar así como así, ya lo sabes.

Ramos refunfuñó para sí. El inspector adivinó sin esfuerzo la frase que su subordinado tenía *in mente*. Le iba a indicar que diera una vuelta a la manzana; buscarían un aparcamiento desde donde se pudiera ver bien el edificio en el que estaba entrando la furgoneta. Pero, justo en ese momento, la radio crepitó con la sintonía de llamada.

—A todas las unidades, una agresión en La Cuesta. —La voz de Vanessa, que aquella noche estaba de guardia en la centralita, se oyó distorsionada—. Repito, una agresión en La Cuesta. ¿Hay alguien cerca?

Ramos miró a Galán. Ellos estaban allí. El inspector descolgó el micrófono y trató de desenrollar el cable en espiral que lo conectaba a la radio.

—Aquí Galán —dijo—. Estoy con Ramos en La Cuesta. ¿Dónde ha sido?

—En la avenida de Ingenieros, en el cuartel de los militares. Una llamada nos ha informado de que hay un soldado tendido en la calle. Parece que ha sido víctima de una agresión.

—Eso es aquí al lado, a la vuelta de la esquina —indicó Ramos—. ¿Nos acercamos?

Galán asintió.

—Central, vamos a echar un vistazo —dijo al micro, y colgó.

Ramos ya había acelerado, la calle por la que transitaban desembocaba justo en la avenida. Al cabo de diez segundos, se plantó en el cruce y giró a su derecha. Enfrente se alzaba la entrada oficial al recinto militar que ocupaba una de las manzanas más grandes de la ciudad. Oculto en parte por unos gigantescos laureles de Indias que se habían tomado la libertad de ningunearlo, vieron un edificio de color blanco que no podía ser otra cosa que un cuartel, con torres cuadradas en los extremos, cubierto de tejas y con ventanas enrejadas. Debajo de los árboles, a unos cuatro metros de la puerta principal, cerrada a aquella hora, había dos garitas de vigilancia separadas por unos diez metros. Al pie de la más cercana a los policías, vieron a dos personas; un civil que trataba de auxiliar, arrodillado, a un militar que yacía en el suelo. El coche policial aparcó rápidamente a su lado. Ramos y Galán bajaron.

El hombre que atendía al soldado suspiró de alivio cuando los vio llegar.

—Le han atacado dos hombres. Lo dejaron sin sentido —dijo, antes de que le preguntaran—. Lo vi cuando bajaba por la calle. Escaparon por allí en cuanto di un grito. He sido yo quien ha llamado a la policía.

—Déjenos, ya nos ocupamos nosotros —respondió Ramos, haciendo a un lado al vecino.

Galán se agachó junto al militar y le tomó el pulso en el cuello. Estaba vivo. Un chichón en la sien indicaba dónde le habían golpeado.

—Parece que solo está inconsciente —dijo a Ramos.

El subinspector cogió al soldado por la espalda y lo incorporó un poco. El militar, al sentirse zarandeado, comenzó a volver en sí. Frunció el ceño a causa del dolor, se llevó una mano a la cabeza y abrió los ojos.

—Policía —advirtió Galán, iban vestidos de paisano—. ¿Se encuentra bien?

El soldado cerró los ojos y tardó en responder.

—No muy bien.

17

—¿Qué ha pasado? —preguntó el inspector—. ¿Lo recuerda?

—Apenas —respondió el soldado, con esfuerzo—. Un par de tipos pasaron a mi lado, caminando por la acera y…, de repente, se lanzaron sobre mí y me golpearon en la cabeza.

Ramos buscó el casco que debía de llevar el centinela, pero no lo encontró. En su lugar halló una gorra de visera. Ya no se hacían las guardias nocturnas con casco.

El soldado se sentó y miró a su alrededor, extrañado.

—¿Por qué cree que lo atacaron? —volvió a preguntar Galán.

El hombre, aturdido, se encogió de hombros, palpándose.

—Eso es lo raro, no me han robado el arma ni la cartera.

A su lado, vieron el fusil. Galán lo examinó.

—¿Dónde está el cargador?

El militar observó el arma.

—Estaba colocado en el fusil —respondió—. Estoy seguro.
—Se echó la mano al cinturón y notó que faltaba algo—. También se han llevado dos cargadores de repuesto.

—¿Solo los cargadores? —preguntó el policía.

—Sí. —El soldado estaba perplejo—. ¿No le parece extraño? ¿Para qué quieren dos cargadores si no tienen el arma?

—¿Cuántas balas lleva cada cargador? —preguntó una vez más.

—Treinta, de cinco milímetros y medio de calibre. Las típicas del ejército.

Galán frunció el ceño. Les había interesado la munición y los cargadores, de eso no cabía duda, pero ¿quién querría llevarse casi un centenar de balas y dejar el arma con las que se disparaban? Esa munición no servía para armas cortas convencionales, como las automáticas o los revólveres. No tenían salida en el mercado negro. Eso fue lo que más le preocupó.

El ladrón sabía perfectamente lo que hacía. Y el uso que se le podía dar a aquellos proyectiles no presagiaba nada bueno.

Ramos miró a su jefe y comprendió que ambos pensaban lo mismo. No le gustaba nada la idea de que alguna banda de delincuentes se hiciera con material de guerra.

Irritado por la idea, masculló un juramento segundos antes de que llegara una ambulancia.

3

5 de octubre, 09.30 horas

Aquella mañana de martes, la zona de embarque comercial del puerto de Casablanca tenía más actividad de la habitual. El funcionario de aduanas Salek Aouita no sabía por qué. No había ocurrido nada extraño los días anteriores que justificase el intenso movimiento de camiones y mercancías en la inmensa explanada de almacenamiento del muelle, en el que una veintena de manzanas, como si de un barrio de viviendas se tratase, con sus calles asfaltadas, se hallaban repletas de contenedores llenos con toda clase de productos marroquíes destinados a la exportación. Lo que más: fruta, verdura y fosfatos.

Fosfatos. La palabra mágica. Casablanca era el primer puerto exportador de fosfatos de todo el mundo. En realidad, dentro de esa denominación, se incluía una serie de fertilizantes agrarios con nombres químicos impronunciables y que Salek no sabía bien de qué estaban compuestos, solo que eran buenos para los cultivos y que gracias a ellos entraba dinero, mucho dinero, en Marruecos.

Y no solo entraba dinero para el país. Como era normal en todos los puertos del mundo, algo se quedaba para los trabajadores portuarios, incluidos los funcionarios de aduanas.

Y es que siempre había alguien que necesitaba un embarque más rápido de lo normal, unos papeles tramitados sin excesivo celo inspector, un certificado de peso algo mayor (o menor) del que había arrojado la báscula. En fin, los casos eran muy variados, pero el perfil del solicitante de esos pequeños favores era siempre el mismo: un intermediario marroquí sonriente con un sobre en un bolsillo de la chaqueta que se deslizaba en un visto y no visto por debajo de la mesa de su oficina.

Aquello no hacía daño a nadie y ayudaba a Salek y a su familia a llegar a fin de mes. Y también ayudaba a su esposa a irse de compras a las *boutiques* francesas de los nuevos centros comerciales de la ciudad; y, de vez en cuando, a tomarse unas pequeñas vacaciones con los niños en Agadir; y a conducir un Mercedes 300 diésel color verde botella; y a otras pequeñas menudencias que hacían su sufrida vida de funcionario un poco más llevadera.

Ese era el tercer sobre que recibía aquel mes de octubre. Mentalmente, Salek ya se lo había gastado. Esta vez tocaba cambiar el frigorífico por uno de esos nuevos con cubitera de hielo exterior incorporada. Le fascinaba que un hecho tan simple como apoyar un vaso en un pequeño hueco en la puerta provocara que aparecieran cubitos de hielo de forma instantánea. Se había enamorado de la nevera al ver el anuncio. El poder de la televisión era inmenso, se dijo una vez más.

—Entonces —leyó Aouita—, se trata de dos camiones contenedores de plataforma cubierta con lona, con caja ADR de veinticuatro toneladas, que llevan fosfatos con destino a Gran Canaria.

—Exactamente, señor Aouita —respondió el intermediario, Idriss, un tipo flaco con un desagradable aspecto de buscavidas—. La carga se lleva a granel. Si se abre la puerta trasera del contenedor, se corre el peligro de que se desparrame por el muelle. Ya sabe lo molesto que es limpiar ese tipo de fertilizantes cuando no se transporta en fardos.

Que se lo contaran a él. A granel, ni se le ocurría abrir una puerta. En más de una ocasión se habían roto los envases de plástico de las cargas (cuando iban envasadas) y los estibadores se habían pasado horas refunfuñando al tener que recoger los pequeños granos de abono mineral que se colaban en todas las grietas con una facilidad pasmosa. El problema era mayor cuando esos compuestos eran tóxicos. Intentó borrar el recuerdo de las ambulancias entrando en el muelle y trató de concentrarse en los papeles que le mostraba el tal Idriss.

20

—No hay ninguna irregularidad, señor Aouita —dijo el intermediario—. Los fertilizantes son de la marca Fertima, garantizados, como figura en los sacos.

Señaló dos de los papeles extendidos en la mesa.

—Aquí tiene el certificado de composición del abono de la Office National de Sécurité Sanitaire des produits Alimentaires: ortofosfato diácido de calcio. Y aquí está el permiso de comercialización, emitido por el Ministère de l'Agriculture, du Développement Rural et des Pêches Maritimes.

—Efectivamente —respondió el aduanero—. Todo parece en orden. Espero que esos contenedores no contengan nitrato de amonio, ya sabe que en la Comunidad Europea están vigilando ese producto.

Idriss pareció sorprendido.

—¿Nitrato de amonio? ¿Eso qué es? No lo conozco.

Aouita miró con recelo a su compatriota. En los muelles, todo el mundo sabía que algunos grupos terroristas habían empleado ese fertilizante para fabricar bombas. Recordó el grueso sobre que había introducido rápidamente en el cajón de su escritorio y decidió dejar junto a él, bien encerradas, sus suspicacias.

—¿Quién compra y vende? —preguntó, rebuscando entre los datos de los impresos—. No conozco la empresa exportadora.

Idriss sonrió y se acercó, hablando en tono confidencial.

—Rusos. Lo compran todo. Son los únicos que tienen dinero en tiempos de crisis.

—De acuerdo —asintió, y estampó el sello oficial en todos los papeles—. Visto bueno. Puede cargar en el próximo barco, el *Bandama*. Sale esta tarde.

Idriss recogió los papeles, ya con el sello impreso, y estrechó la mano del funcionario. Al cabo de cinco segundos, ya estaba fuera de la oficina, no fuera a ser que el aduanero se arrepintiera. Mientras bajaba las escaleras que le conducían a la calle, recordó algo de los sacos que se vaciaron dentro de uno de los camiones. Estaba seguro de que no era nitrato de amonio, podía estar tranquilo. En las carátulas, ponía amonitrato. Eso era otra cosa…, ¿o no?

21

En realidad, le importaba muy poco, se dijo, palpando en el bolsillo de su chaqueta un sobre más grueso que el que había entregado a aquel funcionario. Concretamente tenía el doble de grosor: una comisión justa por allanar los tortuosos caminos administrativos marroquíes. Mientras el negocio siguiera así, si le preguntaban a él, los nitratos no existían.

4

6 de octubre, 15.00 horas

En el puente de mando, el capitán Grigori Kovaliov estaba de un humor excelente. El buen tiempo y el panorama invitaban a ello. Desde su posición, contemplaba bajo el sol del mediodía cuatro de las islas Canarias al mismo tiempo. A su izquierda, la más cercana, La Gomera, que surgía del mar como una lente gigante; más allá, El Hierro, que dejaba adivinar su pequeño tamaño; al frente, a estribor, Gran Canaria, que ofrecía un perfil de montañas agudas y profundos barrancos; y a proa, Tenerife, la más grande, coronada con su majestuoso Teide, que desparramaba toda su grandeza por una ladera de suave inclinación hasta llegar al océano. Aquel archipiélago era un buen lugar para unas vacaciones. En Rusia estaba de moda. Cientos de turistas volaban todos los días a buscar el sol de sus playas, unos paisajes exóticos y un buen precio en los bares. Tal vez fuera con su mujer y las niñas el próximo invierno, para escapar de los dos metros de nieve de San Petersburgo.

Sin embargo, no solo estaba contento por el paisaje que le rodeaba. Era la sensación de acercarse a la vieja Europa después de una singladura que había rodeado todo el contorno del continente africano. Canarias era la avanzadilla de la civilización occidental, un atolón del primer mundo al lado de una línea de costa árida y hostil. Sus treinta años de navegación alrededor del mundo le habían enseñado que desde Sudáfrica a Canarias, a un marino mercante, le convenía hacer el viaje sin escalas. Las paradas en el África negra no solían traer más que problemas, así que se sentía contento de dejar atrás aquella parte del trayecto.

De todas formas, su barco, el *Rossia*, no podía haber atracado en ningún puerto de toda aquella costa. Y por una razón muy simple.

No cabía.

Construido en los astilleros de Shanghái, era un ULCC (*ultra large crude carrier*), un superpetrolero de doble casco muy especial. Con una eslora de cuatrocientos veinte metros, era el barco más grande del mundo en aquellos momentos. Solo lo había superado el *Knock Nevis*, que era cuarenta metros más largo; pero, tras veinticinco años de servicio, había acabado sus días como almacén flotante fondeado en Qatar y, finalmente, varado en una playa de la India para su desguace.

El *Rossia* era mucho más moderno, potente y eficaz. Era gigantesco. Su borda se elevaba de la superficie del mar unos treinta metros con carga completa, y su calado equivalía a otros tantos. Ni pensar en pasar por el canal de Suez o el de Panamá, tendría que rodear los continentes. Con una tripulación de tan solo treinta hombres, era capaz de superar los veinte nudos en mar abierto. Un viaje del *Rossia* equivalía a cinco de otras compañías, con el consiguiente ahorro de tiempo y de recursos humanos y técnicos.

Era el orgullo de los constructores chinos (la CSSC, China State Shipbuilding Corporation), que pretendían hacer de Shanghái el primer puerto fabricante de buques, desbancando a los japoneses y coreanos. Y estaban a punto de conseguirlo.

Aunque estaba destinado a transportar el petróleo ruso al resto del mundo, en aquel viaje inaugural se había detenido en Irán para llenar sus tanques con más tres millones de barriles de crudo (podía transportar más, pero no convenía forzar el barco a las primeras de cambio) y aprovechar el viaje, contestando de paso al embargo norteamericano sobre aquel país amigo.

Un acuerdo entre Rosneft, que era la propietaria del barco, y varias multinacionales petroleras exigía que la embarcación se detuviera a realizar una descarga simbólica en varias refinerías durante su largo viaje: Sapref en Durban (Sudáfrica); Santa Cruz de Tenerife; Algeciras y Le Havre. Se trataba de exhibir aquella maravilla ante los ojos asombrados de sus socios y de sus competidores. Era el petrolero del futuro y confirmaba la pujanza internacional de una Rusia emergente, uno de los líderes mundiales en el sector del gas y del petróleo.

—Aminore la velocidad a diez nudos —le dijo al segundo de a bordo—. Dejemos que nos vean llegar.

La próxima parada era la refinería de la capital de Tenerife. Recordó los planos, ni siquiera tendrían que entrar a puerto; la planta petrolera tenía un pequeño muelle privado y conexiones submarinas para hacer la descarga. Más fácil todavía.

Kovaliov se detuvo un segundo a pensar en lo que le esperaba en las próximas horas: atraque, recepción a los medios de difusión, foto con el embajador y con las autoridades locales, banquete de honor, la descarga y la salida. En total, unas treinta horas.

—¿Estimación de la hora de llegada con la nueva velocidad? —preguntó.

—Dos horas treinta minutos —respondió su subordinado.

Miró su reloj, las tres de la tarde. El *Rossia* pasaría la noche fondeado en la bahía de Santa Cruz. Al amanecer, se situaría en posición, frente a la refinería.

Le habían dicho que coincidiría en aquel puerto con el *Queen Elizabeth*, lo que constituía una buena oportunidad para pasar a su lado y dejar pequeño a uno de los cruceros más grandes del mundo.

Kovaliov sonrió y suspiró satisfecho. Todo iría bien.

¿Qué otra cosa podría ocurrir?

5

17.50 horas

—*H*a llegado este sobre para usted, señorita Clavijo.

La voz de Florentino, el conserje para todo de *El Diario de Tenerife*, la sacó de su ensimismamiento. Levantó la vista y allí estaba, obsequioso, como siempre. Lástima que tuviera esa mirada de ojos de pez, que resultaba inquietante, incluso libidinosa, por la forma en que giraba la cabeza para observar con detenimiento el trasero de las empleadas del periódico. Como todo quedaba en eso, el director, un perfecto machista, no le había dicho nada. Pero a Sandra no le gustaba, ni Florentino ni su forma de mirar. Por eso mantenía las distancias, por si acaso.

Sandra tenía veintitantos años. Era delgada y morena. Vestía con el uniforme de las chicas de su edad: camiseta y pantalón ajustados, zapatos bajos, melena por debajo de los hombros muy lisa y peinada. Escalaba peldaños rápidamente en el organigrama del diario gracias a sus excelentes artículos sobre una serie de acontecimientos que habían sobresaltado a la opinión pública de la isla en los últimos meses. Ya estaba pasando de promesa a realidad.

La periodista cogió el sobre que le ofrecía Florentino, le dio las gracias y esperó a que se diera media vuelta para abrirlo. Conocía de antemano su contenido, lo estaba esperando.

Una cartulina rectangular con membrete de varias empresas petroleras daba paso a un texto demasiado almibarado por el que formalmente se la invitaba a la recepción que ofrecía Rosneft, el armador propietario del *Rossia*, a bordo del buque el día siguiente, a las diez de la mañana. Los representantes de los medios, con quienes el capitán del barco compartiría unos minutos, debían acudir media hora antes. Todo un detalle.

Pensó que era un poco temprano para un acto de ese tipo, aunque, claro, el tiempo era oro para los barcos de carga. O eso decían sus dueños.

La llegada del *Rossia* había creado cierta expectación en Tenerife: el barco más grande del mundo. No siempre se podía ver algo así. Los grandes mercantes y petroleros navegaban cerca del archipiélago, pero casi nunca hacían escala en sus puertos. Aquellas ciudadelas sobre el agua tenían tanta autonomía que el trayecto podía realizarse desde el puerto de salida al de destino, sin paradas. Pero, en esta ocasión, fuera cual fuera la razón, el petrolero iba a recalar en Tenerife, y ella estaba invitada al evento.

La tarde comenzaba a caer, los rayos del sol que se colaban a través de los ventanales de la sala de redacción indicaban la hora que era. Las muchas sillas vacías en aquella larga mesa (algo que no pasaba hacía una hora) reforzaban la sensación de que la jornada tocaba a su fin.

Sandra terminó su trabajo. Un artículo sobre los barcos más grandes del mundo, sus ventajas (pocas, únicamente tenían a favor el beneficio empresarial) y los inconvenientes y peligros que conllevaban (salió casi apabullada de la página web de Greenpeace). Los petroleros no salían precisamente bien parados. Pero su cometido no era juzgar, sino exponer los datos y añadir alguna opinión que otra de alguien poderoso o mediático, o ambas cosas a la vez, si era posible.

A pesar de que lo había intentado, no pudo hacerse con la lista de invitados. La telefonista de la refinería adujo razones de seguridad, y la del Ayuntamiento no sabía nada al respecto. Creyó a la segunda.

Como las elecciones se acercaban, no fallarían ni el alcalde ni el presidente del Cabildo; acudiría también algún pez gordo del Gobierno de Canarias (el presidente se lo perdería porque estaba buscando votos entre los emigrantes canarios en Venezuela) y también los que siempre aparecían: los militares (que disfrutaban como niños con estas cosas), los miembros del variopinto cuerpo consular (los estirados y los menos estirados, todos contando chistes malos) y empresarios del sector de los combustibles. Como pagaban los rusos, nadie se fijaría en el gasto; los propietarios de algunas orondas barrigas debían de estar relamiéndose ante la perspectiva de los canapés de caviar, de beluga, por supuesto.

Sandra envió por correo interno el artículo, apagó el ordenador y recogió sus cosas. Se despidió de los compañeros que mantenían los ojos en sus respectivos teclados y bajó al aparcamiento del periódico. Decidió acercarse a los muelles para ver si el *Rossia* había llegado. Desde la avenida de Anaga (la vía que bordeaba la ribera marítima de la ciudad) no se veía más allá de los espigones que cerraban el gran puerto de Santa Cruz. El superpetrolero había fondeado fuera, en la amplia rada, al abrigo de los vientos gracias al imponente macizo de Anaga, una barrera montañosa que surgía del mar casi en vertical.

Necesitaba un mirador elevado. Subió por la Rambla y tomó la desviación de Ifara. Tras varios kilómetros de curvas ascendentes llegó a la carretera de Los Campitos cuando se hacía de noche. Allí se detuvo, con la ciudad entera a sus pies. Por una vez, se distrajo del fascinante espectáculo de la urbe a vista de pájaro y se centró en los buques que permanecían anclados fuera del puerto.

Allí estaba el *Rossia*, grandioso, con todas las luces encendidas.

A pesar de la distancia, y simplemente por el mero hecho de compararlo con los otros buques, empequeñecidos a su lado, se veía enorme. ¡Qué barbaridad!, pensó. Mover aquella mole debía de costar muchísimo, y pararla más todavía. En algún sitio, había leído que el barco tenía que aminorar la marcha ocho o nueve kilómetros antes del lugar previsto de parada. No valía solo con echar el ancla. De eso nada.

Buscó en los muelles cercanos a la plaza de España y encontró el *Adventure of the Seas* y el *AIDAcara*, cruceros de tamaño considerable (veinte pisos de ventanillas) que habían coincidido en el puerto, y los comparó con el *Rossia*. Los trasatlánticos eran elegantes, pero nada parecido a la maciza y grandiosa rudeza del petrolero. El barco ruso ganaba por goleada.

Sabía que el *Queen Elizabeth*, otro gigante de los mares,

llegaría a puerto el día siguiente por la mañana. Toda una casualidad que ambos colosos coincidieran en la isla. En su próximo artículo escribiría sobre eso, se dijo. Había pensado tratar sobre la obsesión por la seguridad de los constructores de los petroleros, ya que el *Rossia* era el no va más en adelantos técnicos de prevención de accidentes, pero decidió dejarlo para otro día. No le pareció tan interesante.

¿Accidentes? ¿Qué tipo de accidente podría poner en peligro a aquel gigante?

Mejor escribir sobre otra cosa.

7 de octubre, 00.40 horas

—¿ *N*o cree usted, amigo Julio, que *Luisa Miller* es el antecedente directo de *La Traviata*?

Luis Ariosto charlaba con dos de sus amigos, Julio Arribas, el flamante nuevo director de la Orquesta Sinfónica de Tenerife, y su esposa, la conocida chelista Natalya Kolikova, en uno de los patios del hotel Finca Las Longueras, sentados en cómodas butacas de madera forradas de tela acolchada y almohadones blancos en torno a una mesita central con tres copas de balón a medio consumir. La medianoche hacía rato que había pasado de largo. Como el verano se resistía a marcharse, las terrazas del edificio eran un lugar ideal para relajarse antes de ir a dormir. La tranquilidad del hotelito rural, solo interrumpida por el canto de los grillos, combinaba perfectamente con el sereno telón de fondo de las luces desperdigadas a lo largo del valle de Agaete, en la isla de Gran Canaria.

Detrás de ellos se alzaba el edificio principal del establecimiento, un adorable palacete rojo y blanco de estilo inglés de finales del siglo XIX que rezumaba un entrañable encanto histórico. La primera impresión del visitante era que para aquel lugar el tiempo no había pasado. Parecía que, en cualquier momento, un caballero de atusados bigotes, con chaqueta y levita, aparecería en la entrada del hotel. El espíritu colonial rodeaba sus paredes y terrazas. A Ariosto le encantaba aquel refugio bucólico. Siempre que viajaba a Gran Canaria y podía, se alojaba allí.

Ariosto era inspector de Hacienda en excedencia. Gracias a una herencia, se había convertido en un hacendado, de lo que no se quejaba, pues eso le proporcionaba, además de una fortuna interesante, tiempo libre para dedicarlo a actividades culturales y filantrópicas. De unos cincuenta y tantos, mantenía la línea y estaba en forma gracias a la continua práctica de varios deportes como la esgrima y la equitación. Solo las canas en las sienes delataban el paso del tiempo.

Los tres amigos comentaban la representación de la ópera de Verdi que acababan de presenciar en el auditorio de Las Palmas, desde donde se habían trasladado a Agaete, una pintoresca población costera del noroeste de la isla, en el coche de Ariosto, con su chófer Olegario al volante.

—Por su contenido musical y por la fecha en la que el maestro italiano compuso la partitura, creo que no hay discusión —contestó Arribas, un sesentón con melena blanca y aspecto ascético, que siempre completaba su elegante atuendo con un pañuelo de divino anudado al cuello—. Es como ocurrió con *Ernani* y con *Il Trovatore*. La segunda, aunque es una obra maestra, recuerda a la primera. Es como si Verdi hubiera practicado ensayos previos antes de escribir sus óperas más inmortales.

Natalya, una mujer delgada y morena, de mirada vivaz e inquisitiva, que rondaba los cuarenta, aprovechó el momento en que los hombres saboreaban sus copas para introducir su comentario.

—A mí me encanta el aria del barítono, el que hace de Miller padre, *Sacra la scelta…*, es una pieza maestra. Me asombra que no se interprete más en los recitales.

Ariosto paladeó su *gin-tonic* de Whitley Nell con tónica Fentimans un segundo antes de contestar:

—Es cierto, es de una belleza inusual para un barítono. Los compositores suelen guardar esas melodías para los tenores.

Ariosto, gran aficionado a la música, debía estar a la altura de sus contertulios, un matrimonio de músicos con caché; no estaba claro quién seguía a quién en sus respectivas carreras profesionales, si la chelista al director o al revés. Las malas lenguas aseguraban que los contratos que ofrecían a Arribas incluían una cláusula por la que se le obligaba a que Natalya, siempre que no estuviera grabando discos, de los que ya había editado una veintena, tenía que tocar.

—Efectivamente —repuso Arribas—, pero en el caso de

esta comparación, acuérdese del aria del padre de Alfredo en *La Traviata*, que también es fabulosa.

El director acabó el último trago de su Brockmans con Fever Tree, otra variante de *gin-tonic*, elegida tal vez para contrarrestar la suficiencia con la que Ariosto pidió su copa. Natalya solo tomaba tónica, una Q Tonic, elección que puso en apuros a la bodega del hotel.

La intérprete rusa bostezó involuntariamente, parecía cansada. Como un acto reflejo, sus acompañantes miraron sus relojes.

—Es casi la una —advirtió Ariosto—. Deben de estar agotados. Mañana tomaremos el barco de las nueve, así que no hay que madrugar demasiado.

El hotel estaba apenas a cinco kilómetros del puerto de las Nieves, de donde partían los veloces ferris que enlazaban continuamente las islas de Gran Canaria y Tenerife. Podrían desayunar con tranquilidad.

—Luis —dijo Natalya, levantándose—, le agradezco la invitación a que le acompañáramos y escucháramos la brillante interpretación de hoy. Y, sobre todo, por hacer que conociéramos este valle y este hotelito. Me han gustado mucho.

Ariosto sonrió complacido.

—Pues mañana probarán el café de Agaete. Estoy seguro de que también lo aprobarán.

—Lo hacen aquí, en Agaete, ¿no es cierto? Espero que el desayuno me siente bien y que el barco no se mueva mucho.

—No se preocupe, querida. Se prevé que hará buen tiempo. Estoy completamente seguro de que la travesía va a ser muy tranquila.

A pesar de la seguridad que se desprendía de las palabras de Ariosto, Natalya rogó porque así fuera.

06.50 horas

*L*os Carpenter estaban en la puerta del restaurante a las siete menos diez. Se sentían satisfechos: eran los primeros, como siempre. El Verandah, que estaba en la cubierta séptima del *Queen Elizabeth*, decorado al estilo *art déco*, abría sus puertas para el desayuno a las siete en punto.

A Margaret Carpenter le gustaba llegar a cualquier sitio un poco antes de la hora, y con los años le había contagiado esa manía a su marido, Robert. No es que fuera una inclinación natural a cumplir con la puntualidad británica, sino, pura y simplemente, una manía. No lo podían evitar.

El gigantesco crucero había zarpado la noche anterior del puerto de Funchal, la capital de la isla portuguesa de Madeira; el siguiente puerto del crucero de siete días por la costa atlántica era Santa Cruz de Tenerife. Se habían apuntado a una visita al Teide, esa magnífica montaña volcánica tan espectacular; luego bajarían por La Orotava, donde, al parecer, según el folleto turístico, todas las casas tenían unos balcones de madera terriblemente largos. Después, el Puerto de la Cruz, que no era puerto, pero al que llamaban así. No sabían si les daría tiempo a visitar un delfinario que se anunciaba por todas partes en el folleto (debía de haber delfines, orcas y loros, algo difícil de imaginar *a priori*). Luego, vuelta a la capital.

El interés añadido de los Carpenter para levantarse temprano tenía que ver con la posibilidad de ver el mayor superpetrolero del mundo, uno nuevo que habían pagado los rusos y que estaría fondeado frente a la ciudad cuando el *Queen Elizabeth* arribara a la isla. El capitán había ofrecido a los pasajeros pasar cerca del *Rossia* antes de atracar en el muelle. Robert Carpenter estaba encantado. Después de servir una década en la Royal Navy, había sido jefe de máquinas en un barco mercante durante otros diez años, hasta que conoció a Maggie. Su mujer, heredera de un terruño y una fábrica en Cambridgeshire, hizo que se olvidara de las singladuras marítimas para siempre. La excepción a la regla era aquel crucero, cuyos billetes habían comprado hacía nueve meses (antes que nadie), convencidos por el generoso descuento que ofrecía la compañía por la compra anticipada. El señor Carpenter añoraba tanto el viento marino en su rostro como el olor a salitre. Aquel era su autorregalo de jubilación después de treinta y cinco años de dedicación absoluta a la fábrica de embutidos de Bury Saint Edmunds, en el condado de Suffolk, al norte de Londres.

Maggie había arrugado la nariz cuando su marido le propuso embarcarse durante una semana por ese Atlántico tan imprevisible. Pero la promesa del buen tiempo y la perspectiva de hacer algo distinto la decidieron a aceptar la invitación.

Sin embargo, para Robert el reencuentro con el mar tuvo un sabor agridulce. Le revitalizaba ver la proa abriéndose paso entre las olas; no obstante, al mismo tiempo, no paraba de preguntarse si había malgastado su vida entre salchichas.

El *Queen Elizabeth* era el orgullo de la naviera Cunard. Botado en 2010, era uno de los cruceros más modernos que navegaban por los mares del mundo. Construido en un astillero italiano, era casi idéntico al *Queen Victoria* (solo un poco más grande), y apenas lo aventajaba en cuanto a tamaño el *Queen Mary 2*. Tenía casi trescientos metros de eslora, podía alcanzar los veinticuatro nudos de velocidad y transportaba dos mil cien pasajeros en mil cincuenta camarotes. Era un barco de lujo, lo que se notaba en todos sus rincones, decorados de modo clásico. La intención era que el viajero respirara el ambiente elegante de los trasatlánticos de comienzos del siglo XX. Los restaurantes recordaban a los del *Titanic*, y eso le añadía un plus de sofisticación.

El viaje comenzaba en Southampton y recalaba en Vigo, Lisboa, Cádiz, Madeira, Tenerife, Gran Canaria, y vuelta a casa. Así pues, llevaban la mitad de la travesía de catorce días, los suficientes para estar familiarizados con la tripulación y con el pasaje. Ya estaban en disposición de conocer con seguridad a quién había que buscar y a quién se debía evitar entre los viajeros. Y es que en un viaje de aquellas características pululaban por el barco toda clase de personas extrañas y extravagantes: unas, cargantes hasta la exasperación; otras, silenciosamente introvertidas. Era difícil conseguir compañeros de viaje equilibrados. Así pensaban los Carpenter, sin preguntarse qué podían pensar de ellos los demás. Margaret no soportaba a los fumadores, y disfrutaba en su fuero interno cuando el personal del barco enviaba a quienes pretendían encender un cigarrillo a la última de las cubiertas. Identificada con aquella política, terminó convencida de que el *Queen Elizabeth* era un buque con clase.

Lo único que el señor Carpenter no perdonaba a la naviera era que el registro que figuraba en la popa del barco ya no fuera Southampton, sino Hamilton, ciudad de las islas Bermudas, reemplazado con la frívola excusa de poder ofrecer bodas a bordo. ¿Quién diablos se casaba en un crucero? Era como hacerlo en Las Vegas, de lo más ordinario.

Y no es que los Carpenter fueran millonarios. Simplemente, disponían de unas rentas que les daban para vivir. Sin embargo, cualquiera que viajara en primera en aquel barco se sentía un potentado y actuaba como tal. Allí nadie pedía al otro el impuesto sobre la renta, y los tripulantes se maravillaban continuamente de lo rápido que los viajeros podían asimilar los modos y ademanes de auténticos *ladies* y lores.

—¿Todo bien, comodoro Carpenter? —El sobrecargo Higgins había aparecido en la puerta del restaurante para comprobar que todo estaba en orden antes de abrir sus puertas, y allí se había encontrado a la pareja. Como hacía con todas las personas que habían servido en el mar, lo llamaba afectuosamente por su rango. Robert Carpenter no era una excepción y, sin duda, se sentía complacido.

—Perfectamente, señor Higgins, muchas gracias —respondió Robert—. ¿Cuánto falta para que avistemos el petrolero? No me gustaría perdérmelo por nada del mundo.

—Se nota que es hombre de mar, comodoro. Yo también estoy deseándolo. Con esta velocidad, estaremos a su lado a las 9.15. En Tenerife usan el mismo horario que en Gran Bretaña.

—Sabia decisión —aprobó la esposa, dando un pequeño codazo a su marido para que se tranquilizara—. Entonces tendremos tiempo de desayunar tranquilamente.

—Les aviso de que las amuras se llenan cuando se dan acontecimientos de este tipo, por lo que les recomiendo que salgan con cierta antelación.

—¡Oh, no se preocupe! —respondió Maggie—. Ya hemos reservado un par de tumbonas en la cubierta diez.

El sobrecargo arqueó una ceja extrañado. No se reservaban tumbonas en aquel barco.

—Sí, con un par de toallas, como en los hoteles —dijo Robert, sonriendo.

Las puertas del restaurante se abrieron, por lo que dieron por terminada la conversación. Se despidieron y el empleado del barco subió por las escaleras a la cubierta superior, pensando que algunas personas, por mucho que intentaran que no se notase, eran incapaces de perder su elegancia natural.

8

15 de noviembre. 08.15 horas

—Kirilenko, Evgeny Kirilenko.

El guardia civil que vigilaba el acceso al recinto portuario había solicitado los papeles del camión y les estaba echando un vistazo. Siempre comprobaba tres o cuatro cosas: el propietario del camión, la fecha de carga, el puerto de destino y si el vehículo había pasado la ITV.

—Ruso, ¿no?

El conductor, un hombre rubio, asintió con una ligera sonrisa. Llegar a esa conclusión no era demasiado difícil.

—¿Van juntos los dos camiones?

—Sí, señor —contestó el chófer, con fuerte acento extranjero—. Pertenecemos a la misma empresa.

—¿Qué carga llevan? —insistió el guardia civil, aparentemente enfrascado en la revisión de los papeles. La respuesta estaba en ellos, pero el ruso no tuvo problema en responder.

—Fertilizantes agrícolas. Es un proyecto de cultivo de hortalizas frescas para enviar a Rusia en invierno. ¿Sabe que allí ya ha empezado a nevar? En siete meses no crece nada en la tierra.

Al guardia civil, natural de Huesca, el hecho de que nevara en octubre no le llamaba demasiado la atención. En su pueblo de montaña lo hacía en noviembre, y tampoco crecía nada en muchos meses. Lo de plantar lechugas y enviarlas a Rusia le parecía buena idea. Ya que eran extranjeros, no estaba de más pedirles la documentación.

—Pasaportes, por favor.

Si al ruso le pareció extraña aquella petición no lo dejó

39

traslucir. Le pidió al compañero que se sentaba en el asiento contiguo el suyo y se los entregó al agente del orden. Este los revisó someramente: expedidos en una ciudad de nombre muy complicado, de la república federada rusa de Daguestán; vigencia correcta; varios sellos de entrada en España en el año; la última a través del puerto de Las Palmas, procedentes de Casablanca.

—Fosfatos marroquíes —aclaró el conductor, anticipándose a cualquier pregunta del guardia.

El agente dobló los papeles y se los devolvió.

—Pueden seguir —dijo, desviando la mirada hacia los vehículos pesados que se hallaban detrás de los rusos y olvidándose inmediatamente de ellos. Un transporte frigorífico con la matrícula mal colocada prometía.

Los camiones de fertilizantes avanzaron por el comienzo del muelle hasta llegar a la explanada de estacionamiento previa al embarque. Allí siguieron las instrucciones de un empleado de la compañía naviera, que comprobó sus tarjetas de embarque. Se detuvieron a la mitad de una fila de camiones.

El conductor observó el barco atracado en el muelle. Era el ferry catamarán rápido, de dimensiones considerables, que realizaba la ruta entre Gran Canaria y Tenerife. Tenía las compuertas de popa abiertas, esperando la entrada de los vehículos. La altura de la borda pasaba de los diez metros; los pasajeros sin automóvil debían ascender unas interminables escaleras metálicas para acceder a la cubierta del pasaje. De momento, todos se mantenían expectantes, esperando la orden que les permitiera acceder a la embarcación. Los ocupantes de los dos camiones, como habían impreso sus tarjetas de embarque, no necesitaron pasar por la terminal. Las filas se fueron apretando a medida que nuevos vehículos se agregaban a la espera, pero no llegaron a ocupar ni un tercio del espacio previsto para los vehículos. Al contrario que la de las siete y media de la mañana, la travesía de las nueve no llevaba muchos pasajeros.

Ya contaban con eso.

Los ocupantes de la cabina del camión aprovecharon los últimos minutos para fumar un cigarrillo. Para ellos la ocasión tenía un sentido especial, dentro del barco no se podía fumar.

En un momento dado, varios empleados de la compañía de la naviera hablaron entre sí y comenzó el embarque de los vehículos. Los ligeros, por un lado; los pesados, por otro. El conductor apagó el cigarrillo, metió la primera marcha cuando le tocó y siguió escrupulosamente las indicaciones que le hacía el personal del barco. Entraron a través de una rampa que soportó sin problemas las diecisiete toneladas del camión. Echó un vistazo al retrovisor y comprobó que su compañero entraba su vehículo pesado de la misma manera. Llegaron al fondo del inmenso garaje que se abría en las entrañas del buque y giraron ciento ochenta grados, de forma que el morro de los camiones quedara enfilado hacia la salida. Pusieron el freno de mano y apagaron los motores. A través de las ventanillas abiertas, les llegó el olor penetrante a gasoil y a pintura, tan típico de las bodegas de carga. Con el pulgar hacia arriba, el encargado del acomodo de los vehículos les indicó que aprobaba la maniobra y siguió al siguiente camión.

—De momento, todo perfecto —dijo Kirilenko en un idioma caucásico. Ningún control de equipaje, como era previsible—. Cojamos las bolsas y subamos a la cubierta de pasajeros.

Su compañero, Zamran, un hombre moreno de facciones rudas, hizo lo que se le indicaba sin hacer comentarios.

—Ajmed, nos vamos. ¿Estás bien? —El conductor habló mirando hacia atrás.

—Estoy bien, gracias a Dios —dijo una voz apagada detrás de los asientos, en un espacio estrecho que ocupaba una caja alargada—. Seguimos adelante con el plan. Mantened los móviles encendidos.

Los dos hombres que ocupaban los asientos se dispusieron a bajar del camión. El conductor añadió una última frase.

—Adiós, hermano, nos vemos en el Paraíso.

—Alabado sea Dios —le respondió la voz dentro de la caja.

Los hombres se bajaron del camión y el conductor cerró las puertas con el mando a distancia. No había problema, se podían abrir desde dentro.

Sonrió para sí, satisfecho, y comenzó a caminar hacia la

41

puerta que conducía a las cubiertas superiores siguiendo al resto de los pasajeros, acompañados del ruido de los coches y los camiones que continuaban entrando y de los motores del barco vibrando al ralentí.

Ya estaban dentro.

9

08.25 horas

*L*a jornada se presentaba complicada para Servando Melián, el alcalde de Santa Cruz de Tenerife. Los intentos para que su secretaria le aligerara la agenda habían caído en saco roto. Desde las ocho de la mañana, tenía programadas una docena de actividades variopintas: despachar con el concejal de Hacienda de la corporación (no había ni un euro en las arcas); atender a los representantes sindicales de la policía local (que se quejaban por todo, incluso de trabajar poco); acudir a la recepción del superpetrolero, en el mismo barco (algo que le ponía los pelos de punta, se mareaba solo con el olor); inaugurar la reparación de las aceras de un barrio de la periferia (no había que olvidar los barrios); distinguir a un joven vecino, que había conseguido el campeonato de Europa en una disciplina deportiva oriental imposible de pronunciar; recibir al concejal de fiestas, que le iba a adelantar el programa del Carnaval (quedaban apenas tres meses, y otros tres para las elecciones, por lo que había que ser cuidadoso, que todos estuvieran contentos); y por fin, antes de comer, despachar con Cande, su secretaria, la firma de los papeles que se habrían ido amontonando en su mesa durante la mañana. Un descansito para el almuerzo y por la tarde algo más ligero, la revisión con los técnicos de urbanismo (injustamente tratados por la prensa y los vecinos) de un punto y coma del plan general de ordenación que se había colado en el texto y que cambiaba el significado de un párrafo, y por ende de un capítulo y casi hasta del espíritu del plan completo.

La agenda llevaba así doce años. Servando Melián se sentía agotado.

Ya le quedaba poco para jubilarse. Melián se daba cuenta de que había empleado su vida, sin vivirla, en un servicio público muy exigente con una entrega que no todo el mundo reconocía y, lo que era peor, se percataba de que, ahora, tenía miedo al vacío. Su total dedicación durante tantos años al Ayuntamiento traía como consecuencia (además de un preocupante sobrepeso y una calvicie que había dejado de ser incipiente) una falta total de *hobbies* que le pudieran ayudar a sobrellevar el significado de esa horrible palabra: jubilación.

Había llegado a considerar la posibilidad de presentarse como candidato para una última legislatura (había políticos que morían con las botas puestas), pero los delfines del partido ya le habían dejado claro que era hora de echarse a un lado, que ya estaba bien. Lo pensó un segundo nada más. Tenían razón, ya estaba algo mayor, y él lo sabía bien (sobre todo después de dormirse en un pleno convocado por la tarde; nunca más por las tardes). Si manejaba bien algunas influencias, obtendría un inofensivo retiro dorado, como algún consejo consultivo, algo así, y tal vez llegaran a poner su nombre a una calle o a una biblioteca. Y todos tan contentos.

—¿Está conforme, don Servando?

La pregunta del concejal de Hacienda —aquel chico tan avispado que no sabía dónde se había metido— le sacó de su ensimismamiento.

—Conforme —respondió automáticamente, sin pensarlo, pues tenía plena confianza en su equipo—. ¿Hemos terminado?

El concejal pareció indeciso, tenía un par de puntos más que tratar, pero, dado que había accedido de esa manera tan rápida a un asunto tan espinoso como la subida de la tasa de recogida de basuras, tal vez fuera mejor dejarlos para otro día.

—Sí, hemos terminado —respondió.

—Muy bien —dijo el alcalde, levantándose y mirando su reloj—. Ahora tengo una horrible reunión con los sindicalistas de la policía y es mejor llegar fresco. Siempre acabo con dolor de cabeza.

—Es comprensible —dijo el concejal, intentando que su tono fuera neutro.

El alcalde salió de su despacho, se despidió de su secretaria y bajó las escaleras que llevaban a la planta baja. Su coche oficial ya le estaba esperando en la puerta. Había decidido que la reunión fuera en el cuartel de la Policía Local, para que los sindicalistas pensaran que jugaban en campo propio. Fugazmente, apareció en su rostro una sonrisa de viejo zorro. Accedería a una cuarta parte de sus peticiones para que dejaran de hacer ruido. Su aplicación se dilataría un poco más, como siempre; lo suficiente para que la nueva ronda de protestas le tocara al siguiente alcalde, así que pensaba disfrutar poniéndose difícil con ellos.

El Audi 600 con los cristales oscuros arrancó cuando el mandatario cerró la puerta trasera. César, el chófer, ya sabía adónde debían dirigirse.

Al cabo de quince segundos, el alcalde volvió a acordarse de los negros nubarrones que se cernían sobre su futuro inmediato. ¿Había sido un buen alcalde? Él pensaba que sí, había hecho muchas cosas por la ciudad. Lástima que la crisis llegara tan deprisa, sin avisar. No le había dado tiempo a iniciar su tercera obra faraónica, para que le recordaran, como hacían todos.

Al menos tenía en su haber un punto de un blanco inmaculado: no había ocurrido ningún desastre importante. Un poco de lluvia aquí, un poco de viento allá, pero nada muy serio. Su mandato iba a terminar felizmente. Tal vez se recordaran aquellos años como los de la tranquilidad: la *pax servanda*, pensó, bromeando consigo mismo.

En ese sentido, era un hombre con suerte. El destino se había portado bien con él. Se acercaría el día de su retiro a la basílica de la Candelaria a dar gracias a la Virgen. Doce años sin incidentes graves eran muchos años.

Y había que ser agradecido.

10

08.25 horas

Antonio, *Toño*, Baute era uno de los auxiliares tripulantes de cabina, aunque también atendía si le llamaban camarero. No le molestaba, era lógico, se dedicaba a servir en el bar del *Nivaria Ultrarapide*, un catamarán de última generación de la compañía Hesperia Atlantis que hacía la ruta de Gran Canaria a Tenerife, y viceversa, cuatro o cinco veces al día, en función de si era día laborable o fin de semana. No era mal oficio, no exigía una gran responsabilidad, salvo la de vigilar que la caja cuadrara al final de cada trayecto, y soportar las miradas de asombro y estupor de los pasajeros cuando les anunciaba los precios de las bebidas y comidas que servía. Siempre pasaba lo mismo, si se acercaban al bar, pagaban lo que se les pidiera, por mucha cara de indignación que adoptaran. Y es que consumir en la cafetería era un ritual indispensable de la travesía para muchos viajeros, aunque a veces algunos usuarios lo hicieran de modo temerario cuando la mar estaba gruesa; luego pagaban las consecuencias en la segunda mitad del trayecto con una visita urgente a los servicios. Si llegaban.

El *Nivaria* llevaba un año haciendo aquella ruta. Rivalizaban con otras empresas de transporte marítimo. Baute había estado trabajando allí desde el principio, y contaba con una experiencia de más de siete años en otros catamaranes de la competencia. Era una de aquellas personas que tenían la suerte de no marearse nunca. Ni con los peores temporales, que los había vivido y en los que tuvo que cerrar el bar para que no rodasen por el suelo el utillaje y los productos propios de aquella zona del barco.

Lo mejor, y lo peor, era la monotonía: nunca pasaba nada con el barco en marcha. A veces se estropeaba una de las turbinas y el catamarán tenía que navegar a la pata coja, pero la única consecuencia era la acumulación de retrasos.

Otra cosa era cuando el barco atracaba tras su último viaje. La tripulación técnica —el capitán y sus dos acólitos— desaparecían tras el último pasajero. Los demás, a dejarlo todo limpio y en perfecto estado de revista para el día siguiente.

Y entonces era cuando se oía al niño.

La primera vez, la alarma cundió entre los trabajadores. ¡Una madre se había olvidado a un crío! En los tiempos que corren pasa de todo. Pero no. Registraron el barco de arriba abajo y nada, ni rastro del niño. Las siguientes veces en que oyeron los sollozos de una criatura llamando a su madre, los escalofríos y los pelos de punta dominaron entre el personal que seguía a bordo. Lo que no se veía, mejor no contarlo, la procesión iba por dentro. Sarita, una de las limpiadoras, cogió una baja por nervios y no volvió más. Los demás, teniendo en cuenta cómo estaba lo del trabajo, se lo tomaron con filosofía y aceptaron como uno más al polizón infantil, ya fuera real o imaginario.

Y es que no todos oían a Tinito, como lo bautizaron. Una de las tripulantes auxiliares (la camarera del bar de la Platinum Class) y los oficiales, contramaestre, primer oficial y capitán, jamás oyeron al niño.

Entre ellos discutían si era una ilusión, una psicofonía, una psicosis colectiva o alguna consecuencia del estrés laboral. El hecho es que unos oían algo, pero otros no. Y no era un problema médico, de audición, pues todos habían pasado el chequeo de la empresa satisfactoriamente.

Algunas personas se acostumbran a vivir en mansiones con toda clase de ruidos, y así los empleados del *Nivaria Ultrarapide* se habían habituado a esa clase de sonidos, lo que no quitaba que prefirieran ir siempre acompañados, en grupos de dos o tres, cuando se movían por el barco. Por si acaso.

Sin embargo, el asunto del niño llorón, en aquella hora de la mañana, era la última de sus preocupaciones. El distribuidor de la cerveza Tropical, la que se hacía en Las Palmas, no había llegado todavía y quedaba solo media hora para zarpar. Las existencias de esa marca estaban al mínimo; tocaba reponer el género rápidamente. Si no llegaba a tiempo, tendrían que ofrecer la Dorada, la de Tenerife, que, aunque fuera muy buena, no siempre era la preferida de los grancanarios.

El barco ya había hecho su primer viaje. Habían salido de Tenerife a las siete y media de la mañana; tras apenas una hora larga de travesía, recaló en el puerto de Agaete. Normalmente, se avituallaba en el puerto donde pernoctaba la embarcación, pero algunos productos entraban cuando recalaban en el puerto contrario. Sucedía al revés en el barco que hacía noche en Gran Canaria. Era lo habitual.

El *walkie* de comunicación interior de los empleados del barco sonó a su izquierda, debajo de la barra. El camarero lo cogió.

—¡Baute! —Era la voz de Reverón, uno de los compañeros que controlaban la entrada de los vehículos en el barco—. El de la Tropical ya sube. No te vayas del bar.

—De acuerdo. Lo espero.

Una sonrisa cruzó el rostro de Baute. La inquietud se esfumó en un instante. Ya estaba a bordo lo único que le faltaba para desempeñar su labor con todas las garantías. Podía estar tranquilo. Solo quedaba afrontar una vez más un día cargado de travesías. Un día que se preveía tranquilo.

Como todos.

11

08.25 horas

*E*l Mercedes 300 del sesenta de Ariosto circulaba por las blancas calles de Agaete, una pequeña población que se remontaba a la época prehispánica y en la que aparecían de forma continua restos arqueológicos que hablaban de su larga y rica historia. Durante siglos, el valle de Agaete había sido uno de los más fértiles de Gran Canaria. Ahora, aletargado, esperaba a que volvieran aquellos tiempos felices. El vehículo dejó atrás la iglesia de La Concepción y cruzó el estrecho puente sobre el curso del barranco (que solo llevaba agua los días en que llovía). Salió a la carretera que unía el pueblo con el Puerto de las Nieves, un pequeño barrio de pescadores de un azul y blanco muy pintoresco. A diario, su tranquilidad natural se veía contaminada por el continuo tráfico de camiones y turismos que acudían a embarcar en los ferris catamaranes que enlazaban con la isla de Tenerife.

El chófer, Sebastián, dirigió el Mercedes hacia el muelle. El vehículo obedecía con delicada precisión las órdenes de su conductor. Sus más de cincuenta años de servicio no habían mermado la elegancia de sus formas ni la suavidad del ronroneo de su motor. Ariosto lo utilizaba a diario, igual que lo habían hecho su padre y su abuelo. El chófer se encargaba de que estuviera siempre a punto.

En realidad, Sebastián se llamaba Olegario, aunque por pura cabezonería exigía que se refirieran a él por su alias. Así lo llamó una vez la anciana madre de Ariosto, doña Consuelo, y así se quedó. Ariosto no insistía porque lo consideraba un recuerdo cariñoso hacia su difunta madre. El chófer había comenzado a prestar servicios a la familia unos seis años atrás, cuando supo recomponer el motor averiado del coche familiar en medio de la carretera. El anterior chófer, Osvaldo, un hombre que había pasado con creces la edad de jubilación, no había dado con el fallo y un solícito peatón le ayudó a poner el Mercedes en marcha. A Ariosto le gustó la desenvoltura del hombre y, agradecido, le dejó su tarjeta de visita y le ofreció una pequeña recompensa. Días después, lo recibieron y lo entrevistaron. Tras comprobar sus referencias, el dueño de la casa le ofreció el puesto de chófer. Osvaldo no se hizo de rogar, accedió a jubilarse con honores y Olegario ocupó su cargo. Al cabo de pocos meses, Ariosto fue descubriendo sus heterogéneos recursos, adquiridos en una tortuosa juventud portuaria de la que prefería no hablar, pero que hicieron de él chófer, secretario, gerente y hasta guardaespaldas de su patrón. En resumen, que era su hombre de confianza.

Olegario, alias Sebastián, llegó al final de la avenida Alcalde José de Armas Medina y giró a su izquierda por la de Los Poetas, en dirección a la explanada de embarque. Como durante todo el viaje, Ariosto ocupaba el asiento delantero y la pareja de músicos amigos viajaban detrás. Así se encontraban más cómodos. Después de un desayuno ligero en la terraza del hotel, habían recogido su equipaje y se dirigían a embarcar en el ferry. La conversación había derivado, por insistencia de la señora Natalya, hacia temas no musicales. Ariosto les estaba contando a sus amigos ciertos acontecimientos que habían sucedido hacía poco en La Laguna.

—¡Esa historia del pozo y del fantasma es apasionante! —comentó la chelista—. ¡Y cómo terminó!

—Cierto —añadió Ariosto—. Es novelístico.

—Cuéntame algún otro misterio canario, Luis, por favor. ¿Todos tratan de casas antiguas?

—¡Oh, nada de eso! Los hay en otros lugares. Hay un barranco en Tenerife muy conocido por los inexplicables sucesos que dicen que se producen allí.

El automóvil llegó al muelle. La pareja de guardias civiles que controlaban la entrada al recinto portuario ni los detuvo.

—Si me permiten intervenir —dijo Olegario—, podría añadir que no es necesario que sean lugares misteriosos o casas legendarias para que corran de boca en boca historias sobre fenómenos extraños.

El chófer había atraído la curiosidad de sus pasajeros. Esperaron a que continuara.

—Sin ir más lejos —prosiguió—, se dicen cosas sobre el barco en el que vamos a viajar.

—¿Cosas? —preguntó Natalya, entusiasmada, mirando con otros ojos el catamarán que les esperaba con los portalones de popa abiertos—. Fascinante, ¿qué tipo de cosas?

Ariosto hizo un mohín de descontento.

—Sebastián —dijo—, espero que su novia no haya vuelto a tener visiones. No quiero acordarme de las consecuencias de la última vez.

El chófer sonrió.

—Nada de eso —respondió—. Aunque, lo que les voy a contar, lo sé a través de ella. Se mueve en círculos donde se habla de este tipo de manifestaciones.

—Me está intrigando, Sebastián —dijo la rusa.

—A mí también. A ver qué nos va a contar —refunfuñó Ariosto.

—Cuentan que en el barco que cubre la línea entre Agaete y Santa Cruz, de noche, cuando está atracado y vacío, algunos empleados han oído la voz de un niño llamando a su madre, llorando, como si estuviera perdido.

—¡Por favor! —exclamó Ariosto—. ¡Vaya majadería!

Olegario enmudeció y echó una mirada de reprobación a su jefe.

—Luis, por favor —intervino Natalya—, déjale que cuente esa historia.

Ariosto se rindió ante la petición. No podía ser descortés con su amiga.

—De acuerdo, perdóneme Sebastián, ya sabe lo escéptico que soy con esos asuntos. Prosiga, por favor.

Olegario se recompuso, muy digno, y continuó:

—Al parecer, a quienes han oído esa voz infantil, les ha parecido que provenía de la cubierta inferior, la del garaje. Sin embargo, al descender, vuelven a oírla arriba, en la zona de butacas de pasajeros. Incluso les ha parecido oírla en los baños y en los pasillos. La voz es la de un niño pequeño, sin duda.

—Se me están poniendo los pelos de punta —dijo la mujer.

—No sabía que te interesaran estos temas —apuntó el director Arribas—. Nunca me lo habías comentado.

—En Rusia hay muchas leyendas de ese tipo —contestó su esposa—. Cuentan que, cuando cae la noche, justo el día en que los asesinaron, los espíritus de la familia del zar Nicolás se pasean por el palacio del Hermitage, en San Petersburgo.

—¿Y el espíritu de Rasputín no se une a la fiesta? —bromeó Ariosto, sin poder evitarlo.

Natalya lo miró asombrada.

—No. El fantasma de Rasputín camina otras noches, pero por el Kremlin, en Moscú. ¿Cómo lo sabías?

Ahora el sorprendido fue Ariosto. Puso los ojos en el techo y optó por callarse: una retirada a tiempo. Olegario aprovechó la pausa para continuar su relato:

—Como decía, lo curioso del caso es que no se conoce el origen de la historia. Que se sepa, no ha habido ningún accidente ni nada por el estilo en el que un niño haya resultado herido. No se sabe quién podría ser el pequeño ni por qué se oye su voz en el barco.

—Que no se sepa no quiere decir que no haya pasado algo. A veces, las compañías de transporte son muy reservadas.

—Que no derive este cuento a una malévola conspiración de silencio provocada por la naviera —dijo Arribas. Ariosto lo miró, agradecido—. Dejémoslo en una bonita leyenda.

—Lo que tú quieras —respondió Natalya—, pero yo no quiero estar en el barco por la noche.

—Y yo tampoco, querida —replicó él, sonriendo.

El automóvil se detuvo al final de la cola de los coches que iban a embarcar.

—¿Qué prefieren? —preguntó Olegario—. ¿Subir dentro del coche o por la pasarela peatonal?

—Vayamos caminando —propuso Natalya, señalando el caserío de Puerto de las Nieves—. Estiremos un poco las piernas y echemos un vistazo a esa playa tan bonita.

—Muy bien —contestó Ariosto—. Aunque les advierto de que hay que subir unos cuantos escalones.

—Nos viene bien hacer algo de ejercicio —replicó el director de orquesta.

Los tres pasajeros descendieron del Mercedes, se despidieron de Olegario y se encaminaron al punto de embarque de pasajeros a pie.

Natalya se detuvo a mirar las barcas de pesca que se mecían en la seguridad del puerto. Detrás de ellas, como telón de fondo, aparecían una playa vacía y un conjunto de casas blancas en el que destacaban los anuncios de restaurantes de pescado fresco. Su mirada siguió a su derecha, a la salida del muelle, donde estuvo el farallón rocoso denominado Dedo de Dios, y terminó en el enorme catamarán que esperaba a sus usuarios. De repente, los enormes huecos por donde comenzaban a entrar los camiones en el barco le parecieron las fauces de un abominable animal que tragaba a sus presas. Sintió que aquella visión era un mal presagio. Se estremeció.

—¿Qué te ocurre, Natalya? —preguntó Arribas—. Estás temblando.

La chica intentó recomponerse. Pura fantasía, se dijo. La idea fugaz de que aquello fuera un aviso para no embarcar se fue tan rápido como llegó. No quiso darle más importancia.

—No es nada —respondió—. Solo que tengo un poco de frío. Entremos, seguro que dentro estaremos mejor.

Natalya animó el paso y sus acompañantes tuvieron que acelerarlo para seguir a su altura. Después de la duda, llegaba la seguridad. Avanzaba con decisión. A fin de cuentas, pensó, era un viaje rutinario, de los cientos que se hacían al mes. ¿Acaso podría suceder algo malo?

55

12

08.30 horas

—*P*rimer oficial, ordene a los remolcadores que nos sigan a distancia, no vamos a necesitarlos hasta que lleguemos a destino.

La voz del capitán Kovaliov era firme y segura, no esperaba la más mínima réplica. El segundo de a bordo habló en inglés con la central de tráfico del puerto.

—Se adelantarán y nos esperarán cerca de la refinería —le indicó a su superior.

Kovaliov asintió, concentrado en el horizonte. El trayecto desde el lugar donde estaba fondeado el *Rossia* —enfrente de la ciudad, tras el dique del este— hasta la refinería era de apenas cuatro millas náuticas, unos siete kilómetros. En condiciones normales no hubiera valido la pena poner en marcha los cuatro potentes motores de vapor de veinte mil caballos de fuerza cada uno; los remolcadores hubieran hecho la faena por el barco. Pero, en este caso, el *Rossia* debía llegar por sus propios medios. Medio mundo iba a estar mirando, y había que lucirse. La empresa propietaria del barco se había encargado de que el despliegue mediático estuviera a la altura del acontecimiento.

—Avante hasta llegar a seis nudos —ordenó. Era la velocidad mínima para que el superpetrolero fuera maniobrable con el timón.

Al teclear la orden en el ordenador principal, los dos motores diésel rugieron en las profundidades del barco y comenzó a crecer la alta presión de sus dos calderas principales, aunque en el puente de mando apenas se notó más que una leve vibración en los mamparos.

El *Rossia* necesitó unos minutos para ponerse en movimiento. A simple vista, percibir el desplazamiento de sus casi cinco millones de toneladas no era fácil. Parecía que el barco estaba parado. El avance era casi imperceptible para el ojo humano, pero se movía.

Las pantallas de radar y el mapa tridimensional del sónar aseguraban que no había obstáculos al frente y sí la profundidad necesaria del fondo marino. A pesar de estar cerca de la costa, no corrían el más mínimo peligro de tropezar con un escollo. En aquella zona, la isla surgía casi en vertical, como un peñasco, de las profundidades del océano.

Un grupo cada vez más numeroso de barcas de pesca, yates de recreo y lanchas de todo tipo se mantenía a una distancia discreta, apartados por los remolcadores del puerto y por una patrullera de la Guardia Civil, esperando para escoltar al gigante en su breve recorrido por el frente costero de la ciudad. El puerto de Santa Cruz estaba acostumbrado a la visita de todo tipo de embarcaciones espectaculares, pero muchos de los habitantes del lugar no querían perderse la escena de contemplar de cerca el mayor objeto del mundo fabricado por el hombre.

—Tres nudos, señor —dijo el primer oficial.

Kovaliov asintió, dándose por enterado. Aunque pareciera increíble, apenas unos minutos después de que el superpetrolero hubiera alcanzado la velocidad de seis nudos, tendrían que parar la propulsión. Solo con la inercia llegarían a su destino. Y es que, una vez en movimiento, no era tan fácil detener el barco. Si su velocidad fuera la de crucero, unos dieciséis nudos, necesitaría para detenerse completamente un mínimo de cuatro kilómetros, y tardaría media hora en hacerlo. Aquello de frenar en seco no era aplicable a una embarcación de tales características.

—Seis nudos, señor —anunció el oficial.

—Mantenga el rumbo, paralelo a la costa —contestó el capitán. Había previsto la dirección de la proa cuando el barco recaló en la rada de Santa Cruz la tarde anterior. Apenas tendrían que virar unos grados para llegar a su destino. Era un camino en línea recta.

El *Rossia* dejó atrás la bocana que daba acceso al puerto

principal de la ciudad, sin entrar en él. El aullido gangoso de la sirena del Club Náutico le saludó cuando pasó por allí. Lentamente, a la vista de una multitud de personas apiñadas en el malecón que resguardaba los muelles, llegó a la altura de la plaza de España y continuó su avance.

—Detengan la propulsión —ordenó Kovaliov, el barco ya disponía de la inercia suficiente.

El cumplimiento de esta orden y el hecho de que los motores cesaran en su función no se notaron para el espectador de tierra. El *Rossia* seguía moviéndose lentamente.

Al llegar al castillo de San Juan, el castillo negro, se disparó una salva de honor con cañones del siglo XVIII que se dispusieron allí para el acontecimiento. Un recuerdo de los años en que la ciudad era capaz de rechazar a sus enemigos, incluida toda una flota británica como la del almirante Nelson en 1797.

La foto esperada por muchos ciudadanos se produjo por fin cuando la blanca superficie del auditorio diseñado por el arquitecto Calatrava se recortó sobre el casco negro del gigantesco buque. El pico puntiagudo en caída que lo caracterizaba destacó como un brillante sobre el oscuro telón que ofrecía la embarcación.

El *Rossia* pasó por delante del Palmetum —un antiguo montículo de desperdicios sabiamente reconvertido en un parque lleno de palmeras— a una velocidad mucho menor.

—Inviertan las hélices durante treinta segundos —dijo Kovaliov. Llegaba el momento de demostrar su pericia.

Los motores volvieron a funcionar durante ese breve lapso de tiempo.

—Los remolcadores piden permiso para amarrarse al barco —indicó el primer oficial.

—Que esperen un poco —respondió el capitán.

El *Rossia* fue aminorando la velocidad poco a poco. Su enorme casco se acercó al muelle de la Hondura, un pequeño atracadero donde estaban centralizadas las tuberías de carga y descarga de la refinería. El agresivo perfil de tuberías, chimeneas y depósitos de la planta de hidrocarburos apareció en la costa, ocultando el resto de la ciudad.

Una vez más, Kovaliov calculó mentalmente la velocidad de su barco. Sabía lo que se hacía.

—Echen las anclas de popa —ordenó en un momento determinado.

Los gigantescos dobles cabos, completamente cubiertos de grasa para minimizar la fricción, dejaron caer las anclas de treinta toneladas de peso cada una. Al cabo de unos segundos, llegaron al fondo: el *Rossia* se detuvo del todo.

Justo en el lugar calculado.

Los remolcadores no habían necesitado entrar en acción. En reconocimiento, comenzaron a hacer sonar sus sirenas y bocinas.

Kovaliov se permitió una ligera sonrisa.

—Primer oficial, responda al saludo.

El potente sonido de la sirena del *Rossia* surgió de sus entrañas y recorrió toda la ciudad.

El capitán ruso se sintió satisfecho. La maniobra había sido perfecta. Simplemente, una entrada triunfal.

13

El sonido de los motores de los camiones y los turismos se fue apagando con cada escalón que los ocupantes de los camiones de fertilizante vencían, ascendiendo a la cubierta del pasaje. Por ella paseaban cuatro hombres, dos de los cuales llevaban bolsas deportivas. Aunque trataban de aparentar tranquilidad, su caminar dejaba ver un punto de turbación. Una mirada atenta, podría ver ese nerviosismo en tres de ellos. El cuarto lo hacía mejor, sin duda, pues ya había efectuado la travesía cuatro veces y conocía las zonas accesibles del barco al dedillo. Sin embargo, nadie les prestaba atención. Eran otos pasajcros más del barco, no había nada especial en ellos.

Subieron hasta el final de la escalera. A la derecha se abría un pasillo amplio entre filas de butacas de color azul a un lado y color ocre al otro. Eran asientos a medio camino entre los de los aviones y los de los autobuses, se quedaban en tierra de nadie. Avanzaron y llegaron al semicírculo de la barra de la cafetería del salón principal, donde un camarero atendía a los pasajeros. Frente al bar, había una zona amplia de mesas bajas y sillones de medio respaldo en torno a ellas, todos fijados al suelo, iluminada con luz natural gracias a las claraboyas situadas sobre su vertical. Pasaron por delante de la barra y accedieron al siguiente pasillo a su izquierda. Dejaron a estribor las cuatro filas paralelas de butacas del otro lado del barco y se dirigieron a proa. A su izquierda estaba la tienda de regalos, donde una tripulante despachaba rcvistas. Accedicron a otra zona de asientos, separada de la trasera por una puerta de cristal abierta. Al contrario que en el centro del barco, que era diáfano, allí, a su izquierda, había una pared de mamparos brillantes con varias puertas cerradas. Era la zona privada destinada a la tripulación.

Ibrahim Basayev, el cabecilla del grupo, señaló los asientos a la derecha. Los hombres ocuparon dos parejas de butacas centrales, desde donde controlaban perfectamente una puerta con cerradura numérica de seguridad. Era el acceso desde la cubierta del pasaje al puente de mando, situado en el piso superior. Durante el viaje, muy raras veces se abría.

Los hombres trataron de relajarse. Uno de ellos hizo el ademán de sacar su paquete de cigarrillos, pero se retrajo rápidamente al encontrarse con la furibunda mirada de su jefe. Sacó la mano del bolsillo de su chaqueta y miró a otro lado.

Todos se sabían de memoria el plan. Cuando el barco zarpara, debían levantarse por parejas con la excusa de ir al lavabo. En realidad, tenían que controlar cuántos pasajeros viajaban en la cubierta y localizar al personal de la naviera que trabajaba en ella. A aquella hora, el pasaje no era numeroso. No llegarían a cuarenta personas, como esperaban. Así serían más fáciles de manejar cuando llegase el momento.

Basayev confiaba en sus hombres, a pesar de la tensión. Habían ensayado todos los movimientos infinidad de veces y sabía que actuarían de modo coordinado y eficaz. Para la parte final, en la que se precisaban más conocimientos técnicos, había enseñado a uno de ellos todo lo que sabía, por si tenía que sustituirlo en algún momento de la operación. Nunca se podía estar completamente seguro. Algo podía salir mal y él no debía ser imprescindible. Simple precaución.

Para llevar a cabo la parte inicial del plan, guardaban dentro de las bolsas algo sorprendente. Para llegar desde Chechenia a Marruecos necesitaron tomar tres aviones. No podían contar con adquirir armas en el lugar de destino. No podían correr ese riesgo. El líder de aquel grupo encontró la respuesta en Internet. Un joven estadounidense había utilizado una impresora 3D de segunda mano para fabricar las quince piezas de una pistola que, aunque prácticamente era de plástico, podía disparar munición real. El archivo CAD donde se describían las partes del arma se podía bajar desde MEGA, el servicio de almacenamiento masivo de la Red. Siguiendo los pasos descritos en los planos, no fue difícil hacerse con una impresora —realmente una modeladora de plástico— de esas características y fabricar seis réplicas, cuatro para los hombres que subieron a la cubierta de pasaje, y otras dos para los que permanecían ocultos en los camiones. El líder se maravillaba de lo locos que estaban esos norteamericanos: ¿cómo podían permitir que ese tipo de cosas estuvieran al alcance de todo el mundo?

Cada una de las partes de la pistola estaba fabricada con plástico ABS reforzado con hilos de polímero fundido, indetectable por rayos X. Su apariencia era la de un juguete. La única pieza metálica era el percutor, que era lo más parecido a un simple clavo que cabía imaginar.

Sin embargo, no era un juguete, con ella se podían disparar balas de 5,5 milímetros, la munición que utilizan muchos ejércitos, entre ellos el español. Los proyectiles no podían ser de plástico. Así que se los pidieron prestados a un centinela de un cuartel de Tenerife unas cuantas noches antes.

Y los otros dos hermanos estaban allí abajo, en los camiones, para llevar a cabo la segunda parte del plan. Cuando llegara el momento, sabrían darle utilidad al contenido de aquellos vehículos.

Era un plan audaz y brillante. Estaba seguro de que se hablaría de ellos durante años, tal vez durante siglos. Un golpe mortal al orgullo del opresor y una bofetada a la opinión pública internacional. Era justo lo que se merecían por su olvido pertinaz.

Así aprenderían. Unos y otros.

63

14

08.50 horas

—Ya se lo he dicho, teniente, me he retirado del negocio. Ahora soy un hombre honrado.

La voz de Juan Delgado, alias el Yoni, sonó hueca en la austera sala de interrogatorios de la comisaría de Policía de La Laguna. Sentado en una silla de plástico oscuro, entre él y Morales, que le miraba escéptico, solo mediaba una mesa metálica con la superficie de DM y sobrechapa de color nogal.

—Subinspector Morales para ti, Yoni —replicó el policía—. Hay pocos traficantes de armas en la isla, y tú eres uno de ellos. Aunque ya no te dediques a eso, estoy seguro de que algo te llega.

El Yoni se recompuso en aquella incómoda silla, cruzando las piernas en el otro sentido. De unos cincuenta y pocos años, su silueta delgada se perdía en una ropa que le quedaba algo grande. Parecía un demandante social de Cáritas o un fanático de las dietas milagro. Viejo conocido de la comisaría, había cambiado una vida peligrosa, en la que se dedicaba a comprar y vender todo tipo de productos ilegales (incluidas armas, aunque nunca droga), por la apacible rutina de barman en un establecimiento de características algo sórdidas comprado con unos ahorrillos de origen más sórdido aún. Esa sordidez, más toda la experiencia y los contactos acumulados a lo largo de su carrera, es lo que hacía que estuviera sentado allí.

—Inspector, usted espera demasiado de mí. —El Yoni no ocultaba un deje de condescendencia—. Ya no me mezclo en esos asuntos. Entre otras razones porque entre ustedes y la

Guardia Civil han puesto el negocio muy difícil. Ya no hay clientes. Ni que vendan ni que compren.

Al encararse con el Yoni, Morales, un hombre de cincuenta y tantos, de la misma quinta que Ramos, mostró las múltiples cadenitas de oro que colgaban de su cuello, pues llevaba un par de botones de la camisa sin abrochar. El policía decidió acotar más el asunto.

—Sabemos que hay un grupo en la isla con armas militares —dijo—. Pueden ser extranjeros.

La posibilidad de que los hombres que habían atacado al centinela del cuartel de La Cuesta fueran extranjeros no estaba del todo clara. Eran dos tipos fuertes, no muy altos, morenos, tanto de cabello como de facciones. Podrían ser naturales del sur de la isla, pero en ese perfil cabían también muchas etnias extranjeras.

El Yoni meditó unos segundos. Dio la impresión de que trataba de hacer memoria. El inspector Galán escuchaba atentamente la conversación, de pie, apoyado en la pared, detrás de Morales, pero sin intervenir.

—No he oído nada sobre armas militares —dijo el Yoni.

Morales lo miró fijamente y cabeceó una vez, en un movimiento que reflejaba que su interlocutor le estaba llevando a una situación que quería evitar.

—Yoni. —El policía habló muy bajo y sosegado—. Tu licencia de apertura del bar ha vencido. Para renovarla tendrás que pasar inspecciones de trabajo, de sanidad, así como la revisión del cuadro eléctrico. Te va a costar una pasta, pues ahora mismo no cumples con ninguno de estos requisitos. Nosotros podríamos ayudarte. Piensa en ello.

Los ojos del Yoni brillaron de rabia. Tarde o temprano, los polis siempre jugaban sucio con él.

—Hoy en día, los únicos que buscan armas son sudamericanos —dijo—, colombianos, sobre todo. Aunque se bastan entre ellos, ya que tienen sus propias fuentes de suministro. Últimamente he oído algo sobre algún que otro ruso, pero poca cosa.

—Cuéntame algo más sobre eso —le insistió Morales.

—Con los turistas entra de vez en cuando algo de morra-lla. Pertenecen a mafias de allá. Cuando están aquí, buscan alguna que otra arma, ya sabe, por sentir ese peso en el bolsillo que tanto los tranquiliza. Pero solo quieren pistolas y que no ocupen mucho espacio. No sé nada de armas militares, abultan demasiado.

La puerta de la sala se abrió. La fornida silueta del subinspector Ramos apareció en el umbral. Llevaba un folio impreso en la mano que entregó a Galán.

—El informe de la Guardia Civil —avisó.

El Yoni miró a Ramos con aprensión. ¿Acaso ese informe contenía la prueba de algo que le afectara a él? No se fiaba ni un pelo. Los polis podían resultar de lo más traicioneros.

Morales miró también a Galán, como pidiendo permiso para continuar. El inspector se percató de que todos lo miraban.

—Sigan —dijo, sonriendo—. Esto no tiene nada que ver con ustedes.

Morales se encaró de nuevo con el Yoni.

—A ver, dame nombres y lugares.

Mientras el interrogado suspiraba y miraba al techo de la habitación, Galán le echó un vistazo al papel. Su contenido era escueto.

La munición robada era de calibre 5,56 milímetros, standard OTAN, utilizada para los fusiles de asalto Heckler & Koch G36E, los que usaba el ejército español desde que jubilaron en 1999 a los clásicos CETME. Los cargadores que habían sustraído eran de treinta cartuchos con bala, que no servían para armas cortas convencionales, ni de uso militar ni de uso deportivo. Se había revisado el inventario de todas las armas militares del archipiélago canario de los últimos cinco años y no faltaba ninguna. Todas estaban bajo control. El informe concluía que poco se podría hacer con esas balas sin poseer sus fusiles o pistolas correspondientes.

Eso era evidente, pensó Galán…, salvo que trajeran los fusiles de fuera.

Y no podía descartar nada.

15

08.50 horas

—¿*S*eñor Ariosto?

Un tripulante del catamarán, con uniforme azul celeste, se dirigió a los tres pasajeros que acababan de subir aquella terrible escalera metálica de cincuenta peldaños (el equivalente a cinco pisos) que les llevaba del muelle a la cubierta del pasaje. Los últimos escalones conllevaban un aumento del ritmo de la respiración, era inevitable. Ariosto tomó aire antes de responder:

—Soy yo. Dígame.

—Me imagino que le acompañan el señor Arribas y su esposa. Soy Martín Curbelo, el contramaestre. Bienvenidos a bordo.

—Mucho gusto —respondió Ariosto, afable—. Veo que mejora el servicio de atención al cliente.

Martín sonrió.

—El capitán me ha dado orden de recibirles y llevarles al salón Platinum Class.

—Tenemos billete de turista —repuso Ariosto—. Y nuestro chófer se encuentra en el garaje.

—El capitán me ha encargado que viajen todos ustedes de la manera más cómoda posible. Cortesía de la casa. ¿Sabe que es un gran aficionado a la música clásica? Cuando los ha visto en la lista de pasajeros, no ha dudado un momento en señalarles como clientes ilustres. Cuando zarpemos, quiere conocerles personalmente.

—Muchas gracias. Será un placer. —Se volvió hacia sus amigos—. ¿No hay inconveniente en viajar en primera clase, verdad?

El matrimonio sonrió con la pregunta, no hacía falta responder.

El contramaestre abrió la marcha, entrando en la cubierta. Tras dejar un par de filas de butacas a la derecha, cruzaron una puerta de cristal y entraron en el espacio acotado de Platinum Class, que ocupaba toda la popa de la embarcación. A ambos lados se encontraban tres filas dobles de asientos; en el centro, otro bar semicircular que encaraba ocho mesitas bajas redondas, rodeadas de sus correspondientes sillones azules de medio respaldo. Al fondo, una cristalera corrida que daba a un balcón estrecho mostraba el paisaje marítimo que dejaba atrás el barco.

Se sentaron en una de las mesas de centro; los músicos, de cara al mar, dispuestos a disfrutar de las vistas. Una vez que el contramaestre se hubo despedido, un solícito camarero que llevaba el mismo uniforme se les acercó y tomó nota de lo que pedían: un café y dos tés.

A la hora en punto, el *Nivaria Ultrarapide* se separó de tierra lentamente y dejó atrás el refugio del pequeño puerto de Agaete y la isla de Gran Canaria. Una impresionante serie de picos cortados de distintas tonalidades que surgían con fiereza del océano contempló impertérrita el comienzo de la segunda travesía diaria del catamarán. Al cabo de pocos minutos, tras su salida de los muelles, el barco aumentó la potencia de sus dos turbinas y llegó a su velocidad de crucero de treinta y cinco nudos. Para ser un ferry de pasajeros, era un barco muy rápido.

—Veo que no hay demasiado oleaje —dijo Natalya, animada—. Hasta que no se zarpa no se sabe cómo está el mar.

—En esta época del año, suele hacer buen tiempo —respondió Ariosto—. De todas formas, el viaje es corto, apenas una hora.

La rusa asintió sin mostrar sus reticencias. En una hora de marejada podía llegar a pasarlo verdaderamente mal.

Las bebidas llegaron al mismo tiempo que Olegario, que andaba un tanto despistado buscándolos.

—¡Estamos aquí! —Ariosto llamó su atención levantando un brazo.

El chófer se acercó.

—La compañía ha tenido a bien acomodarnos en este salón

—dijo—. Un detalle, la verdad. Siéntese con nosotros. ¿Todo bien por abajo?

—Gracias, pero prefiero sentarme en un sillón, si no les importa —respondió Olegario echando un vistazo a las butacas, más amplias y mullidas que en el resto del barco—. No me apetece tomar nada. En cuanto al coche, he tenido que dejarlo al lado de unos camiones enormes, lo que no me gusta demasiado, pero no me ha quedado otra: el personal del barco me obligó a estacionarlo allí.

—¿Por qué? ¿Algún problema? —preguntó Ariosto, intrigado.

—No, nada especial, es una simple manía. Una vez vi cómo se abría accidentalmente uno de esos camiones durante una travesía. La mercancía se desparramó entre los coches aparcados a su alrededor. Eran bolitas de corcho. Y no saben ustedes cómo quedaron los automóviles.

—¡Ah!, comprendo su inquietud, Sebastián —repuso Ariosto, aliviado a medias—. Pero estoy seguro de que en este viaje no va a ocurrir nada similar. Relajémonos y disfrutemos.

Olegario se despidió con un ademán de cabeza y se sentó en una de las butacas a su derecha. En la Platinum Class apenas había gente. Solo otros cinco pasajeros. Rechazó con un gesto amable al camarero, que ya estaba preparado para tomarle nota. Entonces, como le había indicado su jefe, intentó relajarse.

Olegario, a pesar de haber trabajado en su juventud en los muelles de Civitavecchia (el puerto de Roma), Marsella y Barcelona, no era hombre de mar. Afortunadamente no se mareaba, pero los barcos le imponían respeto. A fin de cuentas, podían hundirse, y eso era algo que no podía controlar.

El acento de Natalya le recordó un episodio lejano, cuando tuvo que vérselas en un recodo oscuro del puerto francés con tres marineros rusos borrachos. Aquellos tipos tenían ganas de gresca, llevaban muchos meses pescando en el Atlántico y volvían a su país a través de un viaje por el Mediterráneo y el mar Negro. Por lo visto, no les gustó su cara, muy poco curtida para la gente de los barcos, y se propusieron modificar algo sus rasgos a base de golpes. Eran los años en que comenzó a boxear, siempre como aficionado, y aún no le habían tocado apenas el rostro. La refriega no duró más de un minuto, los rusos —soviéticos se les llamaba por aquel entonces— no coordinaban bien con todo el whisky que llevaban encima y los fue dejando fuera de combate uno tras otro con distintos golpes académicos. Todavía se acordaba: un directo para el primero, un *crochet* para el segundo, y un *uppercut* para el tercero. Qué lástima que no hubiera habido público. Pero no pudo evitar que uno de ellos le acertara en la nariz. No fue un derechazo lo suficientemente fuerte para dejarlo KO, pero sí para romperle el tabique nasal.

El médico le aconsejó una operación de urgencia, antes de que la fractura se consolidara, y así lo iba a hacer, tenía fecha para ello un par de días después. Pero Sophie, una morenaza que le sorbía su juvenil seso en el establecimiento de Madame Lagard, le dijo que así estaba más atractivo.

Y así se quedó.

Desde entonces, cada vez que escuchaba el acento ruso, recordaba aquellos tiempos pasados que ya no volverían, y a Sophie y a otras —morenas, rubias y pelirrojas— que pasaron por su vida poco después. Era un dulce recuerdo, a pesar de todo.

Echó atrás el respaldo de su sillón y trató de dormir un rato, ya estaba bien de recuerdos. Ese acento lejano que le distraía tanto solo le iba a llegar de los labios de la chelista rusa. De ningún sitio más.

O al menos, eso fue lo que deseó.

16

09.00 horas

A Sandra le costó llegar al aparcamiento del parque Marítimo más de lo que esperaba. En la explanada que daba acceso al conjunto de piscinas más atractivo de la ciudad, en la costa, al lado del auditorio, se había instalado el control de seguridad para acceder al *Rossia*. Dos helicópteros esperaban a los invitados para llevarlos a bordo del superpetrolero. Era el mejor sistema. Aunque existía una escala convencional en uno de los lados del buque, era sumamente incómodo utilizarla si el barco no estaba atracado en un muelle. Lo mejor era el helicóptero, aunque a algunos no les gustara mucho la perspectiva de montarse en uno de esos aparatos.

Las medidas de seguridad exigían que se hubiera levantado una valla en torno al extenso aparcamiento, y que una serie de vigilantes, acompañados de policías locales, controlaran el acceso de los invitados y de los representantes de los medios, únicos autorizados para subir a los helicópteros.

Dos Agusta AW-189 italianos de diseño elegante, con capacidad para dieciséis pasajeros, esperaban a los primeros periodistas para llevarlos al *Rossia*. Los aparatos habían sido alquilados para los traslados en todas las escalas que el barco tenía previsto hacer en Europa. Había dinero para eso y para más.

Sandra, a pesar de haber llegado algo tarde (tuvo que dejar el coche en el aparcamiento del centro comercial Meridiano, a un kilómetro de allí), entró la penúltima en el segundo helicóptero. Se acomodó en la tercera fila de asientos. Sintiéndose un tanto fuera de lugar, como todos sus colegas, se abrochó el cinturón de seguridad y se encomendó a la Virgen de La Concepción. Las puertas se cerraron y el rotor principal comenzó a ganar velocidad al tiempo que el ruido del motor hacía vibrar las paredes del aparato. El helicóptero comenzó a despegar verticalmente, dando ligeros bandazos. Aquel movimiento tan distinto al de los aviones pilló por sorpresa a casi todos los pasajeros.

—Esto se mueve como un tren de cercanías —comentó un periodista madrileño venido ex profeso para asistir al evento y que iba sentado en la segunda fila.

Ya fuera por la tensión o por desconocimiento (en Canarias no hay trenes), nadie se rio del comentario. Sandra se descubrió con las manos crispadas sobre los apoyabrazos de su asiento, y se obligó a relajarse. El helicóptero ganó altura rápidamente y se desplazó a su derecha, inclinándose sobre ese lado. El espectáculo aéreo de las piscinas diseñadas por César Manrique, el del castillo negro (un recuerdo de gloriosas épocas pretéritas) y el del auditorio pasó en cierta manera desapercibido cuando, apenas dos minutos después, el helicóptero comenzaba a sobrevolar el inmenso casco rojo y blanco del *Rossia*. Una hilera de tuberías paralelas que partían del edificio (no podía llamarse de otra manera) de diez plantas cruzaba la cubierta superior del barco del puente de mando hasta la punta delantera del buque. De ellas salían otras tuberías transversales, más pequeñas y estrechas, que le daban al conjunto el aspecto de espina de pescado. A la mitad del barco aparecían pintadas sobre su superficie dos H gigantes dentro de unos círculos pintados de azul: eran los lugares indicados para que aterrizaran las aeronaves. Y hacia allí fue el helicóptero. Sandra observó que el aparato gemelo ya había aterrizado sin novedad y sus pasajeros comenzaban a descender.

El aparato se niveló, se detuvo sobre la vertical de la señal y descendió despacio hasta que sus ruedas tocaron la cubierta. Un suspiro de alivio colectivo se propagó por la cabina. Ahora comenzaron las sonrisas, mirándose unos a otros, intentando disimular la aprensión.

Las puertas correderas se abrieron y varios hombres con uniforme rojo y blanco, los mismos colores del barco, les hicieron señas para salir. Cuando fue su turno, Sandra bajó a la cubierta e, inconscientemente, hizo lo que todos, caminar encogida, con la cabeza agachada, a pesar de que la hélice horizontal giraba a más de tres metros de altura.

Una vez fuera de la zona de aterrizaje, los periodistas que habían descendido de ambos helicópteros se congregaron en torno a un hombre encorbatado que les esperaba sonriente junto a una chica que vestía con elegancia. El relaciones públicas y la traductora, dedujo Sandra. Y no se equivocó.

—Bienvenidos al *Rossia* —tradujo la muchacha del ruso casi simultáneamente—. La compañía Rosneft les agradece su presencia en el viaje inaugural de este magnífico barco. El propio capitán Kovaliov les hablará de sus principales características. Síganos, por favor.

Los periodistas siguieron a la pareja por un camino de pintura rugosa antideslizante; de un azul celeste. Sandra oteó el horizonte. Más de doscientos metros de paseo por la cubierta del petrolero. Olía a pintura por todas partes, y casi nada a petróleo. Se notaba que la embarcación era nueva. La anchura del barco llegaba casi a los cien metros. No tenía la sensación de estar en un barco, sino más bien en un plató de película de ciencia-ficción. El pequeño muelle de la refinería quedaba allá abajo, treinta metros por debajo de la borda. Parecía un minúsculo apéndice del monstruo de tuberías, chimeneas y tanques que conformaba la fábrica de combustible.

El camino pintado terminaba en la puerta principal del bloque central de mando. Un cubo de color blanco de treinta metros de altura se elevaba sobre la plataforma por la que caminaban. De su azotea sobresalían dos estrechas pasarelas que sobrevolaban la cubierta hasta llegar a las bordas.

Al pie de la puerta principal, les esperaban tres miembros de la tripulación. Dos tipos delgados y un gigante de casi dos metros de altura y que lucía una poblada barba entrecana. Por su empaque, el uniforme azul y la gorra, Sandra dedujo que era el capitán.

—¡Bienvenidos a mi barco! —exclamó. La traductora fue haciendo su trabajo—. Me llamo Kovaliov y voy a ser su anfitrión.

Abrió ampliamente los brazos y la sonrisa: una muestra de hospitalidad. Por lo que parecía, era un hombre afable.

—Están a punto de ver algo único. Van a vivir una experiencia que no van a olvidar en su vida —añadió.

Intentaba venderles bien la moto. Sandra no creía que visitar un barco fuera a constituir una experiencia inolvidable, por muy grande que fuera.

Para eso haría falta algo más.

17

09.15 horas

—¿ *D*on Luis Ariosto? —Un tripulante del barco se había acercado a la mesa donde estaban.

—Efectivamente —contestó, intrigado. En aquel barco todo el mundo parecía conocerle.

—Una tarjeta para usted. Me la ha entregado una señora en el salón principal.

Ariosto tomó la tarjeta con curiosidad y dio las gracias al empleado de la compañía. Le echó un vistazo rápido, alejando el papel un tanto de su rostro. La presbicia no perdonaba. «Vicky Ossuna, galerista.» ¡Vaya!, ¿Qué diablos hacía su marchante de arte favorita en el barco? ¿Y cómo es que no iba en primera?

Le dio la vuelta a la tarjeta y leyó, escritas a mano, un par de frases: «Luis, ¿puedes reunirte con nosotras unos minutos? Quiero presentarte a unas amigas».

Ariosto dudó. Vicky, una vieja amiga de la familia, estaba emparentada políticamente con su tía Enriqueta, la que vivía en La Laguna, y más de una vez habían intentado hacerle caer en una encerrona para buscarle novia. Era una obsesión familiar. No obstante, Vicky era un encanto, la conocía desde niño y la trataba como a una hermana mayor. No iba a hacerle un feo.

—Amigos —dijo a sus compañeros de viaje, levantándose—, debo atender un compromiso familiar. Discúlpenme, no tardaré mucho.

Ariosto se recompuso la chaqueta de paño azul oscuro y la corbata granate, y fue hacia el salón principal del barco. No tardó en localizar a Vicky. Como siempre, su presencia irradiaba luz a su alrededor. Estaba sentada en una de las butacas centrales de las mesas bajas anexas a la barra de la cafetería. Un haz de luz caía verticalmente sobre su cabello, haciéndolo brillar de manera extraordinaria. Ariosto estaba seguro de que ella había elegido aquel lugar, justo bajo la claraboya del techo, para sentarse.

—¡Luis! —exclamó, agitando la mano, en un tono lo suficiente alto para que él la oyera y no molestar al resto de los pasajeros—. ¡Aquí!

Ariosto hizo una señal de reconocimiento y se acercó al grupo de mujeres, todas de cincuenta para arriba. Afortunadamente, observó, los cuatro asientos correspondientes a la mesa estaban ocupados, no le obligarían a sentarse.

Al examinar a las mujeres, Ariosto descubrió, con aprensión, que una de ellas era Elenita González de Arico, recientemente enviudada, y con la que su tía Enriqueta pretendía emparejarlo. Sin ser consciente de ello, se puso a la defensiva.

—Querida Vicky. —No dejó que la mujer se levantara y se agachó e imitó el gesto de dos besos acercándose lo estrictamente necesario al rostro de la dama para no embadurnarse con la capa de maquillaje—. Cuánto tiempo sin verte. Te veo estupenda.

—¡Ay, Luis! Mira que eres mentiroso —respondió, sonriendo—. Pero me lo puedes repetir cuantas veces quieras.

Ariosto adoptó una expresión de asombro.

—Es la pura verdad. Por donde pasas, todo resplandece.

La frase hubiera sonado demasiado almibarada en otro entorno, pero el grupo la aprobó expresamente son sendas sonrisas. Las amigas de Vicky eran de su misma cuerda.

—Quiero presentarte a unas chicas que han oído hablar de ti —dijo, haciendo un movimiento en arco hacia las demás.

—Espero que lo que hayan escuchado sea bueno —repuso Ariosto.

—¡Pues claro! Déjate de bobadas. Te las presento. —Su amiga Vicky empezó por la primera mujer sentada a su derecha—: Yoli Chaves, la dueña de la boutique Mía, una amiga de toda la vida. Cuqui Benítez de Ledesma, nuestra ginecóloga, toda Santa Cruz ha pasado por su consulta. Y Elenita, a la que creo que ya conoces.

Ariosto tomó la mano de cada una de ellas e imitó el beso ceremoniosamente. Suponía que no se esperaba de él otra cosa. Cada beso llegó acompañado de un «encantado».

—Efectivamente, querida Vicky, fuimos compañeros de estudios en la Alianza Francesa. ¿Cómo estás Elena? Espero que te estés sobreponiendo.

La aludida fue a responder, pero Vicky se adelantó.

—Ya está bastante repuesta, pero hay algo que la pondría más a tono.

Ariosto se sorprendió de la frase y de las inmediatas carcajadas reprimidas de las otras mujeres, incluso de la propia Elenita, que se ruborizó completamente.

—Pues me alegro —dijo Ariosto, por decir algo—. Veo que vuelven a Tenerife de buen humor. ¿Puedo serles de ayuda en algo?

Esta vez las damas no pudieron contenerse y rieron de buena gana, ante el rostro perplejo de Ariosto, que buscó pacientemente la mirada de Vicky, pidiendo una explicación.

—Luis, no hagas caso —dijo la galerista, entre risas—. Es que nos influye lo que pasó ayer en Las Palmas.

—¡Ah! Tuvo que ser algo muy divertido —respondió Ariosto.

—No lo dudes, pero no te lo puedes imaginar.

Ariosto no quiso imaginar nada, pero sonrió, esperando a que Vicky prosiguiera.

—Fuimos a un encuentro con autor. Somos del club de lectura Nivaria.

—¡Qué interesante! —Ariosto estaba cada vez más sorprendido—. No sabía que les apasionara la literatura. ¿Algún escritor de renombre?

Las mujeres, ya más comedidas, sonrieron y se miraron de modo cómplice.

—No sé si la conoces, Luis. Se trata de Ruthie Foxx. Con dos equis.

Las amigas de Vicky volvieron a reprimir las risas.

—No la conozco —confesó Ariosto, intrigado—. ¿Novela negra? Están muy de moda…

—Es un seudónimo. En realidad, es española. Es la autora de la trilogía Dame.

—¿*Dame*? —preguntó Ariosto—. ¿De dama en francés?

—Pues no, no habla de damas precisamente. El título de la primera novela es *Pasión*. La segunda se titula *Lujuria*. La tercera se llama *Lo que quieras*.

Las mujeres rompieron a reír de nuevo. Ariosto no tardó en comprender.

—¿Novela erótica? —preguntó, con una amplia sonrisa.

—Lo de erótica es un cumplido —respondió Vicky tras superar un nuevo ataque de risa—. Anoche acabamos cenando con la autora. Fue muy edificante. ¿Sabes lo que es un libanés?

De nuevo, todas estallaron en carcajadas.

Ariosto comenzó a sentirse un poco fuera de juego. Era demasiado para aquellas horas de la mañana. Sería mejor desmarcarse.

—Los naturales del Líbano, evidentemente —respondió con elegancia, haciéndose el ingenuo.

Yoli Chaves intervino por lo bajo, señalando disimuladamente con el dedo y tapándose la boca.

—Aquellos parecen libaneses.

Ariosto siguió su mirada hasta un grupo de cuatro hombres, tres de los cuales eran muy morenos. Tenían cara de pocos amigos y, aparentemente, parecían muy ajenos al resto del pasaje. Todos menos uno, el rubio. Ariosto se percató de que las miraba con ferocidad durante un instante, antes de volver a concentrarse en la revista que la compañía naviera ponía a disposición de los pasajeros.

Las risitas del grupo de mujeres distrajeron su atención de aquel detalle.

—Cuando tenga la oportunidad, echaré un vistazo a esas novelas —dijo.

—No sé si te van a gustar, Luis —contestó Vicky—. No son de tu estilo.

—Nunca se sabe, Vicky. A veces uno no puede evitar dejarse dominar por fuerzas incontrolables. Hay que saber vivir la vida.

Ahora era él quien jugaba. Las mujeres lo miraron con un

brillo en los ojos. Una mirada depredadora. Mejor salir corriendo de allí.

—Y cuando lea las novelas —añadió—, quedaremos para comentarlas, si les parece bien, claro.

Las señoras casi aplaudieron la propuesta con sus sonrisas. Si seguía así, se le lanzarían al cuello.

—Debo irme, queridas, estoy con unos amigos a los que tengo abandonados.

—Lo sentimos mucho, Luis. Te llamo y quedamos un día.

Las miradas furtivas que Yoli y Cuqui echaron a Elenita le dijeron que su tía Enriqueta ya la había invitado a tomar té con galletas inglesas en su casa de La Laguna, y que todas, pero todas, iban a estar presentes en esa hipotética cita.

—Por supuesto, será un placer.

Ariosto arrastró maliciosamente la última palabra unas décimas de segundo.

Esta vez se despidió con una elegante reverencia, intentando no pasar de nuevo por los besos decimonónicos que en aquel momento le parecieron contrarios a sus intereses. Estaba loco por volver con sus amigos.

Volvió a su asiento haciéndose dos preguntas.

La primera: ¿por qué aquel tipo había respondido con una mirada airada a las inocentes risas de las mujeres?

Y la segunda: ¿qué demonios era un libanés?

18

09.15 horas

Una gran parte de los pasajeros del *Queen Elizabeth* se agolpaban en las amuras de babor atentos a cómo se acercaban al gran superpetrolero ruso. La expectación aumentaba a medida que el crucero se acercaba a Tenerife, que ya ocupaba todo el horizonte, con sus laderas ascendiendo suavemente hacia el interior confluyendo en la majestuosa silueta del Teide, dueño y señor del *skyline* de la isla. El *Rossia* se hacía cada vez más grande ante sus ojos; su verdadero tamaño comenzaba a evidenciarse al compararlo con la maraña de tuberías, chimeneas y tanques que conformaban la refinería que se encontraba a su lado.

La velocidad del barco británico aminoró unos nudos, de modo que los viajeros pudieran disfrutar del espectáculo con tranquilidad. Al cabo de apenas veinte minutos, pasarían muy cerca del gigante ruso y el que quisiera podría extasiarse haciendo fotos. Todo un valor añadido para aquella travesía.

Los Carpenter llevaban una hora acodados en la zona que llamaban Promenade, cerca de la proa del crucero. Era el mejor lugar para desplazarse en caso necesario de una borda a otra del barco. Sin embargo, esa precaución era innecesaria, el *Queen Elizabeth* se acercaba al *Rossia* dejándolo a su izquierda, a babor.

Robert Carpenter estaba deseando encontrarse con el sobrecargo para cambiar impresiones con alguien que supiera de barcos. Maggie, su mujer, no era precisamente una buena contertulia para esos temas. Y ya estaba comenzando a cansarse, replicando cada vez más espaciadamente a sus comentarios, y eso que no había comenzado el espectáculo de verdad. Lo que no sabía el señor Carpenter era que Higgins, el sobrecargo, los tenía localizados desde que subieron a la cubierta y que había evitado con sumo cuidado pasar por su lado.

Higgins sabía lo que se hacía.

Robert Carpenter aguzó la vista para apreciar los detalles del barco gigante al que se aproximaban. Una eslora inmensa, de casi medio kilómetro, y una altura de unos sesenta metros sobre el nivel del mar en su cota más alta. Si el señor Carpenter tenía algo bueno, era su capacidad para medir las distancias y las velocidades. Era un don innato, que había descubierto en sus primeras singladuras en la Royal Navy. Sus compañeros y sus superiores conocían esa habilidad que, de momento, no le había servido de nada. En su momento, fue capaz de determinar, a ojo, el tiempo que tardarían dos buques en colisionar si ambos mantenían un rumbo determinado, así como el peso de la carga de cada embarcación en función del tipo de barco y su velocidad. Era esa clase de conocimiento anecdótico que no implicaba una mención especial para el reenganche. Ni para cualquier otro uso útil.

Sin embargo, Robert Carpenter se sintió de nuevo un joven marino al redescubrir esas dotes que creía perdidas tras tanto tiempo entre longanizas y salchichas envasadas al vacío. De forma inconsciente, había calculado mentalmente que tardarían en llegar a la altura del costado del *Rossia* veintitrés minutos y medio, si la velocidad del *Queen Elizabeth* no variaba. El crucero debía virar unos grados a estribor si no quería chocar con el superpetrolero. Pero esos datos no importaban a nadie, ni siquiera a Maggie, por lo que se los guardó para él.

Lástima que el sobrecargo no se dejara ver.

Recordó un episodio de sus meses de servicio en el Atlántico Sur, en el destructor *HMS Exeter*, en el que estaba destinado, cuando surgió el conflicto de las Falklands, las Malvinas para los latinos, allá por 1982.

Se acordaba como si fuera ayer. En aquellos tiempos, era un simple peón de artillería, un machaca que cargaba la munición de un lado a otro. Sin embargo, le tocó estar en cubierta una fría mañana de primeros de mayo; desde su puesto, vio maniobrar a los barcos de guerra que se dieron cita en aquel desapacible lugar. En un momento dado, se le ocurrió decirle a su superior:

—El *Sheffield* está demasiado expuesto. Se halla dentro del radio de acción de un misil.

El teniente, un capullo escocés pelirrojo hasta el blanco de los ojos, de cabeza y mentalidad cuadradas, le replicó:

—Qué sabrás tú de eso, inglés ignorante. Nuestros mandos lo tienen todo controlado.

Y tan controlado lo tenían que los argentinos enviaron un Exocet que llegó en un suspiro, impactó en el destructor y lo dejó fuera de combate. A los pocos días, se hundió. Carpenter llegó a determinar en voz alta los segundos que faltaban para la explosión, lo que solo le valió un arresto de dos días. A partir de entonces, supo que era mejor mantener la boca cerrada. No obstante, el teniente tuvo la lucidez suficiente para, minutos después, encararse acaloradamente con el capitán del *HMS Exeter*. El barco se desplazó las millas suficientes para quedar fuera del alcance de los diablos volantes de fabricación francesa que había comprado la dictadura de los generales. Por primera vez, se comprobaba que un solo misil era capaz de hundir un destructor de última generación.

Por mucho que le hubiera gustado hacerlo, Robert Carpenter no pudo decir aquello de «ya lo decía yo».

Qué le iba a hacer.

Así es la vida.

19

09.20 horas

Olegario dejó por imposible lo de echar una cabezada. Ni siquiera el zumbido de fondo de los motores del barco lograba atenuar el parloteo de dos señoras mayores que estaban sentadas tres asientos por delante. Era inútil, por mucho que intentaba concentrarse en otra cosa, no podía evitar enterarse de los sinsabores matrimoniales de la hija de una de ellas, y de la extraña apariencia de los sucesivos novios de la nieta de la otra, temas sobre los que se explayaban sin el menor recato.

Olegario optó por levantarse y dar un paseo por el barco. Como le venía de paso, visitó el lavabo de caballeros, un lugar donde, en plena travesía, uno no sabía qué iba a encontrarse. Afortunadamente, estaba vacío: los veinte minutos de viaje aún no habían pasado factura a ningún pasajero. Los focos de luz amarillenta del techo, entrando a la izquierda, contribuían a acentuar las ojeras y a ofrecer un aspecto demacrado a quienes se aventuraban a mirarse en el espejo. Olegario se preguntó si aquel efecto era cosa de la naviera o de uno de sus peores enemigos. A la derecha, los urinarios de pared sobre los que se cruzaba una barra metálica de seguridad de lo más oportuna —un cabeceo excesivo del barco podía resultar bastante incómodo— le daban un aire de cuartel de la guerra fría, muy espartano y muy gris. Enfrente había unos cubículos con los retretes; seguro que más de uno habría pasado un rato horrible en días de mala mar.

Se lavó las manos evitando el espejo, las puso bajo un secador de aire caliente que no era capaz de quitarle la humedad y volvió a salir al pasillo.

Sin poder evitarlo, echó un vistazo a unos cuantos pasajeros que trataban de pasar el tiempo lo más entretenido posible. Una pareja dormitaba a su izquierda, tratando de inhibirse de su entorno; tres hombres, que parecían camioneros que coincidían en muchos de sus viajes, jugaban a las cartas comentando ruidosamente los engaños de la partida; cuatro señoras trataban de intimidar a Ariosto, a juzgar por las risas femeninas; y cuatro hombres, un poco más allá, a la izquierda, permanecían hieráticos mirando al frente, evitando cruzar sus miradas con las de otros pasajeros.

Era extraño. Sus posturas no eran naturales. Cuatro hombres no se comportan en un viaje sin hablar entre sí, sin leer una revista, sin escuchar la radio o uno de los múltiples aparatos de música individuales que superpueblan el mercado de cachivaches electrónicos. No quiso examinarlos descaradamente, por lo que siguió su paseo con disimulo. Le llamó la atención aquel modo de intentar pasar desapercibidos sin conseguirlo. Tres de los tipos eran morenos, tal vez por trabajar al aire libre: el cuarto era rubio, de facciones eslavas. Miradas duras y ausentes. No le terminaban de gustar.

Estaba comenzando a hacerse ciertas preguntas cuando Ariosto, que había logrado librarse de aquel grupo de mujeres, pasó por su lado.

—¿Todo bien, señor? —preguntó.

—Ahora sí, Sebastián. Pero si hubiera aparecido unos minutos antes se lo hubiera agradecido.

—Vamos, señor, usted sabe manejarse en esas situaciones.

—Me gustaría estar más acostumbrado. Es difícil salir airoso de una emboscada como esta. Le aconsejo que desvíe su camino para evitar caer en sus garras. Vuelven de un encuentro con una escritora de novelas eróticas. Una autora que no conozco, una tal Ruth Phoxx, con doble x.

—Lo tendré en cuenta, gracias.

Ariosto siguió en dirección a la Platinum Class. Olegario continuó su camino y, al pasar junto al grupo de señoras, su despiste fingido no logró que estas le ignoraran.

—¡Sebastián! —Vicky Ossuna lo había descubierto—. ¡Ya sabía yo que no debía de andar muy lejos! ¿Cómo se encuentra?

—Señora Ossuna —dijo, respetuosamente, con una leve inclinación de cabeza—. Muy bien, gracias.

—Amigas, Sebastián es el chófer y ayudante para todo de Luis —informó Vicky—. Un hombre de mundo, que ha viajado por todas partes.

La mirada aprobadora de las otras mujeres indicó a Olegario que había superado el examen de ejemplar masculino. Debía de estar a la altura.

—Tengo entendido que son seguidoras de Ruth Phoxx —les dijo—. A mí también me gusta su estilo.

Las mujeres quedaron boquiabiertas de la sorpresa. No se esperaban aquella salida.

—Pero no creo que aprueben el modo en que Stephen trata a Claire en la tercera novela —continuó—. Una actitud machista insoportable. ¿No creen?

Las bocas permanecieron abiertas. Vicky fue la primera en salir de su estupor.

—Sí, claro. Un trato vejatorio, infame.

—Sí, aunque hay personas a las que puede atraerles el maltrato consentido, el *bondage*, con toda aquella parafernalia del cuero negro —se detuvo un segundo, antes de proseguir, con voz lenta y seductora—, de las esposas, del látigo… —Bajó la voz más aún—. ¿Lo han probado alguna vez?

El chófer sonreía con ojos de lobo. Las mujeres volvieron a quedar fuera de juego. Olegario se dispuso a rematar la faena.

—¿Les gustaría probar? Conozco un lugar en un barrio apartado donde…

Las mujeres le miraron, horrorizadas. Todas salvo Elenita González de Arico, que dijo:

—¿No será el Caballo Rojo, verdad?

Sus compañeras se llevaron las manos a la boca. Aquello sí que las había dejado pasmadas.

Olegario le hizo un guiño imperceptible a Elenita, que trató de adoptar su expresión más inocente.

Y ambos sonrieron.

89

20

09.20 horas

*E*n el amplio espacio destinado al aparcamiento de vehículos del *Nivaria Ultrarapide* no se oía otra cosa que el fragor de los motores de popa. Una vez en marcha el catamarán, las puertas de acceso al garaje se cerraban y los vehículos permanecían en la penumbra. Dado que las entradas desde la cubierta del pasaje estaban bloqueadas, solo había un tripulante. Se colocaba en el borde de popa, vigilando que los vehículos no se desplazaran.

Por lo demás, el garaje debería estar vacío.

Pero no era así.

Dentro de las cabinas de los camiones de fertilizante, dos alarmas de reloj de pulsera sonaron débilmente, ambas al mismo tiempo. Solo sus propietarios las percibieron. Y se pusieron en marcha. Levantaron los dos asientos traseros y salieron del hueco que había debajo, un espacio destinado al equipaje de los conductores.

En el camión delantero, Ajmed, cauteloso, oteó con la cabeza gacha, a media luz, los techos de los automóviles que lo rodeaban. No vio a nadie. Satisfecho, echó un vistazo a la cabina del otro camión. Su compañero, Nurdi, apenas asomaba los ojos por encima del cristal de la ventanilla del conductor. Ajmed le enseñó el pulgar levantado. Todo iba bien.

Despacio, se adelantó junto al volante y abrió la puerta. Bajó silenciosamente los cuatro escalones que lo separaban del suelo de la cubierta y puso el pie en ella.

No detectó movimiento alguno.

Su colega hizo lo mismo. Se encontraron a medio camino

de los dos camiones. Escudriñaron entre los turismos hasta lo-calizar al marinero de guardia. Estaba distraído, escribiendo mensajes en su móvil.

Ajmed hizo una seña a su compañero. Se separaron con la idea de sorprenderlo por dos lugares opuestos.

Sus instrucciones eran muy claras. Debían ser silenciosos. Nada de disparos tan pronto.

Se acercaron todo lo posible, protegidos por la sombra de los vehículos. De una manera coordinada, saltaron sobre el marinero y Ajmed, que llegó antes, le golpeó la cabeza con una cachiporra. El agredido cayó cuan largo era sin exhalar una queja. Los chechenos arrastraron el cuerpo a un lado, apartándolo del paso y lo dejaron apoyado sobre el mamparo de estribor.

—Cojamos las mangueras y preparémoslas para bombear el gasoil —dijo Ajmed.

Nurdi asintió y caminó por el lateral del camión hasta un compartimento adosado al final, de donde comenzó a extraer una manguera un poco más gruesa que las de jardín.

Ajmed repasó mentalmente los pasos que debían dar. Cada camión contenía diecisiete toneladas de nitrato de amonio, una sal inorgánica de color blanco que se utilizaba como fertili-zante. En su estado natural era estable: un conjunto de peque-ñas piedrecillas, al parecer, inofensivas. Pero su temperatura de fusión era solo de ciento sesenta grados. Si se calentaba un poco o se le acercaba una llama, prendería rápidamente, siem-pre que estuviera en contacto con el aire.

La mezcla del nitrato de amonio almacenada en los depósi-tos de los camiones con un combustible derivado del petróleo, como el simple gasoil que quemaba el motor, provocaba una reacción violenta que derivaba en una detonación espectacular. Si el nitrato se encontraba dentro de un recipiente y se le apli-caba calor y oxígeno, explotaba a una velocidad de cuatro mil cuatrocientos metros por segundo.

La peligrosa relación de estos dos componentes era cono-cida como ANFO (Ammonium Nitrate Fuel Oil). Era algo que imponía respeto. En 1995, dos mil trescientos kilos de ANFO cargados en una furgoneta se llevaron por delante un edificio de oficinas del Gobierno en Oklahoma. Murieron ciento sesenta y ocho personas. Pocos años después, en 2001, cuatrocientas toneladas de amonitrato estallaron en una fábrica francesa: la explosión creó un cráter de treinta metros de diámetro y diez metros de profundidad.

Era un explosivo muy peligroso.

Ahora disponían de treinta y cuatro toneladas en los dos camiones. El bombazo iba a ser formidable. Y el golpe al orgullo ruso igual de grande.

Su misión consistía en crear un vacío libre de oxígeno dentro de la carga de los camiones e introducir el gasoil de los depósitos de los vehículos junto con el mineral. En el momento justo, sincronizando sus movimientos con los compañeros que se encontraban en la cubierta superior, abrirían las escotillas superiores de los tráileres para que el oxígeno actuara como fulminante. La ignición del material inflamable debía producirse cuando el barco en el que viajaban estuviera en el punto exacto que habían previsto. Ni más ni menos.

Ajmed miró su reloj. Todavía quedaba más de media hora para ese momento. Pero debían tenerlo todo a punto. Si la misión de sus compañeros era importante, la suya era esencial. Sin la explosión, su sacrificio no tendría la repercusión mundial que su causa buscaba.

Su país, Chechenia, a miles de kilómetros de allí, seguía oprimido por las garras de Rusia, que no les permitía respirar con libertad. De nada habían servido las dos guerras contra el invasor infiel. Allí seguían. Y para los chechenos, la guerra aún no había terminado. Su acción en aquel lugar del Atlántico recordaría al mundo que el conflicto permanecía tan vivo como hacía diez, veinte años.

Un leve estremecimiento recorrió su piel cuando pensó en lo que estaban a punto de hacer. Debía rezar una vez más para alejar aquellos temores tan mundanos. Su fortaleza era espiritual. Era la que guiaba sus pasos. Sin embargo, por mucho que estuviera convencido de que su misión era vital para su país, para su gente, no dejaba de sentir una opresión en el pecho ante la idea de inmolarse.

Porque de una cosa estaba seguro: nadie iba a salir con vida de allí.

21

09.20 horas

Ｅl grupo de periodistas había seguido al capitán por la torre central del barco y se encontraban en la última planta. Se habían congregado en el salón de oficiales, un elegante espacio decorado con maderas nobles y telas granate que se encontraba tras el puente de mando. Recordaba a un exclusivo club inglés. ¡Qué lejos había quedado la experiencia soviética!, pensó Sandra.

Los periodistas se acomodaron en los sillones y las butacas del salón, sin orden preestablecido, de modo improvisado y desenfadado. Las cámaras al fondo, fue la única norma. El capitán Kovaliov esperó a que todos se hubieran preparado y le prestaran atención. Cuando se hizo el silencio, se puso a hablar en ruso, y la traductora empezó a hacer su trabajo.

—Muchas gracias por aceptar nuestra invitación. Permítanme que les indique algunos detalles técnicos del barco, pocos, no se preocupen, y luego contestaré gustosamente a las preguntas que quieran hacerme.

Las cámaras y grabadoras ya estaban en marcha; los periodistas que tomaban notas comprobaron que los bolígrafos funcionaban.

—El *Rossia* es un Ultra Large Crude Carrier, o sea, un barco ultralargo que transporta petróleo. Se llama así a los petroleros con una capacidad superior a las trescientas mil toneladas. Nuestra capacidad supera con creces esa cifra. Con los depósitos llenos, llega a alcanzar las seiscientas mil toneladas, es decir, cuatro millones de barriles de petróleo. Actualmente, es el mayor objeto construido por el hombre capaz de desplazarse por sí mismo.

Kovaliov comprobó con satisfacción que los periodistas tomaban nota del dato antes de continuar.

—Dispone de dos motores diésel que alimentan sendas calderas de alta presión controladas por el ordenador de a bordo, que accionan cuatro turbinas de vapor cuya potencia hace girar las dos hélices de diez metros de diámetro de que consta el barco, además de un propulsor de proa y otra hélice a estribor para ayudar en los giros; al mismo tiempo, alimenta una planta eléctrica de dos millones y medio de vatios.

A pesar de que algunos periodistas levantaron sus manos para preguntar, el capitán prosiguió:

—La zona de carga está constituida por una serie de cincuenta y dos tanques donde se deposita el crudo, con capacidad para veintidós mil toneladas cada uno, separados entre sí por dobles mamparos en todos sus lados como medida adicional de seguridad. También existen otros doce tanques cuya función es la de aportar estabilidad al barco actuando como lastre con agua de mar. Para la carga y la descarga del petróleo existe un grupo de tuberías que comunican todos los tanques, de forma que no sea necesario llenarlos uno a uno. El barco cuenta con una serie de potentes bombas centrífugas para llenar y vaciar los depósitos, aunque generalmente se bombea desde tierra.

Kovaliov observó que se levantaban más manos. Era el momento de seguir con las explicaciones que tenía preparadas a través de las preguntas de los periodistas. Señaló a un joven con barba que estaba sentado a su derecha.

—¿Gobierna usted el barco personalmente? —preguntó el barbudo.

Kovaliov sonrió.

—Por suerte, el *Rossia* no depende de mí —respondió—. Cuenta con dos superordenadores que realizan automáticamente las funciones básicas del barco. Así, disponemos de un doble sistema autónomo de navegación basado en la tecnología GPS, pero también, por si algo fallara, tenemos otros instrumentos más convencionales como brújulas y otros aparatos que realizan un seguimiento continuo del sol y las estrellas. Los ordenadores tienen también bases de datos exhaustivas sobre los vientos, las mareas, la temperatura del mar y del aire, así como un mapa topográfico del fondo marino de cada lugar del planeta por donde navegamos.

El capitán pasó a otro periodista, uno más veterano:

—¿No es peligroso llevar tanto petróleo acumulado en los tanques? ¿No se forman gases?

El ruso sabía que esa pregunta iba a caer. Siempre ocurría.

—Al llenar los tanques de crudo, no dejamos que rebosen, por lo que siempre queda un hueco entre el petróleo y el techo del depósito, donde, efectivamente, se forman gases volátiles que, al contacto con una simple chispa, podrían ser peligrosos. Sin embargo, esa contingencia está cubierta al llenar esos huecos de monóxido de carbono proveniente de los motores diésel del barco, un gas inerte que desplaza al oxígeno e impide la combustión.

Una joven mantenía la mano en alto de modo insistente. Kovaliov la señaló.

—Soy Sandra Clavijo, del *Diario de Tenerife* —dijo—. ¿Cree usted que el *Rossia* está completamente libre de peligro de una explosión fortuita?

Kovaliov midió sus palabras.

—Estoy completamente seguro de que el *Rossia* nunca correrá el riesgo de ninguna explosión cuya causa provenga del interior del barco.

—¿Y si la explosión proviniera de fuera? —insistió la joven.

El capitán se había hecho esa pregunta alguna que otra vez.

—Es muy difícil quemar el petróleo crudo. Es necesario calentarlo mucho, demasiado. Para que llegara a su punto de ignición habría que introducir en los depósitos masas de magnesio inflamado que ardieran a más de mil grados. Es algo no ya difícil, sino imposible. Para conseguir un efecto similar se necesitaría armamento militar. Artillería, y de la pesada.

El capitán se sintió dueño de la situación y quiso rematar la faena.

—Fíjese en lo que le digo: hoy en día, el *Rossia* es el barco más seguro del mundo. No cabe duda.

Sandra tomó nota de la última frase, ya tenía el titular para su artículo y no quiso seguir preguntando. Mientras escribía, se acordó de algo… Aquel eslogan, ¿no se había usado antes, hacía mucho tiempo?

¿No se dijo lo mismo del *Titanic*?

22

09.25 horas

Ariosto había recuperado la tranquilidad y la conversación con sus amigos músicos. Estaba por pedir un segundo té cuando un hombre alto y delgado, uniformado con traje azul oscuro con galones dorados en las mangas, se acercó al trío.

—Perdonen que les interrumpa —dijo—. Soy Tomás Bretón, el capitán.

Arribas y Ariosto se levantaron para saludar.

—No se molesten, por favor —indicó con un ademán que intentaba inútilmente conseguir que permanecieran sentados—. Solo venía a saludarles.

—Es un placer —repuso Ariosto, ofreciéndole la mano.

El capitán estrechó las manos de Ariosto y de Arribas. Natalya permaneció sentada, con naturalidad, esperando que le tocara el turno. Luego, con un movimiento elegante, levantó su mano, que el marino besó con devoción.

—Soy un gran admirador suyo —musitó, mirándola a los ojos—. Me fascina su grabación de las *suites* de Bach.

—Espere a escuchar los conciertos de Vivaldi —respondió la chelista—. Fue Julio quien dirigió la orquesta.

El capitán se volvió hacia el director.

—Estoy seguro de que quedaron muy satisfechos. ¿Cuándo sale a la venta?

—Dentro de un par de meses —contestó Arribas—. Lo que tarda la producción, ya sabe. Dentro de tres semanas interpretaremos en el auditorio el concierto de Elgar, está usted invitado.

—Muchas gracias, pero ya tengo mi entrada. No me lo perdería por nada del mundo.

—Veo que está muy al tanto de la temporada de música —apuntó Ariosto—. Yo también tengo mi localidad reservada.

—Y también sé que don Luis Ariosto forma parte del comité que estudió el repertorio y los artistas que vienen invitados este año —respondió el capitán.

Ariosto asintió. El capitán sabía tocar las fibras sensibles de cada uno de sus pasajeros. Ya los tenía a todos contentos.

—¿Cómo se compagina el gusto por la música con el gobierno de un barco, capitán Bretón? —preguntó Natalya.

El hombre pareció satisfecho con la pregunta.

—Con armonía —respondió. La chelista le miró intrigada. El capitán se animó a seguir—. ¿Le gustaría verlo? ¿Les apetece visitar el puente de mando?

—Sí —dijo la rusa, consultando con la mirada a sus amigos—. ¿Por qué no? Debe de ser interesante.

Todos estuvieron de acuerdo en que era una buena idea y siguieron al capitán, que abrió camino. Salieron de la zona de Platinum Class, siguieron recto a lo largo del barco, dejando el salón principal y la tienda a su izquierda, y se detuvieron delante de una puerta que daba acceso a la parte central del barco, no accesible para los pasajeros. El capitán tecleó una clave de seis números en el dial de seguridad de la puerta y esta se abrió. Ariosto, Arribas y Natalya entraron en un pequeño habitáculo donde una escalera de un tramo largo ascendía al puente de mando.

El segundo de a bordo, Vicente Dorta, dio la bienvenida a los invitados. La sala desde donde se controlaba el barco no era muy grande, unos seis metros por cuatro, rodeada de ventanales que ofrecían una panorámica completa del océano. A lo lejos se vislumbraba Tenerife, que parecía acercarse a ellos.

—¡Parecen los controles de un avión! —comentó Natalya.

—Aquí tenemos un poco más de espacio que en la cabina de un Airbus —dijo Bretón.

Varios paneles de pantallas e instrumentos ocupaban todo el frontal del puente. Dos cómodas butacas de cuero negro las enfrentaban. Desde ellas se manejaba aquel catamarán de última generación.

El capitán, complacido por el interés que mostraban sus

pasajeros, no pudo resistir la tentación de ofrecer unos cuantos datos.

—Este barco, una versión mejorada de los que se conocían hasta la fecha en Canarias, se construyó en los astilleros de Hobart, en Tasmania, al otro lado del mundo, desde donde vino navegando. Se trata de un ferry Wavepiercing Catamarán; ese es su nombre técnico. Su eslora, es decir, lo que mide de largo, es de noventa y cinco metros, casi la extensión de un campo de fútbol. El peso muerto de su armazón de aluminio es de setecientas setenta toneladas, es un barco ligero para su volumen.

—¿Cuántos pasajeros puede llevar? —preguntó Arribas.

—Tiene una capacidad para novecientos pasajeros y doscientos setenta vehículos; las travesías son más cómodas gracias a sus cuatro estabilizadores *Martine Dynamics*, dos a proa y dos a popa, que evitan en gran medida el cabeceo del barco.

—Es un barco bastante grande —observó Ariosto—. Necesitará una propulsión enorme.

El capitán ya estaba preparado para la pregunta.

—Posee cuatro motores Caterpillar 3618 que lo llevan a una velocidad de crucero de cuarenta nudos, lo que lo convierte en uno de los barcos de pasaje y vehículos más veloces del mundo.

—¿Cuánto es cuarenta nudos? —preguntó Natalya.

—Es el equivalente a setenta y cuatro kilómetros por hora —respondió Dorta, adelantándose a su superior—. Aunque puede ir más rápido.

—¿Y cuál es la velocidad máxima? —preguntó Ariosto.

—Se han hecho pruebas con y sin carga. En el segundo caso, se ha alcanzado una velocidad de cincuenta nudos, unos noventa y dos kilómetros por hora.

—Eso es mucho para una mole como esta —añadió Natalya—. ¿Y si tiene que frenar de golpe?

—En el mar no existen los frenos como en tierra —contestó el capitán—. Si aparece cualquier obstáculo imprevisto, lo mejor es desviarse, no daría tiempo a detenerse. A esa velocidad, recorreríamos más de medio kilómetro antes de pararnos. De cualquier manera, es algo que nunca ha pasado, a bordo contamos con los más sofisticados radares, capaces de detectar, con mucha antelación, cualquier objeto que se interponga en nuestra trayectoria.

—¿Y si surge del fondo? ¿Como una ballena, por ejemplo? —Natalya buscó la ayuda de sus amigos con la mirada—. Aquí hay ballenas, ¿no?

—Sí que hay, aunque no hemos chocado con ninguna —respondió Bretón—. Si ocurriera algo así, el animal saldría malparado, sin duda.

—Me imagino que cualquier cosa que choque con este barco saldría malparada —añadió Ariosto.

El capitán apenas meditó medio segundo:

—Me cuesta imaginar lo contrario. En un rumbo de colisión con nosotros, todos los barcos saben que es mejor evitarnos. Este barco es como una bala, podríamos atravesar cualquier obstáculo de lado a lado.

Ariosto sopesó la última frase del capitán; sería mejor que a nadie se le ocurriera utilizar una nave así como proyectil. Con la potencia que le proporcionaban sus motores, era un objeto muy difícil de frenar.

102

Y más que eso: era completamente imparable.

23

09.25 horas

*E*l alcalde Melián había creído que iba a sobrellevar mejor lo de viajar en helicóptero, pero no, igual que en otras ocasiones, se sentía completamente aterrorizado. Se había ido mentalizando toda la mañana de que aquel trasto era capaz de elevarse y volar desde el Parque Marítimo hasta el petrolero. Sí, lo de elevarse no le había alarmado. Pero ¡cómo se movía! Para eso nunca estaba preparado. Lo de dar bandazos de lado a lado suspendido de la nada no iba con él. Era consciente de su miedo, pero nunca lo reconocería en público. Era uno más de los gajes del oficio.

ConCon los nudillos blancos de la presión que ejercía sobre los antebrazos de su asiento, Melián se atrevió a mirar por la ventanilla. La vía del litoral que rodeaba la refinería estaba atestada de público después de haber sido cortada al tráfico. Aquel día, todos los ciudadanos de Santa Cruz podrían acercarse a contemplar el mayor barco del mundo. Era un acontecimiento único. Lo normal es que nunca volviera, los gigantes del mar pocas veces se acercaban a otros puertos que no fueran los que están preparados para albergarlos.

Detrás del gentío estaba la refinería, un conjunto ingente de metal en forma de tuberías, tanques y chimeneas que, a pesar de los intentos de dulcificarlo pintándolo de colorines, mantenía su imagen extraña, digna de un decorado de ciencia ficción, en la entrada marítima de la ciudad.

La refinería había sido y seguía siendo un caballo de batalla para la alcaldía de Santa Cruz. Construida en 1929 en lo que entonces eran las afueras de la ciudad, en la actualidad estaba completamente absorbida por esta, rodeada de barrios residenciales en los que vivía cada vez más gente influyente que abogaba por su desaparición.

Los años en que la empresa propietaria cedía terrenos a la ciudad a cambio del silencio de los políticos habían quedado atrás, posiblemente para no volver. Cada vez quedaban menos terrenos, y los políticos se prestaban menos a componendas de ese estilo. Tarde o temprano habría que desmantelarla. Y la enorme extensión que ocupaba sería un caramelo muy atractivo para todos los que tuvieran intereses inmobiliarios en la isla. Pero esa situación, que con toda seguridad provocaría escándalos y titulares sensacionalistas a la larga, no lo tendría a él como protagonista. El alcalde Melián se iría dentro de apenas seis meses a descansar. O a hacer otra cosa, que tampoco estaba tan viejo como para estar cansado todo el día. Una semanita en las playas de Fuerteventura y quedaría como nuevo, igual que en otras ocasiones.

La enormidad del *Rossia* se fue haciendo evidente a medida que el helicóptero se acercaba al barco. Melián sintió que el helicóptero se movía más de la cuenta. O tal vez fueran imaginaciones suyas. El resto de los pasajeros, sus ayudantes y otros politiquillos de distintas instituciones parecían ignorar el zarandeo.

La cubierta del petrolero se acercó rápidamente. En un momento, dejó de ver el mar. Una extensión metálica de color rojo envolvió todo su perímetro de visión. El aparato, tras unos titubeos, se posó en suelo firme. Melián dejó escapar un profundo suspiro. Se desabrochó el cinturón de seguridad, sonrió y recuperó el aplomo en un segundo.

Las puertas de la aeronave se abrieron y el alcalde descubrió un par de sonrientes tripulantes que le esperaban al pie de la escalerilla. Le tocaba ser el primero en descender, y no se hizo de rogar.

—¡Bienvenido al *Rossia*, señor alcalde!

El español utilizado por el empleado de Rosneft sonó con un acento horrible, inconfundiblemente eslavo, pero se entendió, lo que era de agradecer.

—Gracias —dijo al terminar la escalera, estrechando la mano que se le ofrecía—. ¿Hacia dónde debo ir?

El ruso señaló al comienzo de una línea azul celeste que se perdía a lo largo de la superficie del barco en dirección a la torre de control. Melián se encaminó rápidamente hacia allí, lejos del área de influencia de las aspas del helicóptero. Una vez situado en lo que estimó zona segura, esperó a su séquito y al resto de los pasajeros. Echó un vistazo a su alrededor. Toda la cubierta era funcional, sin el más mínimo adorno ni concesión al buen gusto. Cables, tuberías, válvulas y otras piezas metálicas cuyo uso no acertaba a adivinar poblaban la superficie del barco en toda su longitud. Y todo desprendía un olor raro. Como a pintura concentrada.

—¿No huele a gas? —preguntó al tripulante, que se había unido al grupo y encabezaba la marcha hacia el edificio central.

El ruso le miró, sonriente.

—Estamos en un superpetrolero —el acento no había mejorado—, es normal que la carga desprenda cierto olor. Y este es nuevo, tendría usted que estar en uno de los viejos. En esos sí que huele a gas.

—¿Y es seguro? ¿No puede haber un escape?

—No se preocupe. Este es uno de los barcos más seguros del mundo —respondió el marino—. Si hubiera habido un escape, algo inimaginable por los sistemas de alarma de que disponemos, hace tiempo que…

El ruso se detuvo en mitad de la frase, exhibiendo una sonrisa enigmática. A Melián no le gustó nada lo que fuera que le estaba haciendo gracia.

—Hace tiempo que… ¿qué? —preguntó.

—Hace tiempo que… ¡Bum!

Y se rio.

Melián pensó que su desazón se debía a que sus culturas eran diferentes. El sentido del humor ruso no iba con él.

Maldita la gracia que le hacía que aquel monstruo pudiera hacer… ¡Bum!

105

24

09.25 horas

Baute, el camarero del salón principal, sabía que ya había pasado la hora punta. Los veinte minutos anteriores a zarpar y los veinte posteriores constituían el lapso temporal en que los pasajeros decidían acercarse a la cafetería para prepararse a pasar un viaje confortable. A pesar de la hora, relativamente temprana, ya había servido dos vasos de whisky y un cubalibre. Y es que algunos no sabían pedir otra cosa cuando se enfrentaban a la barra de un bar. En fin, el cliente sabe lo que quiere, se decía el tripulante de cabina, satisfecho con haber atendido al último.

La que también había terminado era Juani, la camarera de Platinum Class, que, cosa rara, había salido de su cubículo y se dirigía hacia él. La observó con detenimiento y se percató de que parecía lívida. ¿Sería una mala jugada de las luces del barco? El día era espléndido y la iluminación artificial quedaba atenuada por la claridad exterior. Se fijó un poco más en su expresión y concluyó que estaba afectada por algo importante.

—¿Estás bien? —preguntó Baute cuando la mujer llegó a su altura—. Estás muy pálida.

Su compañera, una vivaracha morena de ojos oscuros y semblante sonriente, parecía otra.

—Baute, no quiero que te rías cuando te lo cuente —dijo—. Estoy muy nerviosa.

El camarero esperó a que Juani prosiguiera.

—Sabes que yo no creo en eso que se cuenta por aquí. Lo del niño, ya sabes.

Baute asintió: todos sabían que ella era bastante escéptica respecto a esas cosas.

—Pero es que…, hace unos minutos, he entrado en el cuartito de almacén del bar. Me he agachado a coger unos refrescos…, y me ha parecido oír algo.

Baute hizo un esfuerzo por no sonreír.

—¿Te ha parecido?

Juani clavó su mirada en Baute. Reconoció que no era el momento de andarse con eufemismos.

—Lo he oído —indicó—. Claramente. Y dos veces. Era un niño que lloraba, tal vez llamando a su madre. El sonido llegaba del conducto de ventilación.

—Bienvenida al club. —El camarero adoptó un tono tranquilizador—. No te preocupes, ya sabes que no pasa nada por oírlo. Es algo cotidiano.

—No para mí. Hazme un favor. Ven conmigo al bar de Platinum Class.

—¿Te da miedo volver? No te obsesiones con eso.

La mirada suplicante de Juani lo desarmó. Miró en torno a la barra para comprobar que ningún cliente se dirigía hacia allí, y claudicó.

—De acuerdo. Te acompaño. Pero solo un rato.

Recorrieron el salón principal y el pasillo que llevaba a la zona reservada. Al entrar en él, no había ningún pasajero esperando para pedir algo en el bar. Rodearon la barra y pasaron al otro lado.

Baute se acercó al depósito de las bebidas.

—¿Fue aquí dentro? —le preguntó a Juani, que se mantenía detrás de él.

La mujer asintió, con un punto de vergüenza.

Baute entró en el almacén y lo revisó de arriba abajo. Varias estanterías se hallaban repletas de refrescos, cervezas, panecillos, dulces envasados y otros productos que se ofrecían en la carta.

Se detuvo a escuchar.

El zumbido de los motores del barco se colaba por las rejillas de ventilación de la pequeña estancia. El camarero sabía que el hueco conectaba en vertical con todas las cubiertas de la embarcación. Un sonido que venía de dos pisos más abajo podría llegar hasta allí perfectamente, y tal vez distorsionado. Era muy posible que Juani hubiera oído otra cosa y el subconsciente la hubiera traicionado.

O no.

—No oigo nada, Juani —dijo, por fin—. Si el niño estuvo por aquí, ya se ha ido.

La mujer lo miró con incredulidad.

—¿No te importa cambiarme el turno de barra? —dijo—. Yo hago el tuyo en el salón.

Baute sonrió. Pues sí que estaba afectada. Aterrorizada, incluso.

—No hay problema. Sabes que puedes contar conmigo. Pero no te acostumbres.

—Gracias, compañero. Espero que se me pase pronto. Ha sido tan inesperado. ¿No se decía que el niño solo hablaba de noche?

—Pues hasta ahora así había sido —respondió Baute—. Cuando los motores están parados. Me imagino que cosas así pueden ocurrir en cualquier momento.

—No sé, Baute. Esto ha sido muy raro. No ha sido nada parecido a lo que cuentan los compañeros.

—¿Por qué lo dices? ¿Qué había de especial?

—El niño lloraba, pero no solo eso.

Baute comenzó a inquietarse e, involuntariamente, se rascó la nuca. Estaba en un tris de que se le erizara el vello de los brazos. Le pasaba cuando le contaban historias de ese estilo.

—¿No solo eso? ¿Qué más?

—No sé si lo oí de verdad o fue una mera ilusión, pero sé que un mensaje se coló en mi mente. —Juani se detuvo medio segundo—. Como si fuera un aviso.

—¿Un aviso? Eso es nuevo. ¿Qué decía?

—Este barco se va a estrellar —murmuró la chica.

Y Baute notó cómo el vello de sus brazos se le erizaba. Descontroladamente.

25

09.25 horas

Galán arrancó su Montero de quince años (no quería cambiarlo por ningún otro) y enfiló hacia la salida del aparcamiento de la comisaría de Policía de La Laguna. Dentro de quince minutos tenía una cita con el mejor especialista policial de armas y munición, Pedrito Ascanio. Pedrito era experto en toda clase de armamento, por lo que Galán había pensado que tal vez pudiera arrojar algo de luz sobre el caso del robo de las balas del soldado De la Cuesta. No era la agresión en sí lo que le preocupaba, sino la finalidad que alguien pudiera darle a esos proyectiles. Nadie tumba a un soldado armado y le roba solo las balas para coleccionarlas. Quien se había hecho con ellas debía de tener pensado cómo usarlas. Y eso sí era preocupante.

A Pedrito se le llamaba así por su baja estatura y su extrema delgadez, que le hacían aparentar muchos menos años de los que indicaba su documento de identidad. Una vez, en un operativo de vigilancia, había fingido ser un jovencito *skater* (sabía montar con soltura esos diabólicos artilugios de cuatro ruedas), y de ahí le venía lo de Pedrito.

Galán tomó la vía de Ronda tras dejar atrás la plaza del Cristo. Adecuó su velocidad a sesenta por hora (los radares con cámara fotográfica de aquella zona eran bien conocidos por todos los usuarios) y recordó la conversación que apenas unos minutos antes había mantenido con su colega:

—Es un caso raro —había dicho Pedrito por teléfono—. No es habitual que roben la munición de ese modo. No se trata precisamente de un asalto a un polvorín, en el que se lo llevan todo.

—Así es —contestó Galán—. Me gustaría que investigaras qué otras salidas puede tener esa munición, más allá de la de dispararse desde el arma reglamentaria.

—Es un buen encargo..Precisamente estos días estoy informándome de algo que ha salido al mercado y que todavía no está reglamentado.

—Sabía que tendrías algo que enseñarme. ¿De qué se trata?

—¿Has oído hablar de las impresoras 3D?

—Algo, aunque nunca las he visto.

—Pues bájate a Santa Cruz. Con mi ordenador, te puedo enseñar cómo se están utilizando. Son algo único. Las posibilidades son increíbles.

«Las posibilidades son increíbles.» Cuando accedió a la autovía y aceleró, aún seguía dándole vueltas a esa frase. El futuro se había colado por la puerta y nadie se había enterado. Con una impresora de esas, cualquiera podía conseguir las piezas que componían un arma y luego ensamblarlas. El ingenio humano estaba llegando a límites insospechados.

Miró maquinalmente su móvil. No había ningún mensaje entrante. Estaba algo inquieto; Marta, su pareja, no había dado señales de vida desde hacía tres días. Se encontraba en una excavación arqueológica en la costa del Sáhara; era probable que no tuviera cobertura. Esa idea justificaba el silencio del aparato, pero no menguaba su desazón.

Aunque muchos hubieran dicho que su relación no debía de tener mucho futuro (un policía y una arqueóloga), lo cierto es que estaba funcionando bien. Sobre todo después de los sobresaltos de los últimos meses: Marta se perdió en unos túneles desconocidos, la raptaron poco después y, al final, se salvó de milagro de un tiroteo en el fondo de un pozo; a él, le dieron una cuchillada muy peligrosa y, meses después, recibió varios balazos en las piernas. A pesar de eso, o gracias a eso, se sentían más unidos que nunca.

Esas últimas aventuras le habían supuesto el reconocimiento del cuerpo. De hecho, ya se escuchaba su nombre como candidato a un ascenso a un cargo de mando, algo que ni siquiera se le había pasado por la mente. Estaba bien donde estaba, en las calles. No tenía ganas de complicarse la vida.

El teléfono cobró vida y sonó el timbre. Echó un vistazo a la pantalla. No era Marta, hubiera sido demasiada casualidad pensar en ella y que llamara en ese preciso instante. Era Ramos, el subinspector. Conectó el teléfono al sistema manos libres del automóvil y respondió.

—¿Qué hay, Ramos?

—El Yoni no soltó nada interesante. —La voz profunda de su subordinado retumbó dentro del coche—. Creo que, en realidad, no sabe nada del asunto.

—Tienes razón. Puede que le hayamos apretado demasiado las tuercas. Dejémoslo tranquilo durante una temporadita. ¿Hay algo nuevo respecto al vecindario del cuartel? ¿Alguien vio algo?

—Por eso te llamo, jefe. —El tono de Ramos parecía más animado—. Tenemos una novedad. Aunque no sé adónde nos lleva.

—Suéltalo.

—Como me pediste, hice la ronda por las calles que rodean el lugar donde atacaron al militar. En principio, nadie vio nada. Una vecina me contó que lo único que había oído era al vecino del piso de arriba, que había llegado a la hora en que se produjo la agresión.

—¿Y?

—Pues que llamé a casa de ese vecino. Tuve suerte: era su día libre. Es camarero en uno de los hoteles del sur y suele llegar después de la medianoche, cuando termina el turno de la cena. Bueno, abrevio, lo mejor es que este hombre sí oyó algo.

—Bien. ¿Alguna conversación?

—Pues a eso iba, jefe. Cuando salía del coche, tras aparcarlo, un par de calles más arriba, ya sabe lo mal que está el aparcamiento en todos sitios, pasaron a su lado dos hombres que encajan con la descripción. Y oyó a uno de ellos decir algo.

—Vamos mejorando —respondió Galán, animado también—. ¿Y qué dijo?

—Ahí está el problema. El camarero, que está acostumbrado a tratar con los clientes del hotel, asegura que el idioma era desconocido, pero el tono y la cadencia eran exac-

113

tos a otra lengua que, últimamente, se oye mucho entre los turistas.

—¿El tono? ¿Y qué idioma es ese?

—Ruso, jefe. Pero jura y perjura que no era ruso. Era otra cosa, aunque no podría determinar cuál.

09.30 horas

Ariosto se había desconectado un poco de la cháchara sobre música que mantenían Arribas y Natalya con el capitán. Dorta, el segundo de a bordo, algo cansado del tema violonchelo, parecía concentrado en los paneles de control del barco, aun cuando la travesía se mantenía tranquila y sin el más mínimo sobresalto. Ariosto sintió simpatía por él.

—¿No puede llegar a ser monótono controlar este catamarán? —preguntó.

El oficial apartó los ojos de los controles y se animó con la pregunta.

—Es igual que pilotar un avión. A menos que haga mal tiempo, lo único reseñable es la partida y la llegada. Este grandullón tiene sus singularidades a la hora de manejarlo, pero, si se le trata con cariño, responde muy bien.

Ariosto sonrió, era típico de los tripulantes acabar pensando en la máquina como si de un ser humano se tratase. Dorta prosiguió.

—Pero, respondiendo a su pregunta, la respuesta es afirmativa. Puede ser monótono ir y venir cinco o seis veces al día. Es parte del trabajo. Nuestra misión consiste, a fin de cuentas, en que el trabajo sea monótono. Será el indicador de que todo ha ido bien.

—¿Qué ocurre si hay problemas? —volvió a preguntar Ariosto—. ¿Están conectados a una central de alarmas o algo así?

Dorta recibió la pregunta con gusto. Le encantaba hablar de su barco.

—Estamos en medio del mar —respondió—. En principio, los problemas tendremos que resolverlos nosotros con nuestros medios, que no son pocos. Muy mal se tendría que poner la cosa para que necesitásemos ayuda externa. Para ese improbable caso, estamos conectados por radio con las autoridades portuarias de ambos destinos. Afortunadamente, nunca ha sido necesario utilizarlas con ese fin. Las comunicaciones advierten sobre fenómenos meteorológicos o de tráfico marítimo, pero nada más.

—Entiendo —dijo Ariosto—. En cualquier caso, no estamos nunca demasiado lejos de alguna de las dos islas.

—Exactamente. Por ejemplo, en este instante, estamos justo a la mitad de la travesía, a unos treinta y cinco kilómetros tanto de Tenerife como de Gran Canaria. Es el momento en que los teléfonos móviles no tendrían cobertura si no fuera por nuestra nueva conexión wifi vía satélite.

Ariosto asintió.

—Es verdad —afirmó—. Me acuerdo de que antes nos quedábamos sin comunicación durante un buen tramo largo.

—¡Luis! —le llamó Natalya, interrumpiendo la conversación—. Me gustaría regalarle a nuestro capitán una foto dedicada y un disco de una de mis últimas grabaciones. ¿Sería posible bajar al coche? Los tengo en mi maletín.

—Me parece un obsequio genial —comentó Ariosto—. Pero tengo entendido que las puertas del garaje se cierran durante la marcha.

—Eso no es problema —intervino Bretón—. El contramaestre estará encantado de acompañar a quien usted diga a su automóvil.

—Perfecto, llame usted al contramaestre. Yo llamaré a Sebastián.

Mientras el capitán llamaba a su subordinado por el *walkie*, Ariosto marcó en su móvil el número de Olegario.

—Sebastián —dijo, cuando contestó el chófer—, ¿tendría la amabilidad de localizar al contramaestre y bajar con él al Mercedes? Hay que subir el neceser de doña Natalya.

Ariosto dio las gracias antes de colgar y sonreír. Olegario ya se había puesto en marcha.

ɤ

Olegario no tardó en localizar al solícito Martín Curbelo, el contramaestre. Le esperaba al lado de la cafetería. Le extrañó que tras la barra se encontrara la camarera de la Platinum Class. ¿Era normal aquella rotación de puestos de trabajo? Debía serlo, por lo que no le dio mayor importancia.

—¿Don Sebastián? —preguntó el tripulante, a pesar de que sabía que era él.

—El mismo —respondió—. Gracias por acompañarme. Creo que no es algo muy habitual lo de bajar al garaje en medio del viaje.

—No es lo normal, pero ya sabe, donde manda capitán…

—Nunca mejor dicho —concluyó Olegario, afable.

Se dirigieron a la escalera de estribor que descendía a las cubiertas inferiores. Al bajar los escalones, el ruido ambiente del salón de pasajeros fue perdiendo fuerza en favor de la sorda vibración de los motores del catamarán. El sobrecargo abrió una puerta tecleando un código de seguridad.

—Es una medida de seguridad para evitar que los pasajeros entren en esta zona del barco una vez en marcha.

—Para los pasajeros y para el contenido de los vehículos —comentó Olegario con sorna.

—Eso también, pero la compañía prefiere no ser tan explícita. Mejor evitar tentaciones. Ya sabe a qué me refiero.

La puerta se abrió y el fragor de las turbinas subió unos decibelios. Las luces del garaje estaban apagadas. Los vehículos se distinguían gracias a tenues rayos de luz que se colaban por la parte superior de los toldos de popa. El contramaestre salió del pasillo y entró en el amplio espacio. Dio un par de pasos antes de que Olegario lo detuviera al apoyar una mano sobre su hombro. Suave, pero firmemente.

—En circunstancias normales, no debe haber nadie en el garaje, ¿no es cierto? —preguntó el chófer.

—Así es —respondió Curbelo, extrañado de que Olegario mantuviera su mano en el hombro—. Los tripulantes de atraque revisan el garaje antes de cerrarlo para asegurarse de que todos los conductores han subido a la cubierta superior. De todos modos, siempre se queda un marinero, que debe estar por aquí.

Olegario hizo una mueca de asentimiento y señaló con el índice a la zona de estacionamiento de los vehículos.

—Y ese marinero... —insistió Olegario— ¿va uniformado?

—Sí, claro. Como todos.

—Pues entonces, señor Curbelo, algo raro está pasando, porque me parece haber visto a alguien vestido de negro moviéndose entre los coches.

—¿Qué? —El contramaestre miró a ambos lados, desconcertado—. ¿Dónde?

Olegario se llevó el índice a los labios, pidiendo silencio.

—Por allí. Despacio —susurró—. Si es un ladrón, nunca se sabe cómo va a reaccionar. Puede ser violento.

Tenía razón. Era la primera vez que se encontraba con una situación así. ¿Cómo era posible que a Genaro, el marinero de guardia, se le hubiera escapado algo así? Se iba a llevar una buena reprimenda. Inmediatamente, se olvidó de eso y se dispuso a hacer valer sus galones. Nadie podía estar allí. Quien infringiera las normas se las iba a ver con Martín Curbelo, el contramaestre.

Bueno era él para eso.

27

09.30 horas

𝒰na alarma de reloj de pulsera comenzó a sonar a las nueve y media en punto. Lo hizo solo un par de veces. Alguien posó su dedo índice rápidamente sobre el botón de detención y el ruido cesó. Sentado en su butaca del *Nivaria Ultrarapide*, Ibrahim Basayev miró a su derecha, donde se encontraba su lugarteniente, Evgeni Kirilenko, y musitó una sola palabra en checheno:

—Vamos.

La respuesta no se hizo esperar. Él y sus tres acompañantes se levantaron al mismo tiempo, colocaron las bolsas deportivas encima de los asientos y, tras buscar en su interior, extrajeron cuatro pistolas de un diseño muy poco convencional. Colocaron los cargadores y manipularon el cerrojo del arma, de forma que la primera bala quedó cargada. Un tercer hombre sacó de un paquete de cigarrillos un trozo de plástico blando y un detonador de su bolsillo y miró la puerta de acceso al puente.

—No va a hacer falta, de momento —dijo Ibrahim—. Memoricé la secuencia cuando entró el capitán.

Kirilenko miró a su alrededor. Nadie se había percatado de los movimientos de los hombres. El pasajero más próximo, cinco filas de butacas más atrás, dormitaba con los ojos cerrados.

Basayev se acercó a la puerta metálica y pulsó una secuencia concreta de seis dígitos, 7-6-5-6-5-3, tal como lo había hecho el capitán del barco unos minutos antes. La cerradura de la puerta emitió un ligero chasquido y la hoja se abrió. Hizo una señal con la cabeza a sus compañeros. El rubio y el moreno entraron en el cubículo que había tras la puerta, seguidos de Ibrahim, que cerró la puerta tras de sí. El cuarto se sentó en la butaca más próxima, ocultando su arma. Le tocaba vigilar para que nadie se aproximara a aquella entrada.

Kirilenko estaba animado. Era una ventaja inesperada que no hubiesen tenido que abrir la puerta con los cincuenta gramos de C4, pues la explosión hubiera alertado a los oficiales que controlaban el catamarán.

Tras la puerta, a la izquierda, había una escalera que conducía al puente y una puerta cerrada al frente, la del cuarto de transmisiones. Basayev hizo una seña a Kirilenko, quería encabezar la ascensión. El rubio se lo permitió. Ibrahim era el técnico: por eso debía llegar a un punto concreto del cuadro de mandos antes que nadie.

Subió los escalones de dos en dos y llegó al piso superior. Allí se encontró a cinco personas: dos tripulantes de uniforme (uno de ellos el capitán) y tres pasajeros (dos hombres y una mujer). Fue el segundo de a bordo el primero que se percató de la llegada de los intrusos.

—¿Qué significa esto? —preguntó en voz alta, dando la alarma.

Los ocupantes del puente de mando quedaron mudos al ver entrar a tres intrusos en él apuntándoles con unas extrañas pistolas que parecían de juguete. Sin mediar palabra, Ibrahim se acercó a dos de las consolas, levantó el arma y disparó dos veces contra cada una de ellas. Los estampidos que salieron del cañón, en un espacio de apenas veinte metros cuadrados, los ensordecieron. De los controles salió despedida una lluvia de chispas y los aparatos se apagaron. El olor a pólvora lo invadió todo.

—¡Las radios! —gimió espantado el segundo—. ¡Las ha inutilizado!

—¡Quietos todos! —gritó Kirilenko, levantando bien la pistola—. ¡Vamos a tomar el mando de este barco! ¡Dispararemos a quien se mueva!

El acento ruso enturbiaba su castellano chapucero, pero el mensaje llegó alto y claro. No cabía duda de que las pistolas no eran de juguete.

El capitán no se arredró y dio un paso al frente.

—¡Soy el capitán y exijo que entreguen esas armas! —exclamó.

Basayev no se inquietó por la reacción del oficial. En cierta manera, era lo que cabía esperar. Apuntó con su pistola, todavía humeante, a la rodilla del capitán y volvió a disparar. El impacto en la pierna, a menos de dos metros, tiró al hombre hacia atrás. Salpicaduras de sangre mancharon los trajes de los dos pasajeros que acompañaban al capitán. La mujer soltó un grito de sorpresa y horror.

—Mejor sin líderes —dijo el rubio, y apoyó el cañón de la pistola en la sien del segundo—. Vas a colaborar, ¿verdad?

El tripulante asintió casi temblando, con los ojos muy abiertos, mirando de reojo aquel arma tan singular, pero efectiva.

Los dos pasajeros atendieron en el suelo al capitán, intentando detener la hemorragia con sus cinturones, de los que se despojaron de inmediato. El oficial se dejaba hacer y apenas gruñía por lo bajo, apretando los dientes. El dolor debía de ser horrible. El cabecilla checheno admiró su comportamiento. Era un valiente, pero estúpido. Se podía haber ahorrado el tiro. La mujer los miraba de pie, sin saber qué hacer.

—Todos sentados, en la esquina —dijo, y señaló al copiloto—. Tú también. Deja el timón en piloto automático.

Los dos oficiales y los tres pasajeros obedecieron y se sentaron en el suelo, con la espalda apoyada en el mamparo de madera.

Los asaltantes se reunieron y conversaron en voz baja entre ellos, sin dejar de apuntarlos.

—Este hombre necesita atención médica —dijo uno de los pasajeros.

El rubio, el único que había hablado en castellano, contestó:

—Este hombre puede esperar unos minutos. Ustedes harán que sobreviva. Dentro de poco, se reunirán con el resto de los pasajeros.

En el piso de abajo, se oyó una voz en un idioma extranjero. El cuarto secuestrador había abierto la puerta e informaba de algo. El rubio le contestó con un par de órdenes.

Ariosto notó que Natalya se estremecía al escucharlos. La tenía a su izquierda. Se acercó un poco y le susurró.

—¿Los entiende?

La mujer asintió con el rostro demudado.

—Chechenos —dijo, casi inaudiblemente.

No se lo podía creer.

¿Chechenos?

28

09.30 horas

*E*l alcalde Melián estaba terminando su intervención en el tercer turno de palabra. El salón de reuniones del superpetrolero estaba atestado de gente, entre periodistas y políticos, y el ambiente comenzaba a estar cargado. El primero al que escucharon fue el embajador de Rusia, un hombre flaco y avinagrado, cuya nariz, de color rosáceo oscuro, probaba que era un apasionado del buen vodka, tal vez por aquello de hacer patria. Tras él, agradeciendo su brevedad (algo que compartieron todos los presentes), habló el capitán del *Rossia*, a través de la intérprete. Se deshizo en elogios sobre la hospitalidad canaria (algo un poco exagerado, pues no se tenía constancia de que hubiera desembarcado la noche anterior), sobre el clima del archipiélago (en lo que estuvieron todos conformes) y sobre la belleza de las mujeres de las islas (en lo que volvieron todos a estar de acuerdo). Es decir, que el ruso quedó la mar de bien y todos tan contentos.

Sin embargo, había algo de expectación en lo que pudiera decir el alcalde, que había tenido sus más y sus menos con la empresa propietaria de la refinería. Los periodistas estaban pendientes de hasta qué punto se atrevería el jefe del consistorio a mojarse.

Como era de esperar, se mojó muy poco. En realidad, nada.

Había dado las gracias a la compañía por el detalle de hacer escala en la isla tras un viaje por medio mundo. Ponderó los avances de la técnica y cómo el ser humano se atrevía a enfrentarse a retos cada vez mayores (le quedó bien esa parte del discurso). Por último, deseó que el barco tuviera una larga

vida de servicio a la comunidad y que no sufriera contratiempo alguno.

—Pueden volver por aquí cuando quieran —dijo, sonriente, al final de su perorata, y dirigiéndose expresamente al
capitán—. Les recibiremos, como siempre, con los brazos
abiertos.

Un aplauso cerrado recorrió el salón apenas terminó la
frase, con lo que Sandra no supo si el alcalde iba a seguir hablando o no. Tal vez los asistentes habían decidido por él. El capitán ruso se dirigió hacia Melián y le dio un abrazo de oso que
hizo decrecer algo el volumen de los aplausos, más que nada
por la curiosidad de comprobar si el alcalde sobrevivía a seme-
jante efusividad. Sobrevivió, aunque se le vio algo aliviado
cuando el marino se apartó.

Un grupo de camareros apareció en la sala con bandejas
en las que se alternaban copas de champán francés y canapés
de caviar, cómo no, ruso. A pesar de lo temprano de la hora,
nadie dejó escapar la ocasión de probar lo uno y lo otro. No
todos los días se ofrecían esos manjares a la prensa. Los políticos, a pesar de estar más acostumbrados, tampoco se quedaron atrás.

Al presidente del Cabildo, un setentón que mantenía el
rostro relativamente joven y por el que no parecían pasar los
años, ya se le había pasado el berrinche de no poder tomar la
palabra. El protocolo de intervenciones lo imponía la compañía naviera. Los organizadores habían considerado que con
tres era suficiente, que lo bueno, si breve, dos veces bueno.
Estaba conversando con el alcalde cuando Sandra comenzó a
revolotear a su alrededor, esperando el momento de entrar-
les. No las tenía todas consigo. El alcalde de La Laguna, una
ciudad muy cercana a Santa Cruz, le tenía ojeriza después de
sus artículos sobre los túneles y acerca de los acontecimientos de la Casa Lercaro. No estaba segura de si habría puesto
en guardia a su colega santacrucero en contra de ella. El alcalde Melián siempre se había mostrado cortés con la periodista. Aunque ella lo había intentado, nunca había logrado
conectar del todo.

En un momento dado, el presidente del Cabildo apuró su
copa. Era el momento.

—Señor alcalde —dijo Sandra, acercándose a ellos—. Soy Sandra Clavijo, del *Diario de Tenerife*. ¿Cómo casa esta calurosa bienvenida a un barco de Rosneft con la política desfavorable de su partido respecto a las prospecciones petrolíferas en aguas canarias?

El presidente del Cabildo se atragantó y comenzó a toser. La pregunta no era cómoda, como casi todas las que hacía Sandra. El alcalde sonrió al ver el efecto que la cuestión había provocado en su colega.

—Solo puedo hablar como alcalde de Santa Cruz —contestó Melián, haciendo valer sus tablas—. En cuestiones de política regional o nacional, no debo meterme. Y como vecino de esta ciudad mi deber es dar la bienvenida a los visitantes. Y si son, como en este caso, de naturaleza extraordinaria, aún más.

Melián era perro viejo, pensó Sandra, había salido del aprieto sin despeinarse. Pensó rápidamente otra pregunta y volvió al ataque. Sabía que aquellas preguntas eran extraoficiales, por lo que los políticos estaban más relajados y no cuidarían tanto las respuestas.

—Entonces, un tema ciudadano: ¿cree que la aparición de petróleo tan cerca de nuestras costas influirá en que la refinería se mantenga más tiempo en Santa Cruz?

Melián se lo pensó un par de segundos. El presidente del Cabildo aprovechó para escabullirse encontrándose casualmente con el embajador ruso, que también había acabado su copa. Juntos, se fueron a buscar otra.

—Eso es impredecible, señorita —respondió el alcalde—. Es una empresa que da trabajo a muchas familias. Si se mantiene, ellas saldrán favorecidas.

Sandra no le dejó respirar y le lanzó otra andanada.

—¿Cree aceptable que en pleno siglo XXI se pueda mantener una infraestructura tan peligrosa dentro de una ciudad?

Melián comenzó a sentirse incómodo. Aquella chica estaba cruzando la línea roja.

—No creo que sea tan peligrosa como usted dice. —El tono del alcalde se volvió frío.

—¿Cree que no existe ningún peligro de explosión? ¿No se le ha ocurrido que podría ser un objetivo terrorista?

—Señorita Clavijo, cuando quiera una entrevista, solicítela

a mi jefa de prensa. Y, mientras tanto, contenga esa imaginación y no exponga esas ideas en voz alta. Nunca se sabe quién las puede oír. Buenos días.

El tono de aquellas últimas palabras resultó glacial.

El alcalde se dio media vuelta y buscó un subalterno adulador, para restablecerse de aquel imprevisto.

No debía alterarse, para nada. Su médico no dejaba de repetírselo. La edad y el sobrepeso comenzaban a pasarle factura en forma de una incipiente hipertensión.

Y había que hacerle caso.

29

09.35 horas

Olegario se aseguró de que la puerta de acceso a la escalera no quedara cerrada, por si acaso, se dijo. Siguió en la penumbra los pasos del contramaestre, que caminaba directamente al lugar que le había indicado el chófer. El contorno de los vehículos se dibujaba a contraluz contra los toldos de poliéster reforzado de la popa del barco que evitaban las salpicaduras de agua de mar provocadas por la acción de las turbinas. Había poca luz, pero se veía lo suficiente para no tropezar.

Un nuevo vistazo al garaje le hizo aflojar el paso. La silueta humana que había percibido apenas un minuto antes había desaparecido. Evidentemente, se estaba ocultando y eso hizo que el chófer mantuviera la guardia. Notó otro detalle inusual: olía fuertemente a gasoil.

Curbelo llegó al lugar indicado por Olegario, entre un Renault Clío y un Toyota Yaris. Allí no había nadie. Giró sobre sí mismo, intentando detectar algún movimiento. No notó nada.

Un sexto sentido alertó a Olegario, que se agachó por debajo de la altura de los techos de los vehículos y se apartó silenciosamente a la derecha, hacia uno de los extremos del garaje. Buscó un lugar desde donde pudiera ver con mejor perspectiva las filas de coches estacionados.

El contramaestre comenzó a irritarse.

—¡Está prohibido permanecer en el garaje durante la travesía! —exclamó en la penumbra.

Ningún movimiento. Lo intentó de nuevo.

—¡Haga el favor de subir a la cubierta superior! ¡De lo contrario, al llegar al puerto, la policía lo detendrá!

Olegario llegó a la pared de estribor. Desde allí podría caminar por toda la longitud del barco. Comenzó a hacerlo atisbando entre los huecos de los coches. No descubrió a nadie entre ellos. A lo lejos, en el centro del garaje, vio que Curbelo también se desplazaba entre los vehículos.

Al acercarse a la zona donde estaban estacionados los camiones, notó que el olor a carburante era más intenso. Como si hubieran derramado gasoil por el suelo. Se aproximó a dos grandes tráileres gemelos que estaban aparcados juntos, en paralelo. Con precaución se asomó por delante de una furgoneta que se encontraba entre la pared y los camiones. Se agachó y miró por debajo de la carrocería, intentando descubrir alguna pierna. No vio ninguna. Al recorrer longitudinalmente el chasis de uno de los enormes vehículos observó que una manguera surgía de la boca del depósito y se elevaba hacia el techo del camión. Aquello estaba totalmente fuera de lugar. ¿Qué significaba? Se asomó al otro lado y comprobó que en el otro camión ocurría lo mismo. Desde donde estaba, no tenía la perspectiva suficiente para observar la parte superior de los camiones. Debía alejarse un poco.

Comenzaba el retorno a la pared cuando percibió un golpe en el centro del garaje, seguido de un ruido de forcejeo y respiraciones entrecortadas. Un segundo después, silencio.

Olegario se mordió la lengua para no delatar su posición. Todo lo silenciosamente que pudo corrió al lado del muro y llegó a la altura del lugar donde había oído los ruidos. La abundancia de coches aparcados no le permitía una visión directa. Se agachó e intentó ver por debajo de los vehículos, entre las ruedas. A unos quince metros, notó un movimiento de pies. Estaban arrastrando algo por el suelo.

De inmediato, supo de qué se trataba. El cuerpo de Curbelo.

Soltó en silencio un juramento. Aquello no le gustaba nada. Una agresión a un oficial de un barco no era algo que tomarse a broma. Se sintió culpable. Tendría que haber acompañado al contramaestre en su recorrido por la nave. Con dos personas no se hubiera atrevido. ¿O sí?

Tenía que averiguar a qué se enfrentaba. Estaba seguro de que quien estuviera escondido no se había percatado de su presencia. Debía jugar bien sus bazas.

Siguió en paralelo la dirección de los pasos, dejando cuatro filas de vehículos entre él y el atacante del contramaestre. Aumentó la velocidad para anticiparse y ver la llegada del desconocido. Llegó a la esquina de popa, donde se levantaban los toldos protectores, ahora convertidos en la pared del fondo. Allí había más luz. Esperó unos segundos y vio aparecer a dos hombres arrastrando a Curbelo por los brazos. Eran dos tipos fornidos, unos semipesados, calculó el chófer, difíciles de derribar con un par de golpes.

Los hombres dejaron al contramaestre en el suelo junto a la pared, se sacudieron las manos y comenzaron a volver a los camiones. No se detuvieron ni un segundo en mirar a su alrededor. Estaban confiados.

Olegario esperó a que los tipos se perdieran de vista entre las filas de coches. Se acercó rápidamente y se llevó una buena sorpresa: en el suelo, junto a Curbelo, había otro marinero, también inconsciente. Se agachó junto a ellos y les tomó el pulso. Estaban vivos. Les habían golpeado en la cabeza hasta dejarles inconscientes.

Más tranquilo, pensó en qué debía hacer. Lo más oportuno era salir del garaje en busca de ayuda; sin embargo, la ira y su curiosidad natural decidieron que, en primer lugar, debía averiguar qué tramaban aquellos individuos.

De nuevo recorrió la pared lateral del garaje, esta vez por babor. Cuando llegó a la mitad del garaje se percató de que los agresores se habían subido al techo de cada uno de los dos tráileres y estaban trasteando con algo allá arriba. Desde donde estaba no podía ver qué hacían, pero percibió el sonido de un pequeño motor. Fue hacia el centro de la gran estancia, intentando ver de perfil los camiones. Al llegar a la cuarta fila de coches, tuvo una imagen más clara. En el techo del primer camión, el más cercano, uno de los hombres estaba rodeado de varios bidones cuadrados de plástico, unos llenos y otros vacíos. Con una pequeña bomba eléctrica de mano, estaba llenando los recipientes con el gasoil que salía del depósito del camión.

No podía creerlo. ¿Para qué querían llenar aquellos envases? ¿Estaban robando carburante? Pero ¿por qué encima de los camiones? No tenía sentido.

Y justo cuando se estaba haciendo esas preguntas, le empezó a sonar el móvil, que llevaba en el pantalón.

Sobre el fragor de los motores, la melodía de llamada pareció amplificarse de una manera asombrosa. Los hombres de los camiones se detuvieron y desviaron la mirada hacia el lugar de donde provenía el sonido.

Olegario, sorprendido y enfadado consigo mismo, se agachó de nuevo y trató de desaparecer entre las sombras de los vehículos, acordándose de todos sus antepasados.

30

09.35 horas

Ariosto seguía con la mirada los movimientos de los secuestradores. El arma del que había disparado le apuntaba, casi sin intención, a unos tres metros, desde el regazo del checheno. Por eso había dejado de intentar hablar con Natalya. La mujer parecía aterrorizada. Nada bueno debía de pasar por su mente, pensó. Todo el mundo sabía que los rusos y los chechenos, a raíz de las últimas guerras en el Cáucaso, no se llevaban precisamente bien. Guerras largas y crueles, como las habituales de aquella zona tan conflictiva.

Y ahora, al parecer, esa guerra había llegado a un lugar tan remoto como las islas Canarias. Pero ¿por qué? ¿Cuál podría ser el objetivo de aquellos hombres? La autonomía de barcos como aquel era bastante limitada. No podrían llegar muy lejos.

Claro, siempre que pensaran ir lejos. Una idea escalofriante surgió de sus pensamientos: ¿y si el viaje no era muy largo? ¿No eran los chechenos fanáticos nacionalistas? No debía prejuzgarlos por ser musulmanes. Solían cometer atentados suicidas, ¿no? ¿Cómo se podía catalogar lo que sucedió en aquel teatro de Moscú? ¿Y las bombas en aquel colegio, lleno de niños, unos días después? Mejor no hacer más memoria.

El secuestrador de la pistola estaba hablando con sus compañeros y se giró un poco a la derecha. La pistola dejó de apuntarle, lo que permitió a Ariosto relajarse un poco. Llevaba varios minutos pensando en pedir ayuda. Tenía el móvil en el bolsillo superior interno de la chaqueta, muy cerca del corazón. Aprovechando que los asaltantes no le miraban en ese momento, deslizó despacio la mano derecha por debajo de la abertura semiabotonada y palpó con los dedos el aparato. Reconoció al tacto el botón de descolgar/rellamada y se bendijo por no haber adquirido todavía un *Smartphone* de pantalla táctil. Pulso el botón, sin saber a quién podía ir dirigida la llamada y esperó unos segundos. El sonido de llamada era prácticamente imperceptible, pero Ariosto lo sentía, más que lo notaba. Al cabo de tres segundos, le pareció escuchar un «diga» proveniente del aparato. Muy despacio, e intentando lograr el tono de voz para que solo le pudiera oír el micro del teléfono, envió su mensaje.

—Soy Luis Ariosto. Unos hombres armados acaban de secuestrar el ferry de Agaete a Santa Cruz. Pida ayuda a las autoridades.

Uno de los secuestradores percibió el rumor y dirigió una mirada feroz hacia ellos. Ariosto pulsó el botón de corte de llamada, sacó su mano de debajo de la chaqueta y miró al techo, disimulando. El tipo gruñó y siguió conversando con sus compañeros.

Ariosto suspiró de alivio y trató de recuperar el pulso normal. Lo notaba a toda velocidad en los oídos. Esperó medio minuto para comprobar que los secuestradores seguían enfrascados en sus planes. Ladeó la cabeza en dirección a Natalya y le habló entre dientes.

—¿Qué están diciendo? —musitó.

La mujer tardó unos segundos en conseguir el valor para responder.

—Hablan de agrupar a todos los pasajeros en un mismo lugar. Al fondo del barco, creo.

Ariosto se hizo una idea de lo que se avecinaba. Si juntaban a los secuestrados sería más fácil controlarlos. Y eso, en caso de que sus captores perdieran los nervios, no los ayudaba en nada.

En ese momento sonó un móvil. La atención de todos se dirigió al lugar de origen del soniquete. El teléfono de Dorta, el segundo, emitía las notas de *La cucaracha* en el bolsillo de su pantalón. El secuestrador de barba se acercó rápidamente y le hizo señas para que se lo entregara. Cuando lo hizo, se lo arrebató de un golpe y lo apagó.

Los chechenos hablaron entre sí. Se notaba cierta tensión

en su conversación, por el tono y la velocidad. En un momento dado, pareció que llegaban a una conclusión. El tipo de la barba se acercó a los controles, miró entre las consolas y preguntó a Dorta.

—¿Dónde está la wifi del barco?

El segundo de a bordo, después del sobresalto del móvil, señaló temblando uno de los controles. Ariosto no daba un euro por el aparato. Supuso que iba a disparar un par de veces sobre él. Pero no fue así. El tipo buscó en la ristra de señalizadores y, tras encontrar el botón de *Off*, lo pulsó. Las luces de la máquina se apagaron de golpe y un zumbido menos dejó de sentirse en el puente. El checheno, satisfecho, volvió con sus compañeros.

En ese momento, se oyó que alguien golpeaba la puerta del piso de abajo desde fuera. Debía de ser uno de los tripulantes, alarmado por el ruido de los disparos. Los chechenos bajaron la escalera y solo uno de ellos, el moreno menos comunicativo, se quedó en el puente, con un ojo en Ariosto y sus compañeros, y el otro en la escalera.

Se oyó como la puerta inferior se abría, un checheno gritaba algo ininteligible y después un disparo. Y poco después, otro.

Cada detonación hacía que Natalya se encogiera un poco más. El hombre que los vigilaba no pudo con su curiosidad y bajó un par de escalones para ver qué estaba ocurriendo abajo. Ariosto no se lo pensó dos veces. Se levantó de un salto, en dos zancadas llegó a la altura del secuestrador y se lanzó sobre él. El terrorista no tuvo tiempo de reaccionar antes de que lo derribara. Cayó de espaldas sobre el suelo del puente, pero no perdió la pistola. Antes de que Ariosto se rehiciera sobre el cuerpo del checheno tratando de inmovilizarlo, este apretó el gatillo y el arma se disparó. La bala se incrustó en un panel lateral, pero el ruido llamó la atención de los otros secuestradores.

Del piso inferior, llegó una pregunta que alguien hizo en checheno. Ariosto supo que había perdido el factor sorpresa y que los terroristas subirían inmediatamente. Intentó hacerse con la pistola, pero el tipo que tenía enfrente era más robusto que él. Un puñetazo en el rostro del checheno lo detuvo apenas medio segundo, justo el tiempo que necesitó para revolverse y devolverle el golpe a Ariosto, justo en la boca del estómago.

Casi sin aire, Ariosto supo que aquello no iba a terminar bien. Se echó a un lado, rodó sobre sí mismo para ponerse en pie rápidamente. Su oponente comenzó a hacer lo mismo, intentando levantar el brazo para apuntarle. Antes de que terminara de hacerlo, Ariosto atacó con su hombro sobre el cuerpo a medio levantar del secuestrador, empujándolo atrás, hacia la escalera. El hombre no pudo recuperar el equilibrio y cayó rodando por los escalones. La pistola volvió a dispararse: el proyectil rozó la cabeza de Ariosto e impactó contra el cristal de una ventana, dejando un recuerdo en forma de tela de araña.

Ariosto notó que el checheno caía por las escaleras llevándose hacia abajo al terrorista que subía por ella. Varios juramentos en un idioma extraño se lo confirmaron.

Miró a su alrededor, apenas tenía unos segundos. No localizó nada que pudiera servirle de arma. Sus amigos y los tripulantes lo miraban asombrados. Recorrió con la vista el resto del puente. Los secuestradores se habían puesto en pie en el piso inferior y se disponían a subir.

Su mirada se detuvo en un punto concreto: la puerta de acceso al exterior de la cubierta superior. Se abalanzó sobre ella y trató de abrirla. Estaba cerrada.

—Debajo del picaporte hay una rueda —indicó el segundo, saliendo de su estupor—. Gírela a la derecha.

Ariosto volvió la vista a Dorta y comprobó que este comenzaba a levantarse. Siguió las instrucciones y la puerta se abrió. Una fuerte corriente de aire frío inundó la cabina e hizo volar algunos papeles de los paneles de control.

—¡Vamos! —gritó a los demás—. ¡Salgamos de aquí!

Sus compañeros comenzaron a moverse. Ariosto sostenía la puerta que se cimbreaba por la creciente corriente de aire. Uno de los terroristas, el del gatillo fácil, asomó por el hueco de la escalera. Una fracción de segundo de contacto visual le dijo que sus acompañantes no iban a tener tiempo de salir. El checheno levantó la pistola y apuntó al lugar donde se encontraba. Ariosto se agachó y salió rápidamente del habitáculo de la cabina de mando. El estampido del disparo se oyó en el reducido espacio que acababa de abandonar. No sintió ningún impacto en el cuerpo. Un viento frío lo recibió en el exterior, y su fuerza hizo que se tambaleara hasta recobrar el equilibrio. Le recordó que el barco navegaba a unos setenta kilómetros por hora. Unos gritos devolvieron su atención al interior del puente. Dorta se enfrentaba al checheno agarrándole el brazo de la pistola, impidiéndole apuntar de nuevo. El otro secuestrador terminó de subir la escalera, se acercó a los contendientes y propinó un culatazo con su arma a la cabeza del tripulante. La lucha acabó ahí. Natalya y Arribas optaron por volver a sentarse rápidamente, evitando cualquier confrontación.

Ariosto comprendió que su situación era algo más que comprometida. Debía alejarse lo más velozmente posible de aquellos tipos.

Echó un vistazo alrededor. Dos paredes paralelas de metal de un metro y medio de altura se alejaban del puente unos quince metros en dirección a popa, protegiendo una serie concatenada de columnas de aire acondicionado que refrigeraban la zona del pasaje en la cubierta inferior. Entre ellas, unos respiraderos bajos en zigzag; más allá, una superficie lisa y expedita hasta el final del barco. Ariosto sintió que el secuestrador se acercaba a la puerta y escaló la caja del aparato más próximo. Se apoyó con ambos brazos en el borde, saltó por encima de la barrera metálica y desapareció al otro lado.

Aterrizó en una amplia extensión plana que terminaba en la borda de estribor. El viento le golpeó con más fuerza, allí no había obstáculos que lo mitigaran. Inclinó el peso del cuerpo para contrarrestarlo, pero el espeso muro de aire ralentizaba sus movimientos. Se percató de que la cubierta exterior era una trampa. No había lugar donde esconderse.

Algo era evidente, en aquel lugar no podía quedarse. Descubrió dos parapetos metálicos de unos dos metros de altura en forma de triángulo, puro diseño sin función aparente, a treinta metros de donde se encontraba, cerca de un costado del barco. No había tiempo para sopesar las posibilidades. Echó a correr hacia allí a toda velocidad. El viento a su espalda hizo que sintiera que casi volaba.

Se acercó al parapeto al cabo de unos segundos. Estaba a punto de llegar cuando oyó otro disparo. Debió de pasarle

135

cerca, pues la bala rebotó en el segundo de los triángulos, apenas a dos metros de distancia delante de él. Un chispazo en el metal lo delató. Una segunda detonación le indicó que debía darse prisa. Se escondió tras el mamparo metálico. Un tercer disparo se estrelló contra la barrera de acero, haciendo saltar la pintura.

Ariosto tomó aire. Si intentaba salir de su escondite improvisado estaría en la mira de su perseguidor; la perspectiva de poner a prueba su puntería no le gustó lo más mínimo. Enfrente de él se extendían otros treinta metros de cubierta sin obstáculos hasta llegar a la popa. No lo tenía nada fácil. Pero, si se quedaba donde estaba, terminarían cazándole como a un conejo.

No lo pensó más. Corrió agachado hacia la parte trasera del barco, intentando que la pared metálica lo protegiera del ángulo de tiro del terrorista el mayor tiempo posible. El corazón de Ariosto latía desbocado. En los escasos segundos que tardó en cubrir los primeros veinte metros, no oyó más que el rugir del viento en sus oídos. Luego, otro disparo, que no supo adónde fue a parar.

Afortunadamente, el movimiento del barco estaba jugando a su favor entorpeciendo la precisión de disparo del checheno. Además, aquellas extrañas pistolas no estaban diseñadas para disparar a larga distancia, a juzgar por los resultados. Pero Ariosto no quiso esperar a comprobarlo.

Al cabo de unos segundos, llegó a la borda de popa. Apenas pudo frenar su carrera para no caer al final de la cubierta. Solo tuvo un instante para plantearse qué hacer. A sus pies, el mar rugía a diez metros de distancia y la espuma de la potencia de unas turbinas terribles le humedeció el rostro.

Otro disparo se estrelló medio metro a su derecha, levantando chispas en la superficie metálica.

No tenía más opciones.

Y Ariosto saltó.

31

09.35 horas

Juani, la camarera de la Platinum Class que estaba en la barra de la cafetería del salón principal, oyó claramente dos detonaciones. No era un sonido habitual en el barco. Pero como llevaba un día en que no paraba de oír sonidos extraños, no supo si llamar la atención nuevamente de su compañero Baute o dejar pasar el asunto, no fuera a ser que la tacharan de loca.

Los estampidos, aunque amortiguados, provenían del piso de arriba. Del puente de mando, con toda seguridad. Aguzó el oído, por si se repetían. Un tercer estallido, idéntico a los anteriores, la sacó de su indiferencia. Cogió el *walkie* de su cintura y pulsó la tecla de comunicación.

—Baute —dijo en voz baja—, he oído unos ruidos raros. Sonaban como disparos. Arriba, en el puente.

La respuesta se hizo esperar unos segundos.

—Te voy a prestar unos tapones para los oídos —contestó el otro camarero—. ¿No será que están descorchando champán? ¿No era gente de ópera los amigos del capitán? Esos aprovechan cualquier excusa para abrir botellas.

—Te lo digo en serio —insistió Juani—. Juraría que han sido disparos.

—No jures nada. No sé muy bien si alguien te creería. Espera un momento, que voy para allá.

Juani cortó la comunicación, salió de detrás de la barra y se asomó al pasillo donde se encontraba, al fondo, detrás de la tienda de regalos, la puerta de acceso al puente. Desde aquella distancia no vio nada raro. En lo que podía ver, no había nadie cerca del acceso al piso de arriba.

Baute llegó unos segundos después.

—¿Un viaje movidito? —preguntó con sorna.

La mujer se volvió, indignada.

—No te rías, que no tiene gracia —respondió—. ¿Por qué no echas un vistazo?

—Ven conmigo y así te quedas tranquila.

Juani asintió, mejor estaba en compañía de Baute que sola oyendo cosas raras. Avanzaron por el pasillo del salón central, dejando a su izquierda la zona de butacas en las que los pasajeros, si habían oído los sonidos, no les habían dado importancia.

—¿Estás segura de que eran disparos? —preguntó Baute mientras caminaban—. No veo a nadie alarmado.

—No puedo estar segura de nada —contestó Juani, un poco molesta—. Pero no eran sonidos normales en el barco. Y venían de arriba.

Llegaron ante la puerta cerrada de subida al puente. Allí había muy pocos pasajeros. El más cercano era un tipo solitario mal encarado que fingía no mirarlos.

—¿Ves?, no pasa nada —dijo Baute.

—Llamemos al contramaestre, por favor —pidió la camarera.

Baute sonrió y, simulando actuar a regañadientes, pulsó el botón de llamada en su *walkie*. No hubo respuesta. Lo volvió a intentar bajo la mirada cada vez más ansiosa de su compañera de trabajo.

—El cortado de media mañana —bromeó el camarero.

Su compañera no sonrió.

—Inténtalo con el puente —indicó Juani.

—Sabes que no debemos llamarlos salvo en caso de emergencia —repuso Baute.

—Yo lo haré.

La mujer tomó su propio aparato de transmisión y lo colocó en el dial del capitán y de su segundo. Las llamadas no obtuvieron respuesta.

—Esto es muy raro, Baute —dijo. Su voz sonó entrecortada—. ¿Qué hacemos?

El camarero estaba comenzando a contagiarse del nerviosismo de su colega. Se rascó la cabeza.

—Busquemos a otros tripulantes. Seguro que el contramaestre está con los compañeros de atraque o con los de la sala de máquinas. Voy a bajar a las cubiertas inferiores. Tú date una vuelta por el pasaje y pregúntale a Violetta, la de la tienda, si lo ha visto.

A Juani no le entusiasmó la idea de quedarse sola de nuevo. Iría a hacer compañía a Violetta, o más bien a que su compañera se la hiciera a ella.

Cuando los dos empleados de la naviera se separaron, el pasajero que estaba sentado al lado del pasillo se acercó a la puerta, tecleó el código de apertura y la puerta se abrió. Entró y la cerró tras él.

Violetta no creyó lo que le contaba Juani. A su espalda, un delfín hinchable de plástico con el anagrama de la compañía compartía su sonrisa de incredulidad. Eso fue hasta que Violetta intentó inútilmente ponerse en contacto con los compañeros desaparecidos.

139

—No puedo creer que Vicente no me conteste —dijo Violetta, después de haberlo llamado al móvil.

Corría el rumor de que la encargada de la tienda del barco tenía algún lío con Vicente Dorta, el segundo de a bordo, y aquel comentario parecía probarlo, pero no era tiempo para andarse con chismorreos. Estaba en otra cosa.

La encargada de la tienda de regalos y recuerdos estaba hecha un manojo de nervios.

—Juani, no sé tú, pero a mí no me gusta nada eso de que estén descorchando champán con la rusa esa, que no sé qué toca. Algo toca, y no sé si quiero pensar en ello. ¡Vamos a llamar a la puerta!

Juani se dejó llevar. Por un momento, pensó que aquello la sobrepasaba. A fin de cuentas, lo que tocara la rusa le traía sin cuidado. Y estaba segura de que lo que había oído no eran tapones de champán.

Ambas mujeres se acercaron con paso firme al puente (más Violetta que Juani). Al llegar a la puerta cerrada, comenzaron a golpearla con fuerza.

—¡¡¡Vicente!!! —bramó Violetta—. ¡Haz el favor de abrir la puerta!

Por un momento, Juani pensó que, en otras circunstancias, estaría muerta de risa, pero en realidad no lo estaba. Estaba muerta de miedo. Y mejor que no se lo preguntasen, porque no le quedaría otra que decir la verdad.

Se oyeron voces con acento extraño al otro lado de la puerta. ¿Les habría dado a todos por ponerse a hablar en ruso?

De repente, la puerta se abrió. Dos tipos con cara de pocos amigos aparecieron tras ella. Llevaban unas pistolas raras con las que apuntaron a las mujeres.

—¡Arriba las manos! —ordenó uno de ellos, con un fuerte acento eslavo.

La sorpresa paralizó a Violetta y a Juani, que no supieron qué hacer. Los tipos salieron del habitáculo de acceso al puente y empujaron a las mujeres.

—¡Atrás! —insistió—. ¡Todos atrás!

Violetta trató de resistirse, zafándose del brazo que la desplazaba.

—¡No me ponga la mano encima!

El secuestrador disparó al techo, provocando con el ruido que las mujeres se agacharan instintivamente. Quedó claro que aquello no era una broma. Otro secuestrador más salió al pasillo dando voces en un idioma desconocido. Ya eran tres.

Los tipos armados obligaron a las empleadas a dar media vuelta y a dirigirse a popa. El tercero se dirigió a la proa del barco, a recoger a los pasajeros que se encontrasen allí. Al cabo de un segundo, se oyó otro disparo. El secuestrador había tenido que imponerse de manera explícita. Al cabo de unos segundos, apareció encañonando a cuatro personas, que se unieron al resto del pasaje.

Los viajeros que pasaban cómodamente el ecuador del viaje en el salón principal vieron interrumpida su placentera somnolencia con la aparición de los pistoleros, que les ordenaron a voz en grito que se levantaran y se dirigieran al fondo, a la Platinum Class.

Tras un instante de desconcierto, y después de comprobar que aquellos hombres hablaban —gritaban— en serio, los pasajeros obedecieron y fueron replegándose hacia la popa del barco. Uno de los secuestradores se encargó de comprobar que no había nadie en los baños.

La súbita irrupción de unas treinta personas en la Platinum Class sorprendió a los pasajeros que todavía no sabían qué estaba pasando. La aparición de las pistolas aclaró algo las cosas.

—¡Todos sentados! —gritó uno de aquellos tipos, uno rubio—. ¡Las manos a la vista!

Los pistoleros los obligaron a sentarse. Uno de ellos buscó en el bar una bolsa grande de plástico y la mostró en alto.

—¡Los móviles! —gritó—. ¡Todos los móviles aquí!

El secuestrador pasó la bolsa por delante de cada uno de los retenidos. Todos, de mala gana, dejaron caer sus teléfonos dentro. Cuando terminó, dejó la bolsa en el suelo, al lado de la salida del salón.

Luego se volvió hacia los pasajeros, levantando el cañón de su arma.

—Ahora —dijo—, vamos a pasar un rato callados y tranquilos. Si alguien habla o se mueve, lo mato.

A pesar del acento, todos entendieron perfectamente el mensaje.

32

09.40 horas

*E*nriqueta Cambreleng, después de haber desayunado una menta poleo con dos minitostadas integrales que embadurnó con sendas gotitas de mermelada de melocotón, se disponía a enfrentarse a su media hora de croché diario, de acuerdo con la rutina que seguía desde hacía siete años y cinco meses, fecha en que falleció su querido Epifanio, que en paz debía descansar. El juego de las agujas la relajaba, o al menos eso le parecía.

La luz de la mañana se filtraba por los visillos de las ventanas de su pequeña sala de estar, apenas atenuada por la majestuosa sombra de la torre de la iglesia de la Concepción, su vecina del otro lado de la calle. El sonido de música clásica proveniente de un anticuado aparato de radio (permanentemente situado en el dial de Radio 3 Clásica) ayudaba a conseguir un ambiente de serena placidez en la habitación. El resto corría de cuenta de dos sillones tapizados de flores y un sofá de terciopelo verde topacio (con sus correspondientes protectores de canalé en los apoyabrazos y con sendos *plaids* dorados en las cabeceras), acompañados de una mesa baja redonda de madera de cerezo, de herencia, como muchos muebles de la casa. En las paredes, varios aparadores abarrotados con figuritas de porcelana de todas clases y colores probaban el número de años que su dueña llevaba atesorándolos con mimo y dedicación.

Enriqueta dejó a mano una mantita beis por si le entraba frío en las piernas —en La Laguna toda precaución era poca— y se sentó en su sillón favorito, el de la derecha, donde la luz le llegaba por la espalda. La mano que se dirigía a la cajita de madera donde guardaba las labores de punto cambió de dirección cuando sonó el teléfono y se dirigió al aparato inalámbrico (una inevitable concesión a la modernidad) que comenzaba a taladrarle los tímpanos.

—¿Diga? —preguntó, intrigada por saber de quién provendría la descortesía de llamarla tan temprano.

Aplicó su oído al auricular.

—Soy Luis Ariosto. Unos hombres armados acaban de secuestrar el ferry de Agaete a Santa Cruz —escuchó, anonadada—. Pida ayuda a las autoridades.

Enriqueta sintió que era muy temprano para recibir mensajes de ese estilo, pero, como era mujer de mundo, se rehízo en un instante.

—¿Luis? ¿Eres tú? ¿Qué historia es esa del barco?

No recibió respuesta. La comunicación se había cortado. Después de buscar concienzudamente en el teclado, encontró y marcó la rellamada. Tras varios tonos, una voz femenina le informó de que se abría el buzón de voz. Colgó. Le irritaban profundamente los buzones de mensajes.

Enriqueta se sintió como la patrona de un esquife que se hundía en un mar de confusión.

¿Luis? ¿Hombres armados? ¿Secuestro? ¿Ferry de Agaete? ¿Ayuda a las autoridades?

Se planteó en una décima de segundo que tal vez hubiera sido mejor la elección de una tila en vez de un poleo. Pero, claro, quién podía imaginarse que iba a recibir un mensaje como aquel.

¿Qué crédito debía dar al mensaje que había recibido?

Pulsó las teclas del teléfono inalámbrico para comprobar el origen de la llamada. Además de maravillarse de haberlo conseguido a la primera, se asombró al comprobar que, efectivamente, la llamada provenía del número de su sobrino adoptivo Luis Ariosto, uno de los pocos que se sabía de memoria. No había duda al respecto.

Recordó que lo había llamado la tarde anterior para indicarle que se abrigara bien el cuello y no abriera la boca al salir del teatro. Ahora lo llamaban «auditorio», ¡como si la gente solo fuera a escuchar! Otra de esas modas pasajeras, pensó, como casi todos los nombres de cosas nuevas. ¿Por qué no lo llamaban teatro?

La alarma volvió a sonar en su cerebro y la sacó de sus reflexiones.

¡Luisito estaba en peligro!

Aquella posibilidad la hizo reaccionar. Levantó su delgada figura como un resorte e intentó digerir nuevamente los pocos datos de información que había recibido. Sabía que Luis se había marchado con unos amigos a escuchar un concierto, o una ópera, que para el caso era lo mismo, a Las Palmas, en la vecina isla de Gran Canaria. Eso en sí no era un problema, a pesar de la calidad del programa operístico de la otra capital, a veces bastante superior, pero sí que lo era que su medio de transporte de vuelta hubiera sido utilizado por unos desalmados para salir en la prensa.

¿Qué podía hacer?

Llamar a alguien.

¿A quién?

A la policía, claro. Pero ¿qué les diría? ¿Que su sobrino le había telefoneado para decirle que habían secuestrado un barco?

Ya se imaginaba al policía al otro lado de la línea: «¿Quién es su sobrino? ¿Desde dónde le ha llamado? ¿Dónde se supone que está? ¿Por qué le ha llamado a usted? ¿Cómo sabe que la llamada es auténtica?».

Ante la posibilidad de esa montaña de preguntas, decidió no hacer la llamada.

Debía contactar con alguien que tuviera influencias. Luisito quedaba descartado, por supuesto.

¿Y si llamaba al chófer? Sebastián, ese hombre tan… íntegro, por decirlo de algún modo.

Marcó el número del chófer, ese hombretón, y la señal de llamada se mantuvo durante muchos segundos. Pero no contestó.

Decepcionada (Sebastián siempre había contestado a sus llamadas, hasta aquel momento), se planteó, con una incipiente angustia, a quién más podía telefonear.

El primero que pasó por su mente fue el actual alcalde de Santa Cruz, Servandito Melián, el hijo de Rufina, la de la venta del cambullón, o de ultramarinos, como se decía en los ambientes selectos. El niño, unos cuantos años más joven que Enriqueta, supo colocarse bien en los tiempos de la Transición, cambiando de partido cuando el guion lo exigía. Así había llegado a alcalde, ejerciendo toda su vida de escudero de otros. Lo que era tener una buena sombra bajo la que cobijarse. Enriqueta lo descartó. Desde que había accedido a la primera regiduría, ya no contestaba al móvil, ni siquiera a sus amigos; en su lugar, lo hacía una señorita con tono entusiasmado que hablaba mucho y no decía nada. Eso sí, al final te quedaba claro que la rebosante agenda del alcalde iba a hacer muy difícil, si no imposible, que pudiera contestar personalmente a la llamada.

Llamar al presidente del Cabildo no le hacía gracia. Después de lo que pasó, no. Que hubieran transcurrido más de cincuenta años desde que la invitó a salir a pasear por la Alameda del Duque de Santa Elena no era obstáculo para reafirmarse en su negativa. Se enteró de que, al día siguiente, había invitado a Elvirita Ascanio de Salamanca a idéntico plan. Esa promiscuidad (no quiso saber a quién pretendía invitar al tercer día) provocó que cortara toda relación con él. Y eso hasta la fecha. Enriqueta Cambreleng era una señorita con fundamento. Eso debía quedar claro.

Enriqueta le dio vueltas a la cabeza y tembló con la posibilidad más lógica que se le planteaba. Había una persona con contactos al más alto nivel. Que conocía a todo el mundo en Santa Cruz. Pero el simple hecho de pensar en llamarla le ponía los pelos de punta. Sin embargo, la angustia que sentía por Luisito pudo más.

Llamaría a Adela, su hermana. No la llamaba por teléfono desde hacía más de cuarenta años, dado el incesante, desproporcionado e injustificado aumento de las tarifas telefónicas.

No es que se llevaran mal, se escribían formalmente una vez al mes, pero la cabezonería de Adela de no subir a La Laguna desde Santa Cruz, donde vivía, la había obligado a encastillarse a su vez en su feudo lagunero. Si su hermana no subía, ella tampoco bajaría.

Dudó un instante, pero finalmente se decidió.

Marcó un número que, a pesar de todo, aún recordaba. Nerviosa, esperó la respuesta.

33

09.43 horas

Adela Cambreleng estaba enfrascada en un programa de televisión en el que una pareja de propietarios se volvían locos para decidir si se quedaban a vivir en su casa reformada o compraban otra en un vecindario cercano. Le encantaban esos programas de obras dentro de una casa. ¡Y vaya casas! Los obreros eran todos tan guapos y diligentes que daba gusto ver cómo tiraban esas paredes de madera que usan en Estados Unidos en un pispás sin despeinarse lo más mínimo.

Se disponía a beber el tercer trago de su infusión secreta (nadie conocía de qué estaba hecha, una mezcla de origen asiático que la mantenía en forma, o al menos así lo pensaba ella) cuando sonó el timbre del teléfono.

Miró su reloj. Apenas las diez menos cuarto. A esa hora cualquier llamada solo podría traer malas noticias. Últimamente, sus amistades visitaban demasiado a los médicos. Cosas de la edad. Una vez se pasa de los setenta, toca encontrarse con los conocidos en las salas de espera de los ambulatorios y de los hospitales.

Adela suspiró y descolgó el teléfono.

—¿Diga?

—¡Adela! ¡Soy Enriqueta! Tengo que hablar contigo.

A Adela le dio un vuelco el corazón. Por un lado, por la sorpresa de escuchar la voz de su hermana, que no oía por teléfono desde hacía bastantes años. Y, por otro, por el tono de urgencia que notaba en sus palabras.

—¡Qué sorpresa! —dijo—. ¿Cómo estás?

—No tenemos tiempo para formalidades —le espetó Enriqueta—. Hay un asunto muy urgente que hay que resolver.

—Noto que sigues igual de gruñona —terció Adela, divertida—. Hay cosas que no cambian.

—¡Déjate de tonterías! ¡Luisito está en peligro!

Adela abrió la boca. Otra sorprendente vuelta de tuerca. Buscó mentalmente el mueble donde tenía el Tranquimazin, para echar mano de él en el caso de que aquella conversación empeorara.

—¿Cómo que en peligro? —preguntó, azorada.

En veinte segundos, su hermana la puso al corriente de lo que le había dicho Ariosto apenas unos minutos antes.

—A ver si me aclaro… ¿Y Luisito iba en el barco? —preguntó Adela.

Enriqueta dudó antes de responder.

—Pues… no lo dijo. Pero yo entiendo que sí. Es la hora en la que tenía previsto volver de Gran Canaria.

—¡El secuestro de un barco! —exclamó—. ¡Qué aventura!

—Adela, si te llamo no es para oírte decir sandeces. Piensa rápidamente a quién puedes llamar para contárselo.

—¡Oh! Es muy temprano para cotilleos, Enriqueta. Mis amigas deben de estar levantándose todavía.

—¡Adela! ¡Me refiero a alguien que pueda ayudar a Luisito! Alguna de sus amistades o una de esas autoridades con las que tú te relacionas.

Adela caviló un segundo.

—Es verdad —contestó—. Ahora mismo me pongo a pensar. Pero tengo que colgarte.

—¡Pues cuélgame! —exclamó Enriqueta.

—Luego te llamo.

Y Adela colgó el teléfono. Sintió un pequeño placer al hacerlo. Hacía muchos años que no le colgaba a nadie de esa forma tan abrupta, tan falta de cortesía, y menos a la cascarrabias de su hermana, a pesar de que se lo había merecido en infinidad de ocasiones. Sin embargo, su sonrisa se esfumó al pensar en Ariosto.

¿A quién llamar? Enriqueta lo había intentado con Sebastián. ¡Qué hombre! Pero no le había contestado a la llamada.

Adela pensó en el presidente del Cabildo, con quien no le había importado salir en su juventud, a pesar del desplante que le hizo su hermana mayor. A ella, esas historias que se contaban sobre él y otras chicas la traían sin cuidado. Más llegaron a contarse sobre ella y otros chicos. Pero recordó que no tenía su teléfono móvil. No lo había conseguido, a pesar de desplegar sus influencias. Se rumoreaba que se le había caído accidentalmente en una piscina y que había decidido no tener otro. Para eso estaban sus secretarios. Manolita, su mujer, lo tenía atado corto y no le permitía tener ayudantes del sexo femenino. Ella supervisaba la elección de los subordinados, que solo podían ser completamente heterosexuales, por si acaso.

Intentó pensar en gente que le pareciera importante. Pasaron por su mente en procesión los presidentes del Casino, del Club Náutico, de la Alianza Francesa, del Club Deportivo Tenerife, de la Afilarmónica Nifú-Nifá, pero no creía que pudieran ayudarla con un asunto como el de un barco secuestrado.

Ni hablar del alcalde de Santa Cruz. Se peleaba con ella en el barrio cuando eran pequeños y le tenía tirria desde los cinco años. Y el alcalde de La Laguna menos aún: no se enteraba de las cosas importantes que ocurrían en su ciudad.

Tenía que ser alguien que la creyera a pies juntillas y que no hiciera muchas preguntas. Rebuscó en la lista de los amigos de Luis. Aquella arqueóloga, la que siempre acababa metida en algún problema que implicaba bajar a un subterráneo o meterse en un sitio oscuro, estaba de viaje. En el Sáhara o un sitio de esos. Tanta excentricidad la ponía de los nervios. Su novio, el policía, podría ser ideal, pero no tenía su número. Y no era cuestión de llamar al 091 y preguntar por él. Lo había hecho una vez y, al cabo de media hora, lo llamó el mismo Galán pidiéndole, por favor, que no volviera a hacerlo, que había sido el pitorreo de la jefatura. Decidió descartarlo, no porque volvieran a tomarle el pelo, que era su problema, sino por lo mucho que había tardado en responder a su llamada

Quedaba la chiquita aquella, Sandra, la periodista. ¡Vaya rabo de lagartija! No se quedaba quieta ni un segundo. Adela asintió para sí. Llamaría a Sandrita. Se levantó y buscó en su listín telefónico. Lo tenía en el primer cajón de la mesita del teléfono, desgastado en los bordes después de treinta años de anotaciones y tachaduras. Recordó el apellido, Clavijo, porque leía su columna del periódico todas las veces que aparecía, que eran muchas. Allí estaba, en la C, debajo de los Cáceres de Lugo. Marcó el número en su teléfono y esperó el tono de llamada.

—¿Sí? —Una voz juvenil se oyó al otro lado del aparato, un tanto sorprendida.

—¡Sandrita! ¡Soy Adela, la tía de Luisito! ¿Cómo estás? Me imagino que no seguirás desayunando mal, ¿verdad? Esos donuts no te convienen.

Sandra tardó dos segundos en procesar la información que le llegaba por el móvil. ¿Qué diablos querría aquella buena señora, un sábado por la mañana?

—Estoy bien, gracias. Y desayuno estupendamente —mintió—, todo fruta. ¿Y usted?

—Yo también desayuno bien, gracias —respondió Adela—. Sin azúcar, ya sabes, hay que cuidar la línea. Pero te llamaba por otra cosa. Una cuestión un tanto… delicada.

Sandra intentó imaginar el lío en que podía meterla la tía Adela. La última vez acabó en una reunión de *tuppersex* con sus amigas septuagenarias. Fue memorable.

—Dígame, Adela, pero dese prisa, es que estoy trabajando.

—Creo que han secuestrado a Luisito —dijo, bajando el tono de voz, como si temiese que la escucharan.

—¿Cómo? ¿A Luis? —Sandra no salía de su asombro—. ¿Y cómo lo sabe?

—Ha llamado hace unos minutos a Enriqueta para decirle que alguien había secuestrado el barco de Agaete, y que pidiera auxilio a las autoridades.

Sandra sopesó la información. Aquello podía ser un completo bulo, lo más probable, o podía ser verdad, lo que supondría toda una primicia. A fin de cuentas, aquella mujer estaba bastante en sus cabales para su edad, a pesar de sus debilidades ocultistas.

—Haz algo, Sandrita. Puede que Luisito esté en peligro.

El tono implorante de Adela hizo que Sandra se lo tomara en serio. La mujer parecía realmente afligida.

—No se apure, Adela. Enseguida hablo con alguien. Tengo al alcalde a mi lado.

Adela se mordió la lengua para no soltarle «con-ese-no», y

150

decidió que la chica tendría el suficiente buen criterio para hablar con quien debiera.

—Vale, pero date prisa, que no sabemos lo que puede ocurrir.

Sandra se despidió y cortó la comunicación. No terminaba de creerse la noticia. Buscó en su móvil el teléfono de Ariosto y lo marcó. Tras unos segundos de espera, una voz femenina le informó de que estaba fuera de cobertura. Lo intentó de nuevo. Igual respuesta.

Se dio la vuelta y buscó al alcalde. Pero algo le decía que iba a ser poco receptivo a cualquier cosa que le contara. Su guardaespaldas no le quitaba ojo, posiblemente para que no se le acercara. Tenía otros capitostes por allí cerca, pero... ¿la creerían?

Se acordó de cuando secuestraron al nuncio, unos meses atrás. Una crisis importante. ¿Qué había hecho? Llamar a Galán.

Sandra buscó el número del inspector de policía en la memoria de su móvil y pulsó la tecla de llamada.

No tuvo que esperar mucho.

34

Ajmed, uno de los chechenos que estaban en el garaje del catamarán, fue el primero en llegar al origen del sonido. Desconfiado y con la pistola por delante, encontró en el suelo, entre dos coches, un teléfono móvil que dejó de sonar en ese mismo instante. La pantalla se apagó al cabo de un segundo. Lo cogió y lo examinó por ambos lados. No se fiaba. Cabía en lo posible de que se le hubiera caído a algún pasajero o algún miembro de la tripulación. Pero no era normal.

Su olfato de depredador (llevaba muchos años de guerrilla en las montañas) rechazaba las casualidades. Recorrió con la vista el lugar que ocupaba hasta la pared más cercana, escuchando atentamente. Si había alguien por allí, sería capaz de captarlo. Siempre lo hacía. Había salvado el pellejo en numerosas ocasiones gracias a esa inexplicable facultad. Tampoco buscaba explicación. La tenía y con eso le bastaba.

Hizo una señal a Nurdi para que se moviera en dirección a la proa, entre los coches. Él le cubriría, atento a cualquier movimiento. Su compañero hizo lo que se le indicaba, despacio, muy atento.

En apenas un par de minutos, cubrió toda la fila de vehículos aparcados sin que ocurriera nada. Se volvió y miró a su colega, encogiéndose de hombros. Ajmed le indicó que fuera a la derecha, hasta la pared de estribor.

Nurdi avanzó entre los coches y las furgonetas de aquella zona. Llegó a su destino: el resultado de su búsqueda fue el mismo.

—Nada —dijo en su idioma.

Ajmed arrugó la nariz. Aunque no vio nada raro, algo le decía que no todo estaba en orden. Había algo que se le escapaba. Y no sabía qué era. Tal vez fuera la influencia de encontrarse en un barco, algo muy ajeno a su vida en las montañas. Allí todo se movía. Esa podría ser la causa de que le fuera más difícil captar otro tipo de vibraciones.

Decidió dar otra vuelta de inspección por el garaje. Su compañero señaló el reloj de su muñeca. Tenían poco tiempo. Ajmed asintió, dándose por enterado, pero tenía que asegurarse.

Olegario seguía detrás de una furgoneta blanca, muy cerca de la popa del barco, donde el fragor de las turbinas era más fuerte y el ruido que él pudiera provocar pasaría desapercibido. Desde ahí, podía controlar los movimientos de aquellos dos tipos. El truco de abandonar el móvil parecía haber dado resultado. No tenía ni idea de qué estaban haciendo en el garaje, pero, visto cómo habían tratado al contramaestre y al marinero, no parecían tener muy buenas intenciones.

Solo les oyó decir una palabra, que no entendió. El tono le recordó a alguna lengua eslava, y eso le desconcertó aún más.

La puerta de acceso a las cubiertas superiores, que había dejado abierta, estaba al otro lado del garaje. Con los dos malhechores husmeando por los pasillos de los vehículos, le iba a ser difícil llegar sin delatarse. Necesitaba crear una distracción.

Pero antes de escapar de allí necesitaba saber qué se traían entre manos. El Mercedes estaba justo al lado de uno de los camiones. Con pesar, recordó que se había dejado en Tenerife el revólver que solía llevar escondido en el automóvil, debajo de la guantera, para evitar problemas en el viaje. En caso de inspección, le hubiera costado explicar de dónde había salido.

Miró a su alrededor. A su derecha había un Audi blanco con la luz intermitente de alarma encendida. La sensibilidad del sensor de esos coches era muy alta. Se acercó y se apoyó en la puerta, y agitó la carrocería con un par de movimientos bruscos. Sus años de pesas en el gimnasio no le defraudaron. La sirena de la alarma saltó al instante, ensordecedora. Sin perder un segundo, salió disparado en dirección a la furgoneta y la rodeó por detrás. Lo más agachado que pudo, y contando con que la atención de los extranjeros se centraría en el lugar de donde procedía el sonido, pasó como una exhalación por detrás de una fila de vehículos rumbo al último lugar que podrían esperar aquellos tipos. En dirección a sus camiones.

Notó que los dos hombres se separaban y se dirigían con precaución hacia el Audi. Todo estaba saliendo como pensaba. Llegó a la altura del primero de los camiones. Buscó la escalerilla adosada a la parte posterior del vehículo, trepó por ella rápidamente y subió al techo del contenedor rodante. A contraluz se recortaban las siluetas de seis bidones de plástico que pretendían llenar de gasoil. El olor delataba el contenido; la manguera que salía del depósito y que terminaba en una bomba de mano, certificaba el origen del líquido. Cuatro estaban llenos; uno estaba vacío, y el otro, medio lleno. Echó un vistazo al techo del otro camión. El mismo número de recipientes. Pero, al parecer, aquel tipo iba más lento, solo tenía llenos tres de ellos. Le bastó un segundo para averiguar por qué aquellos envases estaban dispuestos de aquel modo. Una escotilla destacaba en la superficie lisa del techo del tráiler. A su alrededor se encontraban los bidones. Estaba claro. Se trataba de volcar el contenido líquido en el interior de los camiones.

Pero ¿para qué?

Se acercó al portillo y comprobó que el sistema de apertura era muy simple. Una palanca levantaba un cierre que recordaba al tapón mecánico de las antiguas gaseosas. Olegario era consciente de que no podía permanecer mucho más tiempo donde estaba. Debía darse prisa. Se agachó, levantó la palanca y abrió la tapa. El siseo del aire al entrar en el depósito le indicó que la carga se conservaba herméticamente. Un olor extraño, ácido, salió del hueco recién abierto. Se asomó y atisbó dentro. Millones de pequeñas piedrecitas blancas se acumulaban unas sobre otras hasta donde se perdía la vista. El enorme recipiente estaba casi lleno. Alargó un brazo y extrajo una de aquellas piedras. No estaba fría al tacto. Es más, parecía que se calentaba poco a poco. Un extraño desasosiego comenzó a perturbar el ánimo del chófer. Una sospecha surgió en su mente.

Cerró con cuidado la tapa de la escotilla y se acercó a la bomba de mano en la que terminaba la manguera del gasoil. Colocó la piedra en el techo del camión y la aplastó con el ta-

155

cón de su zapato, destrozándola. Apartó el fragmento más pequeño, apenas un grano, y cogió el extremo de la bomba. Con mucho cuidado dejó caer una gota del combustible sobre la minúscula gravilla.

Un chisporroteo sorprendió a Olegario. La piedrecita prendió como un fósforo e iluminó fugazmente un par de metros a su alrededor. Un olor desagradable y persistente se mantuvo en el aire cuando la pequeña fogata se consumió en sí misma.

Un gritó resonó a lo lejos, a popa. La luz lo había dejado al descubierto.

Olegario comprendió que debía desaparecer de allí rápidamente. Oyó un disparo, que resonó en el garaje con miles de ecos. Estaba seguro de que era de pura advertencia. No se atreverían a disparar en su dirección, sobre todo con aquel material explosivo en torno a él.

Porque Olegario ya había atado cabos. El gasoil, mezclado con las piedras, producía una combustión explosiva de una amplitud que escapaba a su imaginación.

156

Aquello era una bomba. O mejor dicho, dos bombas. Y de las peores. No tenía dudas. Se trataba de terroristas.

Y no se lo iba a poner fácil. Antes de bajar del techo del camión, y mientras sentía que los hombres armados se acercaban corriendo, empujó los bidones de gasoil hacia el borde del techo, dejándolos caer al suelo del garaje, unos cuatro metros más abajo. Alguno reventó al impactar con el metal del piso. Mejor así, pensó.

El siguiente disparo sonó más próximo. Le pareció que el proyectil rebotaba en el techo. Los malos perdían su precaución inicial, tal vez porque estaban más cerca.

Olegario bajó rápidamente la escalerilla y llegó a la superficie del garaje. No le daba tiempo a subir al otro camión. Salió corriendo en dirección a la proa, intentando esconderse de sus perseguidores, zigzagueando entre los vehículos.

Una leve ojeada de refilón le advirtió de que, en realidad, solo lo perseguía uno de los pistoleros.

El otro estaba al otro lado del garaje. Y enseguida supo qué estaba haciendo allí: cerrando y atrancando la puerta de acceso a la cubierta superior.

Estaba atrapado.

35

09.40 horas

Ariosto aterrizó en el balcón de la Platinum Class. Se acordaba de que estaba allí gracias a otros viajes, cuando había acompañado a algún que otro viajero que no podía contener su ansiedad por fumar un cigarrillo en el exterior del barco. A pesar de caer lo más flexionado posible, los casi tres metros de altura le pasaron factura con sendos pinchazos en la cadera y en las rodillas. Los años no pasaban en balde, a pesar de que intentaba mantenerse en buena forma.

La plataforma balconada estaba desierta y se apresuró a ocultarse de la vertical, pegándose a la pared lateral, por si su perseguidor se asomaba por el alerón del techo superior. Una vez comprobó que no le seguían, echó un vistazo al interior del barco, aproximando su rostro al cristal oscurecido. Lo que vio le alarmó.

Ninguno de los pasajeros le había visto aparecer por el balcón. Todos tenían su atención dirigida a los pasillos del salón, donde unos tipos armados conducían a los viajeros dispersos para agruparlos en la popa. Los planes de los terroristas estaban haciendo su camino.

Lo primero era apartarse de la vista de los secuestradores, y también de los secuestrados, no fuera a ser que llamaran la atención sobre su presencia en el exterior de la cubierta. Se acercó rápidamente al extremo del balcón en el lado de estribor, a su derecha. Echó un vistazo al techo, para comprobar que no había nadie asomado. Ya no lo perseguían. Se enfrentaba a una pared con una ventana de cristal sin aperturas. Detrás de ella, había una escalera metálica que bajaba de la cubierta del pasaje a la inferior, reservada a los tripulantes del barco.

Ariosto pasó una de sus piernas por el borde de la baranda del balcón y apoyó el pie en el saliente exterior. Debajo de él rugían furiosamente las turbinas del barco. Trató de no pensar en el peligro al que se exponía. Una caída implicaría su final. Pasó la otra pierna y se agarró a la mampara de la pared metálica. Se asomó al lateral externo y sintió el viento azotando su ropa, tratando de empujarlo al vacío. Abajo, a unos dos metros de altura de la barandilla, vio el quiebro de la escalera exterior. Tragó saliva, cogió impulso y saltó al descansillo. El movimiento del barco lo desestabilizó y al aterrizar cayó de espaldas. El pasamanos de la escalera detuvo su movimiento, a costa de un buen golpe en la espalda y en las costillas.

Esperó unos segundos a que el dolor se amortiguara. Aunque hubiera querido, no podría haberse movido. Se palpó. Al parecer, no se había roto nada. Con mucho esfuerzo, se levantó y empezó a bajar por la escalera que conducía a la cubierta inferior. Los escalones terminaban en un distribuidor. Una puerta alta, a su derecha, llevaba a la cubierta del garaje. Estaba cerrada por dentro. Delante, otra puerta metálica, de apertura hacia el exterior, también cerrada. A la izquierda, la escalera continuaba su descenso a la estructura más baja del barco, casi a ras del agua.

Con la intención de encontrarse con algún tripulante, bajó los dos tramos de escalera y llegó al último descansillo. Aquella zona estaba pensada como salida de emergencia y para, desde allí, lanzar los cabos de amarre de las maromas a los noráis del puerto. No había entrada alguna al interior del barco. Volvió a subir los escalones y se encaró con una de las puertas del paramento superior. Comenzó a golpearla con la palma abierta. Desechó la idea de hacerlo con el puño cerrado. El metal parecía de una dureza extrema.

Tras treinta segundos de insistencia, notó que la palanca de apertura se movía. Se apartó unos pasos y permitió que la puerta se abriera hacia afuera. Un tripulante vestido totalmente de blanco y que llevaba puestos unos cascos de amortiguación de sonido se asomó y vio a Ariosto.

—¿Qué hace usted aquí? —preguntó.

Ariosto dudó que le oyera si contestaba. Le indicó que se quitara los protectores auditivos. El hombre asintió y así lo hizo.

—Los pasajeros no pueden estar en esta zona durante la travesía —advirtió.

—Lo sé —respondió Ariosto alzando la voz. El ruido de los motores del barco había aumentado al abrirse la puerta. Era la sala de máquinas—. Se trata de una emergencia. ¿No ha oído nada?

El marino se rio.

—¿Qué voy a oír? Ahí dentro hay un escándalo de mil demonios.

Ariosto no necesitó que se lo jurara. El estrépito de los motores era impresionante.

—¿Me creería si le digo que unos terroristas han secuestrado el barco?

El técnico maquinista miró a Ariosto con incredulidad, tratando de discernir si aquel hombre tenía alguna razón para mentirle.

—Mejor será que vuelva a la cubierta del pasaje —dijo, finalmente—. Si sigue aquí, le caerá una buena multa.

Ariosto miró a los ojos al tripulante. Sintió que era como chocar contra un muro. No bastarían las buenas palabras para convencerlo.

Optó por pasar a la acción. Antes de que el maquinista pudiera reaccionar, Ariosto lo rodeó y se coló rápidamente en la sala de máquinas. El movimiento pilló desprevenido al hombre, que apenas pudo agarrarlo por la chaqueta un segundo, antes de que se soltara.

Ariosto sintió que se había colado en un infierno. Una estrecha pasarela dejaba a su derecha una serie concatenada de motores amarillos que despedían un calor y un ruido insoportables. Corrió por el pasillo hasta una estancia que se abría al frente y a la que llegó al cabo de un par de segundos. Abrió la puerta y entró. Era un taller con su mesa de trabajo y algunas herramientas. En un asiento, sentado, otro tripulante con el uniforme azul celeste de la compañía daba cuenta de un sándwich. No había más. Solo otra puerta al fondo, cerrada.

El maquinista se acercó inmediatamente.

—¿Qué diablos está haciendo? —le gritó.

Su compañero dejó la comida y se levantó, alarmado.

Ariosto se vio rodeado por los dos empleados del catamarán. En ese momento, se abrió la puerta del fondo y reconoció a la persona que entraba. Era el camarero de la Platinum Class.

—Tal vez él se lo pueda explicar —dijo Ariosto casi gritando.

El ruido de los motores ahogaba cualquier conversación.

El maquinista cerró la puerta tras él y el ruido se convirtió en vibración.

—¿Qué ocurre, Baute? —preguntó el del sándwich—. ¿Qué haces aquí?

—No logro contactar con el puente —contestó—. Y se han oído unos ruidos extraños. ¿No había aquí un teléfono de línea directa con el capitán?

—¿Qué ruidos? —preguntó el maquinista, olvidándose por un segundo de Ariosto.

—Juani juraba que eran disparos —respondió el camarero.

—Eran disparos —intervino Ariosto, atrayendo las miradas sobre él—. Yo estaba en el puente cuando unos hombres armados han irrumpido y han disparado al capitán.

La noticia los dejó helados.

—Solo lo han herido —aclaró.

La explicación no mejoró el ánimo de los tripulantes.

—¿Y cómo ha llegado hasta aquí? —preguntó de nuevo el maquinista—. ¿Volando?

Ariosto sabía que responder a esa pregunta le llevaría a dar respuestas que sonarían inverosímiles.

—Algo así —respondió.

—Es verdad: estaba en el puente —intervino Baute—. El capitán lo invitó a subir.

—Traten de llamarle —les invitó Ariosto, señalando el teléfono.

El maquinista soltó un bufido, cogió el aparato y marcó repetidamente el botón de llamada. No hubo respuesta. Los marinos se miraron unos a otros, intranquilos.

—¿Lo ve? —dijo Ariosto, serio—. Convendrán, caballeros, que nos encontramos en una situación…, ¿cómo lo diría?, extremadamente complicada. ¿No les parece?

36

09.40 horas

Galán seguía con atención las explicaciones de Pedrito Ascanio, el especialista en armas de la comisaría de Policía de Santa
Cruz. En la pantalla del ordenador aparecían los distintos componentes de una pistola de plástico que, ensamblada, podía disparar munición auténtica. La ventana abierta del despacho dejaba entrar el rumor del tráfico de la avenida Tres de Mayo.

—El diámetro del cañón se ajusta al calibre de la bala que se
vaya a utilizar —decía Ascanio—. Lo que ocurre es que, al no
estar el cañón estriado en su interior, la fiabilidad del disparo a
media y larga distancia es baja, pues la trayectoria del proyectil es muy poco estable.

—¿Y eso se puede compensar utilizando munición de guerra? —preguntó el inspector.

—En cierta manera sí, pero no más allá de diez o quince
metros. Es y será siempre un arma de corto alcance, por mucha
potencia que tengan las balas.

En ese instante, sonó el teléfono de Galán. El policía miró la
pantalla. Era Sandra. Se sorprendió, hacía bastante tiempo que
no hablaba con ella.

—¡Hola, Sandra! ¿Qué tal?

—Pues subida en el superpetrolero, cubriendo la recepción
—contestó la muchacha.

—Hay algunos con suerte —dijo Galán, sonriendo.

—Y hay otros que no la tienen —replicó la periodista—.
Me ha llegado una noticia extraña y alarmante, Antonio.

Galán se sentó mejor en la silla. Sandra no parecía estar
para bromas.

—¿A qué te refieres?

—Una de las tías de Luis ha recibido una llamada de nuestro amigo. Avisaba de que habían secuestrado el barco que hace la ruta entre Agaete y Santa Cruz. Y Luis va en él.

El inspector se puso rígido inmediatamente. Ascanio lo miró con sorpresa.

—¿Cómo dices? —preguntó—. ¿Un secuestro?

—Sí, eso dijo. Y no me preguntes porque nadie sabe nada más. Es lo único que escuchó su tía. Eso y que se avisara a las autoridades.

—¿Has tratado de ponerte en contacto con él?

—Dos veces, y nada. No coge el teléfono.

—Entonces no tenemos contrastada esa información —concluyó el policía—. ¿Crees que es cierta, Sandra?

La periodista dudó antes de responder.

—Las tías de Luis son muy suyas…, pero es gente seria. Estoy segura de que recibieron esa llamada, y comprobaron que procedía de su teléfono. ¿Puedes investigarlo?

Ahora le tocó el turno a Galán de pensar la respuesta.

—Sabes que corro el riesgo de hacer el ridículo si la noticia es falsa.

—Pero… —continuó Sandra.

—Se nota que me conoces —terminó el inspector—. Pero sí, voy a investigarlo, aunque sea el pitorreo de la comisaría. Si te enteras de algo más, me lo dices, por favor.

—Claro, Antonio. Te llamaré inmediatamente.

Galán se despidió y colgó.

—¿Un secuestro? —Ascanio estaba en ascuas.

—Puede ser algo gordo… o una falsa alarma —respondió—. Espero que sea lo segundo. ¿Sabes si el comisario jefe está en su despacho?

Ascanio miró la hora.

—Me imagino que sí, ya debe de haber llegado. Todavía le escuece que no le hayan invitado a la recepción del barco.

—Al menos hay alguien con un cargo importante en su puesto de trabajo —comentó Galán.

El inspector salió al pasillo y subió las escaleras que llevaban al piso superior, donde se encontraba el despacho de Blázquez. La puerta estaba abierta. Se asomó y comprobó que la

162

oronda figura del comisario jefe se encontraba detrás de su amplia mesa de trabajo.

—Comisario, tengo un problema —dijo, entrando.

Blázquez levantó su mirada ojerosa del papel que tenía entre las manos y miró al inspector con cara de pocos amigos.

—Galán, el día que me traiga buenas noticias me lo tomaré libre para celebrarlo.

—Es posible que hayan secuestrado el barco de Hesperia Atlantis que hace la ruta de Agaete a Santa Cruz.

El comisario se quedó con la boca abierta un par de segundos. Luego la cerró, se echó atrás en su asiento y entornó sus ojos de viejo zorro.

—Espero que no sea una broma. Hoy no estoy para chanzas.

—La fuente es fiable —respondió Galán—. Aunque no he podido contrastarlo. Me acaba de llegar. Por eso vengo a consultarle.

Blázquez meditó unos segundos, pocos.

—Jurisdicción de la Guardia Civil del Mar —dijo con un deje de triunfo—. No nos toca a nosotros.

—Lo sé, ¿activo el protocolo de emergencia?

Blázquez miró a Galán con una mueca que no se sabía si era una sonrisa.

—Galán, si está seguro, haga lo que tenga que hacer. Pero que no nos carguen el muerto a nosotros. —El comisario amagó con volver a centrarse en su papel—. ¡Ah! Y ponga su firma en cualquier comunicado, que no quiero aguantar más responsabilidades que las que me tocan.

Galán salió presuroso del despacho. A su espalda, Blázquez dejó caer el papel y sonrió. Pensó en su colega, el estirado teniente coronel de la Guardia Civil. Lo que le iba a caer encima. Y él se iba a librar. No sabía cuál de las dos cosas le satisfacía más.

37

09.43 horas

*P*ara Vicky Ossuna, la galerista, aquella situación era poco menos que insoportable. Estar allí, en medio de un secuestro, ¡y no poder comentarlo!

Aquellos tipos duros les habían prohibido abrir el pico, algo casi imposible para ella y sus amigas. Se pasaban la vida comentando esto y aquello, cotilleando de este y de aquel. Estar calladas era un auténtico suplicio.

Insufrible.

Una vez que la situación se estabilizó, que los pasajeros ocuparon los asientos y que los secuestradores se tranquilizaron un poco, Vicky intentó comunicarse con la amiga que le había tocado en la butaca de al lado, Yoli, la de la *boutique*.

Primero fue un leve codazo, mirando al frente como un autómata. Yoli contestó de la misma manera. Luego pasó a un empujón suave con el hombro, que fue correspondido. Como los movimientos pasaron inadvertidos para sus captores, Vicky musitó, con los dientes apretados y en voz muy baja:

—Esto es superexcitante.

—Sí —respondió Yoli, imitándola—. No me divertía tanto desde aquella vez en que te pilló tu ex con el cubano aquel en la piscina del chalé de Cuqui.

Vicky pasó por alto la referencia a aquel episodio anecdótico de su convulso pasado. A pesar de ser una arpía de categoría, Yoli era su mejor amiga, su confidente, por lo que tenía que sufrir alguna que otra pullita más o menos bien intencionada. Y, de cualquier manera, tenía que aguantarse, pues le había tocado al lado en los asientos.

—El de la barba está cañón —indicó Vicky, en el mismo tono, casi inaudible.

—Ese tiene pinta de mariquita, como el rubio —repuso Yoli—. Fíjate en el morenazo. Fornido, cuarteado, a ese sí que la vida lo ha trabajado.

—No te enteras, chica. De mariquita nada, son gente de nivel. El que te gusta a ti es un cazurro. Un primitivo de una región perdida.

—Efectivamente —musitó Yoli, sonriendo—. No hay nada que me guste más.

—Mira que te estás volviendo rara. Tendré que hablar con tu psicólogo.

—Ya lo he cambiado. ¿No te has enterado? El nuevo tiene veinte años menos. Te lo recomiendo.

—No, gracias, que el mío está muy bien. Acaba de divorciarse. ¿Qué más puedo desear?

Las risitas de las mujeres llamaron la atención del hombre moreno. Se acercó a ellas.

—¡Callar! —gritó, señalándolas con el índice.

—¡Ay! ¡Como Tarzán! —Se le escapó a Yoli—. No sé si voy a poder con esto, Vicky.

Las mujeres se callaron, aguantando tanto las ganas de reírse como la mirada del secuestrador, que acabó un tanto confundido. No leía en los ojos de las mujeres el miedo que esperaba encontrar. Era otra cosa. Y no era el momento. Cogió del brazo a Yoli y la levantó del asiento con brusquedad.

—¡Callar! —volvió a gritar, enfurecido. Esta vez a unos centímetros de su rostro. Yoli se puso lívida—. ¡Esto no es broma!

—¡Déjela en paz! —dijo uno de los pasajeros, uno de los conductores que habían estado jugando a las cartas.

El secuestrador se volvió hacia el hombre y sin mediar palabra, le disparó a una pierna. El estampido hizo que todos agacharan instintivamente la cabeza y algunas mujeres gritaran.

—¡Nada de broma! —volvió a chillar el checheno, casi histérico.

Ante la perspectiva de que al pistolero le diera por seguir disparando, se hizo en el salón un silencio absoluto, solo quebrado por los gemidos del herido.

—¡Tú! —le dijo a Yoli, señalando a la víctima del disparo—. ¡Ayúdalo!

La mujer se acercó espantada al asiento del pasajero herido. No sabía nada de primeras curas. Ella solo entendía de ropa. El hombre estaba en estado de *shock*, al borde de la inconsciencia.

Asombrándose de su valentía, le quitó el cinturón y trató de hacer un torniquete por encima de la herida. Lo ciñó con toda la fuerza que tenía. El hombre se desmayó. Luego, con un pañuelo, apretó con vigor la herida. Lo había visto hacer alguna vez en la televisión, pero nunca se imaginó que llegaría el día de ponerlo en práctica. El pañuelo se puso perdido de sangre y comenzó a sentir que se mareaba. Aquella situación era demasiado para ella. Se sentó en el suelo y trató de mantener la presión sobre la herida.

—¡Ya basta! —El secuestrador la levantó de un tirón—. ¡Sentarse!

Yoli obedeció y caminó trastabillando por el pasillo hasta que llegó a su butaca. Vicky la miraba con los ojos muy abiertos, pasmada. La siguió con la vista mientras se sentaba, como interrogándola.

Al final, Yoli se acomodó y suspiró. Tras respirar profundamente varias veces, tuvo el valor de dedicarle a su amiga una frase entre dientes.

—Demasiado primitivo para mí.

38

09.43 horas

—¿Un secuestro? —El operador del Centro Coordinador de Emergencias y Seguridad, el Cecoes, o como se le conoce más comúnmente, el 112, necesitó que Galán se lo repitiese.

—Puede ahorrarse el cuestionario —le contestó el policía, anticipándose al protocolo de atención de llamadas que estaba obligado a cumplir el telefonista—. Inspector Galán, de la Policía Nacional, póngame con el coordinador de guardia, por favor.

—Esto no es lo protocolario —dudó el hombre.

¡Póngame con él! ¡Esto es una emergencia de verdad!

Sonó una música que le indicó que estaba en espera. Algo de Vivaldi, creía.

El receptor que había hablado con él consultó con el coordinador de entradas, que dio el visto bueno para que la llamada pasase al coordinador general de guardia.

En la sala del 112, que estaba en la última planta de un llamativo edificio de cristaleras cerca del Cabildo, el ambiente era tranquilo. La atmósfera de dedicada eficiencia de sus ocupantes no se vio enturbiada por la llamada de Galán, una más de las miles que se recibían allí. La amplia estancia diáfana se dividía en cuatro zonas de trabajo, reconocibles por la agrupación de las mesas con ordenadores. Bajo los nombres de seguridad, extinción-salvamento, atención sanitaria y coordinación general, trabajaban los grupos de profesionales: un bombero, un policía nacional, un guardia civil y dos médicos (un par de mujeres atractivas), que, junto con los gestores de recursos, permanecían durante horas atentos a las dos pantallas que cada uno de ellos tenía delante y a la comunicación con los compañeros y con el coordinador. Unas pantallas enormes fijadas en el techo anunciaban las llamadas entrantes, a quien iban dirigidas y cómo se estaban atendiendo.

El coordinador de guardia, un hombre alto y de voz profunda, recibió el mensaje telemático de que le pasaban la llamada con la información facilitada por el policía. Lo leyó y pulsó el botón de conexión.

—¿Inspector Galán? Aquí Nemesio Cutillas, coordinador del centro. ¿Puede repetir lo del secuestro?

—Ha llegado a mi conocimiento que un grupo armado se ha hecho con el mando del ferry rápido que cubre la línea de Agaete con Santa Cruz. No tengo más noticia que esa, aunque le puedo asegurar que la fuente es fiable.

—¿Está seguro? ¿No se tratará de una broma?

Galán se lo pensó durante una décima de segundo, estaba poniendo toda la carne en el asador.

—Estoy seguro —respondió—. De cualquier manera, se puede comprobar. Traten de contactar con el barco y vigilen su trayectoria. No creo que continúen su rumbo de travesía.

—Inspector —la voz de Cutillas expresaba una mezcla de asombro, incredulidad y fastidio—, es algo muy grave. Solo por el hecho de venir de un oficial de policía le daré crédito. Cursaré el protocolo de emergencias tras las oportunas comprobaciones. Tenga por seguro que, si no es real, la responsabilidad será suya. Le echaré a los medios encima.

Galán ya sabía todo aquello. El tono del coordinador comenzaba a ponerle de mal humor.

—Haga lo que tenga que hacer, pero rápido —le espetó—. En ese barco hay amigos míos.

—Esté localizable —dijo Cutillas, y colgó.

El coordinador se volvió al personal de la sala del 112, que seguía tranquila. Algunos compañeros que estaban de servicio le miraban, expectantes. Habían escuchado parte de la conversación.

Cutillas llamó al responsable provincial del 112, Gabriel Cruz, un joven distinguido y despierto que estaba en su despacho, anexo a la sala principal. Acudió rápidamente. El coordinador le informó de la llamada de Galán.

—Póngame con Salvamento Marítimo —solicitó Cruz al gestor de recursos más próximo.

Establecieron la comunicación al cabo de unos segundos. Cruz le explicó lo sucedido en un par de frases. Al otro lado de la línea, le respondió uno de los vigilantes de la torre de control de tráfico en el exterior del puerto, César Núñez. Sus competencias incluían las de auxiliar en caso de accidentes en el mar. Todo el mundo les conocía como Salvamento Marítimo.

La torre tenía una altura de ocho pisos y estaba en la salida norte de Santa Cruz, en la carretera de San Andrés, justo enfrente de la amplia bocana del puerto, un lugar estratégico para visualizar lo que ocurría en su interior y en el exterior.

—Lo que les pido —dijo Cutillas— es que se pongan en contacto con el barco y descarten la posibilidad del secuestro.

—Un momento —respondió Cruz—. Voy a comprobar si su derrota, si su trayectoria, es la normal.

El funcionario del Ministerio de Fomento, institución responsable de los puertos españoles, escudriñó en una pantalla de fondo oscuro, donde aparecía el contorno de Tenerife y la localización de cada uno de los barcos de tamaño importante que se encontraban en las inmediaciones de la isla. El *Nivaria Ultrarapide* aparecía a unas diez millas de la costa, en la línea imaginaria que repetía un día tras otro.

—No hay nada extraño ni en la dirección ni en la velocidad, coordinador —informó—. Voy a contactar por radio.

Núñez utilizó el micro y pulsó repetidamente la señal de llamada.

—Aquí torre de control de Salvamento Marítimo. *Nivaria Ultrarapide*, respondan.

No hubo respuesta. Núñez lo intentó de nuevo. Y otra vez… y otra.

—Esto no es normal —escuchó en el asiento de al lado. Era Mercedes, una de sus colegas—. Siempre llevan la radio encendida. Parece como si no hubiera comunicación. No se percibe ni la estática.

—La radio del barco está apagada —concluyó Núñez.

—Espera un momento. Conozco a uno de los oficiales —dijo Mercedes.

Marcó un número en su móvil. Al cabo de un segundo, una

voz femenina le informó de que el teléfono estaba apagado o fuera de cobertura.

—Deben de estar en el punto ciego de cobertura —apuntó.

—¿No instalaron wifi a bordo hace poco? —preguntó Núñez.

—Sí, aunque siempre hay unos minutos en los que la señal no llega. No se puede evitar.

Núñez tomó el teléfono y reanudó la conversación con el 112.

—Señor Cruz, no hay respuesta por parte del catamarán. Esto es muy extraño.

El responsable del 112 tardó unos segundos en contestar, asimilando la respuesta.

—Haga el favor de vigilar ese barco y de informarme desde el momento en que realice alguna maniobra extraña. Y siga tratando de comunicar con él.

—Descuide, ya tenemos la curiosidad en el cuerpo.

—¿Ha habido alguna incidencia en el puerto hoy? ¿Algo especial?

La mañana era tranquila. Núñez desvió la vista hacia su compañera, interrogándola con la mirada. Ella se encogió de hombros.

—Lo único reseñable es lo del petrolero —le dijo, señalando al conjunto de monitores de televisión que recogían las imágenes emitidas por distintas cámaras colocadas a lo ancho y a lo largo del puerto. La del muelle de La Hondura reflejaba la enormidad del *Rossia*, cuya longitud era incapaz de abarcar el encuadre de la imagen.

Núñez asintió al tiempo que recordaba el paso del barco gigante por delante de la torre, una hora antes.

—Ya sabe lo del superpetrolero ruso. En estos momentos, debe de haber comenzado la recepción a las autoridades. El alcalde, el presidente del Cabildo y demás..., como era de esperar.

Cutillas lo recordó. Estaban avisados. La Policía Local y Protección Civil habían desplegado un operativo medio, dirigido más que nada a controlar a los ciudadanos que observarían el *Rossia* desde la zona de la refinería.

—Gracias, llámenme si observan algo inusual.

Cutillas cortó la comunicación y caviló durante unos segundos. ¿Y si fuera cierto lo del secuestro? De momento, era imposible confirmarlo. Pero lo que comenzaba a preocuparle era la simultaneidad con la recepción en el barco ruso. ¿Tendría algo que ver una cosa con la otra?

Tenía que tranquilizarse. Lo más seguro es que todo fuera una falsa alarma. Era mejor no precipitarse. Se acordó del asunto del fiasco del avión que dijeron que se había caído al agua en Las Palmas. Una falsa noticia que circuló en las redes sociales y alarmó a la población. Al final, resultó que el avión siniestrado era un remolcador, que, visto desde cierto ángulo, parecía un 737 aterrizando. Los periodistas y los políticos de la oposición no desperdiciaron la ocasión para hacer sangre.

Respiró dos veces. La duda le volvió a asaltar. ¿Y si fuera cierto lo del secuestro? Si no hacía algo, y el *Nivaria Ultrarapide* estaba realmente fuera de control, lo crucificarían.

Y eso no podía ser. Tenía que arriesgarse.

Cruz se dirigió al coordinador Cutillas.

—Póngame con el oficial al mando del Semar, la Guardia Civil del Mar —indicó—, y también con la compañía naviera propietaria del barco. Y llamen a ese inspector, el tal Galán, y díganle que esté atento al teléfono. Y que nos comunique si tiene alguna noticia de sus amigos del barco.

Cutillas rogó por que todo aquello no fueran más que imaginaciones. De lo contrario, se iba a convertir en la pesadilla de unas cuantas personas.

Rectificó. Más bien de muchas, de muchas personas.

173

39

09.43 horas

*E*n el puente de mando del *Nivaria Ultrarapide*, Natalya y su esposo habían logrado contener la hemorragia del capitán, con la ayuda del primer oficial, Dorta, que les indicó cómo hacerlo. El cuarto secuestrador, escarmentado por el ataque de Ariosto unos minutos antes, no les quitaba la vista de encima ni apartaba el cañón de su arma, apenas a cuatro metros de distancia.

A Natalya aquella situación la retrotrajo a su niñez, muchos años atrás. Su padre, Dimitri, era oficial del ejército rojo destinado a Daguestán, una república perdida en el Cáucaso, cuando ella apenas tenía cinco años. Fueron tiempos grises en un lugar donde los rusos no siempre eran bienvenidos. Desde su perspectiva infantil, era un mundo tosco y hostil, un entorno en el cual la gente hablaba un idioma distinto, llevaba una vida distinta y tenía una forma de pensar más distinta todavía.

En Daguestán, Natalya conoció a los vecinos más próximos, los chechenos, un pueblo más problemático todavía. En el colegio había varias chicas de esa república; gracias a eso, aprendió los rudimentos de su lengua, áspera como ninguna.

Pocos años después, Natalya agradeció el nuevo destino de su padre al sur de Ucrania, más cálido y amigable, y pensó que nunca más volvería a escuchar ese idioma extraño que había quedado atrás, en aquel país tan frío.

Y así había sido. Hasta hacía diez minutos.

La aprensión que sentía no la provocaba la amenaza del arma ni la inesperada desaparición de Ariosto al saltar por la borda, ni siquiera la herida del capitán. Se trataba de otra cosa.

Concretamente, de una conversación entre los secuestradores que había escuchado unos minutos antes. La recordaba muy bien. El que habló fue el tipo de la barba, uno de los cabecillas. Ibrahim lo había llamado el rubio, si no recordaba mal.

—Hermano, a la hora prefijada cambiaremos el rumbo. Directo al petrolero. Si algo me ocurre y no vuelvo, tú te encargarás personalmente de mover el timón y te asegurarás de que el impacto sea perfecto. En el centro del otro barco. Confío en ti. Dios sea alabado.

Natalya tembló al recordar aquellas palabras: impacto perfecto en el centro del barco. No cabía duda: aquellos locos pretendían estrellar el catamarán contra un petrolero. Un atentado suicida. Otro más.

Se sintió perdida. ¿Qué hacer? ¿A quién avisar? ¿Y cómo?

La llegada de otro secuestrador, el rubio, la sacó de sus pensamientos.

—¡Todos abajo! —ordenó—. Tú también —añadió, dirigiéndose al segundo de a bordo.

—¿Quién pilotará el barco? —preguntó Dorta.

—Ya te llamaré si te necesito.

—Este hombre no puede moverse —replicó, señalando al capitán.

—Va a moverse. Y ahora mismo —contestó el checheno, levantando el cañón—. No se preocupen, su sufrimiento no durará mucho. En poco tiempo se encontrará estupendamente.

Arribas y Dorta se miraron, confusos, y se levantaron. Con la ayuda de Natalya incorporaron al capitán e improvisaron un cabestrillo con sus brazos. Con mucho esfuerzo comenzaron a bajarlo por la estrecha escalera. La chelista los siguió, apesadumbrada, con la pistola del terrorista a escasos centímetros de su cabeza. Tenía la profunda certeza de que era la única capaz de interpretar las últimas frases del secuestrador.

Llegaron al salón principal y caminaron encañonados por ambos terroristas por el pasillo de estribor hasta la popa, a la Platinum Class. Allí tenían retenidos a los pasajeros del barco, que no podían disimular su intranquilidad. Sus acompañantes dejaron al capitán sentado en el suelo, junto al mostrador de la cafetería. Señalaron los pocos asientos que quedaban libres a Arribas y Natalya.

—Ahora puedes atender a los heridos —le dijo el rubio a Dorta.

—Necesitaré el botiquín —respondió el aludido.

—Ya lo hemos traído. —El secuestrador sonrió levemente, indicando el lugar donde estaba, a los pies de la barra—. Puedes usarlo.

El segundo de a bordo tenía las nociones básicas de primeros auxilios, que no incluían precisamente cómo atender a heridos de bala. Hizo lo que pudo aplicando el sentido común y limpió las heridas del capitán y del otro pasajero herido; comprobó que había detenido la hemorragia y vendó como supo los agujeros de bala. Les administró analgésicos y antibióticos, todo ello bajo la atenta mirada de los pasajeros. Esperaba que con eso bastara hasta que llegaran a tierra.

Natalya observaba con tristeza y amargura los esfuerzos de Dorta. ¿Era mejor decirle que no se afanara tanto? ¿Que no iba a servir de nada? Miró a su esposo, derrumbado, sobrepasado por los acontecimientos. Mejor no decirle nada, sufría del corazón y ya estaba bajo una presión muy fuerte. Si estuviera Ariosto. Él tendría alguna idea. Siempre las tenía. Pero no sabía qué le había ocurrido. No podía asimilar la idea de que quizás hubiera caído al mar. Aunque, tal vez, si eso hubiera ocurrido, tendría más suerte que ellos. La angustia se apoderó de ella, al pensar en la suerte de su amigo. Solo, en el agua.

Cerró los ojos y trató de serenarse. En ese momento oyó, o le pareció oír, una voz infantil, que le hablaba en la lejanía…, aunque, más que hablar, le enviaba una idea. Era algo que no había sentido antes. Una presencia tranquila, agradable, que aplacaba su ansiedad. El mensaje le llegó de forma perceptible, aunque no supo cómo. Pero era claro: «Él está bien. Y cerca».

Y Natalya estuvo segura de a quién se refería.

177

40

09.43 horas

—¿Qué podemos hacer? No hay armas en el barco para enfrentarnos a los secuestradores —dijo Baute, dando voz a lo que todos estaban pensando.

El maquinista, por su parte, no terminaba de creerse la historia del secuestro.

—Propongo que salgamos a investigar —dijo—. Somos miembros de la tripulación y conocemos el barco. Si andamos con cuidado, podremos sorprender a alguno de esos supuestos piratas.

—Yo también puedo ayudar —dijo Ariosto.

—Usted es un pasajero —replicó el maquinista—. No debe arriesgarse.

—En esto estamos todos —le respondió—. Y no conocemos las intenciones de esos hombres.

El marino dudó unos instantes.

—De acuerdo, pero manténgase detrás de nosotros.

—Una pregunta antes de salir —insistió Ariosto—. ¿Se pueden controlar los motores desde aquí abajo? ¿Podrían pararse manualmente?

—Los motores se ponen en marcha desde el puente de mando —contestó el maquinista—, y se apagan de la misma manera. Pero hay un sistema de parada de emergencia aquí abajo. Pero no debe usarse.

Ariosto frunció el ceño.

—¿Por qué no?

—Pues porque existen otros motores gemelos en la quilla de babor. Acuérdese de que este barco es un catamarán de dos quillas. Si paramos un solo motor, el otro continuará funcionando y el barco dará vueltas sobre sí mismo. Su control sería muy difícil, casi imposible. Es necesaria una parada simultánea, y eso solo puede hacerlo el capitán o su segundo, desde arriba. De cualquier manera, si apagamos los motores de aquí abajo, pueden volver a arrancarlos desde arriba.

Ariosto meditó unos segundos. Incluso era posible desconectar la parada manual desde el puente.

—Era solo una posibilidad que me planteaba —dijo.

Los tripulantes tomaron del taller algunas herramientas pesadas: llaves inglesas, tubos, destornilladores. Todas de un peso y un grosor apreciables. Ariosto se hizo con un martillo enorme.

—Vamos entonces —respondió el maquinista, encabezando la marcha.

La puerta daba acceso a uno de los descansos de la escalera que comunicaba el garaje con la cubierta de pasajeros. Allí no había nadie.

Muy despacio, ascendieron los escalones que los llevaron a la cubierta principal. Con un vistazo rápido comprobaron que estaba desierta. El bar, las butacas centrales y la tienda estaban vacíos. El maquinista se convenció de que Ariosto no bromeaba. Avanzó por el pasillo entre los asientos y echó un vistazo al pasillo que desembocaba en el salón de la Platinum Class. Atisbó a través de la puerta de cristal arenado que todos los pasajeros se encontraban allí, sentados. No vio a los secuestradores, que debían de estar en el centro de la estancia, junto a la barra de la cafetería.

Se apartó, no fuera a ser que la sorpresa de algún secuestrado lo delatase. Se volvió a sus compañeros.

—Están todos en la popa —susurró—. Creo que, si les cogemos por sorpresa, tendremos la oportunidad de reducirlos.

—Van armados —advirtió Ariosto.

—No les daremos tiempo a usar las armas —respondió el maquinista.

Sus compañeros asintieron. Ariosto se admiró de la valentía de aquellos hombres.

—Propongo realizar una maniobra de distracción —dijo—. Es mejor que salgan del lugar donde tienen confinados a los pasajeros. Podría dispararse algún arma y que alguien resultara herido.

—No estoy de acuerdo —interrumpió el maquinista—. Siempre se quedará algún secuestrador vigilando a los pasajeros retenidos. Y se puede poner muy nervioso si oye algún disparo. Es mejor que los ataquemos donde estén y no darles opción.

Los tripulantes estuvieron de acuerdo. Ariosto no lo veía claro, pero no dijo nada.

—Manténgase detrás de nosotros —indicó el cabecilla.

El maquinista y el otro marinero fueron hacia la Platinum Class por el primer pasillo. Baute rodeó con rapidez la barra de la cafetería del salón central para colarse en el pasillo gemelo, el de babor. Ariosto lo siguió. Dos por cada lado.

Apenas se habían acercado a la puerta del salón del fondo cuando oyeron unos gritos en checheno, acompañados de un disparo.

Los habían descubierto.

Baute se deslizó en el estrecho pasillo central que conectaba ambas zonas de butacas, donde estaba el acceso a los servicios que había entre las dos cafeterías, la del salón central y la de la Platinum Class. Arrastró consigo a Ariosto. No obstante, enseguida se dieron cuenta de que la atención no se dirigía hacia ellos, sino a sus compañeros. Los que avanzaban por el otro pasillo.

Gritos, carreras y más gritos. Voces en un idioma extranjero. La intentona del maquinista había resultado fallida.

Baute indicó a Ariosto que guardara silencio. Los secuestradores no los habían visto. Abrió la puerta del servicio de señoras y entraron. El camarero cerró la puerta tras de sí. Se apoyó en la pared y aspiró un par de veces, tratando de vencer su nerviosismo.

Afuera, los gritos continuaban y comenzaron a escuchar la apertura de diversas puertas. Los secuestradores estaban registrando el barco.

Ariosto echó un vistazo al baño. Seis cabinas de retretes y tres lavabos ocupaban todo el espacio. Un escondite muy precario.

Miró al techo.

—¿Por ahí? —preguntó, señalando hacia arriba—. ¿Existe alguna canalización de aire acondicionado?

Baute no supo responder.

Ariosto dejó el martillo en el suelo y se subió a una de las tazas. Levantó un panel del falso techo, que apenas opuso resistencia, y lo desplazó a un lado. Asomó la cabeza y recibió una corriente de aire helado en el rostro que le hizo entrecerrar los ojos. Tras esperar unos segundos a que su vista se acostumbrara al frío y a la oscuridad, localizó un cajón de ventilación de unos cincuenta centímetros de alto por un metro de ancho. Se perdía en una negra línea recta en dirección a la proa del barco.

Ariosto calculó que podría caber y reptar por el tubo. Se impulsó y se encaramó en el borde del agujero del techo. La estructura metálica resistió su peso. Pudo subir una rodilla, apoyarse en ella e introducirse en el rectángulo de aluminio.

Abajo, Baute no había perdido detalle de la operación.

—Yo no quepo por ahí —dijo, palpándose la barriga.

Ariosto se volvió como pudo.

—Venga. No tenemos tiempo —le urgió.

—Váyase usted, yo los entretendré.

Antes de que Ariosto pudiera reaccionar, el camarero se subió a la misma taza que ocupaba segundos antes y cogió el panel del techo con sus manos y lo colocó en su sitio.

Al cabo de un instante, oyó que la puerta del baño se abría violentamente y un hombre gritaba algo. Las palabras de la orden eran incomprensibles, pero no así lo que ordenaban, un mensaje muy claro. Ariosto oyó como Baute salía de la cabina. Más órdenes, movimiento de pasos. Un poco más tarde, la puerta del servicio se cerró.

Ariosto se quedó solo, en silencio, a oscuras en aquel claustrofóbico espacio de metal.

No perdió mucho tiempo en pensar en lo comprometido de su situación.

Comenzó a reptar hacia delante.

41

09.45 horas

Galán salió de la comisaría de Santa Cruz en su Montero de quince años una vez que puso al comisario Blázquez al corriente de su conversación con el coordinador del 112. A pesar de que su jefe le había indicado que no tenía nada más que hacer, era incapaz de quedarse de brazos cruzados, esperando a que los demás hicieran su trabajo.

No paraba de darle vueltas a la cabeza. ¿Quién podría echar una mano en una emergencia marítima? La primera institución que se le ocurrió fue la Marina. Tenía un primo trabajando en la Comandancia, al final de la Rambla, aunque nunca lo había visto montado en un barco. Carlos, el hijo de su tía Paquita, la hermana de su madre, era teniente o algo así, y siempre se quejaba de que nunca lo destinaban a un lugar donde hubiera barcos de guerra. Encontró un espacio libre para aparcar el coche en la calle Tomé Cano (todo un milagro). No confiaba en mantener en la memoria de su móvil el número de Carlos, pero se llevó una sorpresa. Allí estaba. Pulsó el logo de llamada. Descolgaron al segundo timbrazo.

—¿Carlos? Soy Antonio, tu primo. Sí, el poli. —Carlitos siempre le había tenido cierta tirria a los policías, de cuando era pacifista. Y luego se convirtió en militar, las vueltas que da la vida. Se adelantó identificándose de esa manera a un posible chascarrillo del marinerito, como lo llamaba él a modo de represalia.

—Hola, Antonio. ¿Qué sucede? ¿Hay alguien enfermo?

Galán comprendió a su primo. En muchas ocasiones, los contactos venían propiciados por malas noticias, síntoma de que todos crecían y se hacían mayores, los niños y también sus padres.

—No, gracias a Dios —se apresuró a decir Galán, deseoso de no caer en un intercambio de noticias familiares. Sabía que a la tía Paquita le gustaba comentar con su hijo los distintos achaques que la aquejaban—. Quería hacerte una pregunta.

—Tú dirás. Espero no ser sospechoso de nada turbio.

Galán pasó por alto el chiste malo de su primo.

—Imagínate que hay una emergencia marítima importante. ¿Existe en Tenerife algún dispositivo de respuesta rápida de la Marina?

—¿Dónde te crees que estás, primo? —El tono de Carlos reflejaba un sarcasmo apenas contenido—. Eso es en Las Palmas, en la isla de enfrente. Aquí estamos poco más que de exposición. Ya sabes, con el cuento de que están más cerca del continente africano, todos los barcos están allí.

—Eso significa que, si se produjera esa situación de emergencia en Tenerife, tardarían bastante en reaccionar, ¿no?

—Y tanto. Llegarían, como mínimo, al cabo de unas dos o tres horas, y eso con suerte. Hay cierta distancia entre Las Palmas y Santa Cruz, como sabrás.

—Sí, claro. —Estaba haciendo esfuerzos para ignorar las pullas que le lanzaba su primo—. Y, entonces, ¿no hay nada de nada guardando la costa alrededor de la isla?

—Tampoco es eso. —Carlos se puso a la defensiva—. Están las patrulleras de la Guardia Civil del mar. Ya las conoces, creo.

—Así es —respondió el inspector, rememorando una aventura pasada—. Hace unos meses estuve en una de ellas.

—Pues lo que te decía. Se encargan de interceptar pateras, buscar ahogados, evitar la pesca ilegal, luchar contra la entrada de droga y otras cosas por el estilo. No es poco, y la mayoría de las veces, un latazo. No me cambiaría por ellos.

Carlos hizo un alto en la conversación, como recordando algo.

—Fíjate, Antonio, hablando de las patrulleras. En la televisión acabo de ver que una de ellas escoltaba al superpetrolero que recala hoy en Santa Cruz. Me imagino que para apartar a los curiosos que merodean con sus yates alrededor de esa mole.

Galán se lo imaginó.

—Carlos, ¿conoces al mando de la patrullera? ¿No será el teniente Pinazo?

—¿Lo conoces? Claro, es el que te paseó por el muelle buscando a tu novia, lo recuerdo. Pues sí, tienes suerte. Es él.

Galán tuvo una idea. Y tal vez fuera factible. La mejor forma de acercarse al barco secuestrado era a través de una de aquellas lanchas rápidas. Recordaba haber guardado el número del teniente una vez que se lo encontró por la calle.

—Gracias, Carlos. No te molesto más.

—No hay de qué. Cuídate. —La conversación terminaba, por lo que el tono se volvió más afable—. Y recuerdos a la tía.

Galán se despidió y cortó la comunicación. Buscó el número de Pinazo y lo marcó. Esta vez los tonos se fueron sucediendo continuamente hasta que la comunicación se cortó de tanto esperar. Galán maldijo su suerte y probó de nuevo. El tono de marcado siguió repitiéndose unos segundos interminables.

Descolgaron.

—¿Teniente Pinazo? Soy el inspector Galán, de la Policía Nacional. ¿Me recuerda?

—Por supuesto. Galán, claro que sí. ¿Qué puedo hacer por usted?

—Verá, ¿se ha dado alguna vez la situación de que suba un pasajero a bordo de la patrullera?

El militar no se esperaba esa pregunta. Dudó unos segundos antes de responder.

—Pues no es lo habitual. Tendrían que concurrir unas circunstancias muy especiales.

Galán sintió que la frase se lo ponía en bandeja.

—Le puedo asegurar que, en estos momentos, están concurriendo unas circunstancias muy especiales. ¿Está dispuesto a escuchar una historia extraordinaria?

42

09.45 horas

*E*l alcalde Melián iba por su tercera copa de champán y comenzaba a sentirse un poco achispado. El caviar no le llenaba nada y apenas contrarrestaba el alcohol de la bebida. A pesar de sentirse muy bien, su conciencia profesional le indicó que debía dejar de beber, así que, a pesar de mantener la copa en la mano, no volvió a llevársela a los labios.

El capitán ruso, a través de la intérprete, una rubita pálida que debía de alimentarse solo de caviar a juzgar por su extrema delgadez, le estaba soltando un informe exhaustivo sobre las características técnicas del *Rossia*, a lo que Melián asentía con fingido interés.

Kovaliov iba desgranando con todo lujo de detalles los diferentes tipos de carburante que su barco podía desplazar. Algo fascinante para él, pero no para el alcalde, que trató con todas sus fuerzas de no mirar su reloj. Sería descortés.

Una llamada en su móvil de trabajo le proporcionó la excusa perfecta para salir airoso del trance. Tenía que responder a la llamada.

—Debe de ser algo importante —dijo, señalando el aparato con estudiada cara de fastidio—. Les dije que no me molestaran.

El capitán y la intérprete hicieron como que entendían la posible importancia de la llamada y le hicieron un gesto para que respondiera. Melián no se hizo de rogar. Descolgó.

—Servando. —Reconoció la voz de Arabia Mederos, su teniente de alcalde, con quien le unía una amistad de más de veinte años—. Tenemos una emergencia de tipo dos.

Sabía lo que eso significaba: un acontecimiento no catastrófico, pero de gran importancia política.

—¿De qué se trata? —preguntó.

La teniente de alcalde le puso al corriente en cuatro frases. Melián lo captó todo al vuelo, con la mente muy despierta. Cosas del champán.

—¿Y no sabemos a ciencia cierta si de verdad han secuestrado el barco? —preguntó cuando Arabia terminó.

—Ningún contacto de momento. El 112 está encargándose de coordinar a las fuerzas de seguridad y a las autoridades portuarias. Como están en el mar, todavía no es competencia del municipio.

—Pero puede llegar a serlo si entran en el puerto y retienen al barco allí —dijo Melián—. Aunque los puertos sean del Estado, el municipio no puede permanecer indiferente ante un acontecimiento de tal naturaleza.

Melián se había alarmado. Cuando esto ocurría, hablaba utilizando jerga política. No podía evitarlo.

—Y lo peor es que puede que todo sea un malentendido o un mal funcionamiento de las radios del barco.

—Así es, Servando. Estamos pendientes de la confirmación.

—Arabia, en cuanto sepas algo, comunícamelo inmediatamente. Y, por favor, por encima de todo, que esto no trascienda.

—Descuida. Así lo haré.

Melián cortó la comunicación con gesto preocupado. En el archipiélago canario, jamás habían tenido que enfrentarse al secuestro de un barco de pasajeros. No tenía mucho sentido. Las posibilidades de los secuestradores de fugarse con éxito eran ínfimas, debido a la distancia que separaba a las islas de cualquier lugar lógico donde esconderse.

Sin embargo, lo que de verdad le preocupaba era la repercusión política que un secuestro podría tener en sus últimos meses de mandato. Sobre todo si acababa en tragedia, que siempre era una posibilidad. No quería ni imaginarse que en el futuro se le recordara como el alcalde del secuestro del barco de Agaete. Alejó de su mente aquellos malos pensamientos y trató de convencerse de que todo era una falsa alarma. Recompuso el semblante y se obligó a sonreír. Hasta la mantuvo cuando la periodista aquella, Sandra Clavijo, que no había dejado de mirarlo, se le acercó de nuevo.

—Un pequeño comentario, señor alcalde —dijo, casi disculpándose.

—Dígame. —Melián se permitió ser magnánimo con la chica. Antes la había ahuyentado con maneras que no eran propias de él. Tocaba compensar.

—¿Cuál es la posición de la alcaldía frente al secuestro del ferry que viene de Gran Canaria?

Melián se puso blanco. Un nudo en la garganta le impidió contestar en un primer momento. Notó que su frente comenzaba a sudar, a pesar del aire acondicionado del salón del petrolero.

—No hay comentarios, señorita —dijo finalmente—. Esperemos acontecimientos.

El alcalde sintió que comenzaba a sofocarse. Despidió a la periodista con un gesto de «estoy muy ocupado» y buscó un rincón libre de invitados. Se puso de frente a la pared y de espaldas al resto del cóctel. Sacó su móvil y marcó el último número que aparecía en su lista de registros.

—¿Arabia? —dijo, con voz irritada—. ¿Se puede saber por qué demonios la prensa se entera de todo antes que yo?

189

43

09.45 horas

Olegario era consciente de que estaba en un aprieto. No recordaba haberse visto en una situación como aquella, en la que dos hombres armados iban a por él en un espacio cerrado. Al menos, los tipos de las pistolas no lo tenían localizado.

Todavía.

Porque sabía que solo era cuestión de tiempo. Veía únicamente dos posibilidades: o bien enfrentarse desarmado a un par de pistoleros, al parecer, bien entrenados, lo que sonaba mucho a suicidio, o bien tratar de encontrar una vía de escape.

Decidió que tenía que intentar huir; como último recurso, si no quedaba más remedio, se enfrentaría a ellos.

Agachado detrás de un todoterreno Toyota, observó su entorno. El garaje del catamarán tenía un tamaño superior al de una cancha de baloncesto. No era tan grande como un campo de fútbol, pero se le acercaba. Era un espacio diáfano, excepto por tres grupos de líneas de vigas, conformadas como triángulos invertidos, que soportaban el techo. En lo alto, el numeroso grupo de lámparas fluorescentes estaban apagadas. Lo demás eran camiones, furgonetas y turismos perfectamente alineados.

Vigiló los movimientos de los hombres que le buscaban. Uno de ellos permanecía cerca de la puerta de acceso a la cubierta superior, ahora cerrada, esperándole por si se le ocurría acercarse por allí. El otro se movía por las filas de coches, aproximándose, con el cañón de su arma abriéndole camino.

No tenía muchas opciones. El garaje solo contaba con dos salidas. Por un lado, estaba la peatonal de subida a la cubierta superior; por el otro, la rodada de los automóviles cuando accedían al barco. Centró su atención en la segunda posibilidad, hacia la zona de popa.

Para disminuir el peso del barco, habían retirado las compuertas traseras; las rampas de acceso de los vehículos al interior del catamarán estaban fijas en tierra. La parte de atrás del ferry no tenía otro cierre que una red protectora, más psicológica que efectiva, y unos amplios toldos de tela plastificada que, a modo de cortinas, evitaban las salpicaduras del agua de mar sobre los coches. Si no se equivocaba, se trataba de dos doseles, con la apertura en el centro.

Su plan era tan simple como temerario. Trataría de salir del garaje por la abertura que había entre las dos cortinas y apoyarse en un punto de la estructura exterior del barco que le permitiera llegar a uno de los lados, donde estaban las escaleras. Ya puestos, intentaría no caerse al agua, pues la proximidad de las gigantescas turbinas no auguraba nada bueno.

El problema principal es que estaba en la proa: tenía que cruzar todo el garaje para llegar a la abertura de popa. Sería casi imposible pasar desapercibido en silencio, así que decidió jugársela.

Zarandeó el chasis del Toyota hasta que su alarma comenzó a sonar. Inmediatamente, agachado, se desplazó a su derecha un par de filas y empujó con ambos brazos el techo de un Fiat Uno. La alarma del segundo coche respondió como esperaba. Las ensordecedoras sirenas apagaban cualquier otro ruido que Olegario pudiera hacer, por lo que se aventuró a avanzar varias filas de coches en dirección a la parte posterior del barco. Entrevió la sombra del pistolero moviéndose cerca, a menos de un par de hileras de automóviles a su derecha. Si seguía en la misma dirección pasaría de largo. La posición del otro camionero también le favorecía. Los vehículos lo ocultaban de su vista.

Avanzó casi en cuclillas. Pasó con rapidez los espacios entre coche y coche, procurando que no le vieran. Llegó a una de las vigas centrales en forma de V y se volvió para comprobar que su perseguidor seguía caminando hacia el fondo del barco. Al reemprender el camino en dirección contraria, pasó junto a la viga y tocó con el codo una pequeña palanca que sobresalía en vertical de un aparato negro adosado a ella. Comenzó a oírse un ruido extraño. Venía de arriba. Olegario miró hacia allí y vio, asombrado, como el techo de metal que se encontraba sobre su cabeza comenzaba a bajar despacio, provocando un chirrido estridente. El chófer no tardó en descubrir lo que ocurría. El techo a la vista era una plataforma tipo ascensor que se utilizaba para aumentar el espacio de aparcamiento de los vehículos cuando el ferry iba lleno. Si no se utilizaba, se elevaba hasta el tope y se quedaba allí.

Olegario dio un paso atrás y volvió la palanca a su posición original. El ruido cesó y el movimiento de la enorme plancha metálica se detuvo. Pero había delatado su posición. Un disparo que rebotó a un escaso metro de distancia a su izquierda se lo demostró.

Farfullando diversos juramentos, volvió a agacharse y trató de ocultarse entre los coches. Otro estampido en el garaje; el cristal del Nissan que le ocultaba saltó en mil pedazos. La alarma comenzó a sonar, frenética.

El juego del escondite se había terminado. Olegario optó por jugarse el todo por el todo y echó a correr a toda velocidad por el espacio que había entre las filas de coches, a pesar de que así sería un blanco fácil. Oyó otro disparo. La distancia era su seguro. Aquellas pistolas eran tan fiables como las carabinas de feria y debía mantener esa ventaja a su favor. Al cabo de diez segundos, llegó al extremo del barco. Percibía nítidamente el fragor de los motores. Buscó con rapidez la unión de los toldos, saltó la red de seguridad que lo separaba de los enormes cortinajes, asió uno de los bordes y se asomó. La claridad le hizo daño en los ojos y el viento le azotó en la cara. El rebufo de las turbinas provocaba que el aire estuviera lleno de millones de partículas de agua en suspensión. Incluso respirar era difícil. La estela del barco pasaba a toda velocidad a unos seis metros por debajo. Abrió el espacio lo suficiente para poder pasar el cuerpo al otro lado de la cortina, y buscó en la base un lugar de apoyo. Apenas sobresalía de la popa del barco una fina lámina de cinco centímetros por la que era imposible caminar; la dureza de la lona plastificada del toldo no le permitía agarrarse a la tela.

Apenas Olegario salió al exterior y apoyó los pies en el estrecho saliente, oyó otra detonación. A un metro de donde se

193

encontraba, vio un agujero en el toldo. El rastro de otro disparo surgió a medio metro. El próximo le acertaría. Olegario no se lo pensó más. Se agachó y se asió con las manos al borde de metal del suelo, descolgándose para evitar recibir el siguiente proyectil. Quedó colgado con solo el mar a sus pies y las rugientes turbinas bajo cada una de las dos quillas, a cada lado. Un tercer disparo se perdió por encima de su cabeza.

Buscó un lugar mejor para asirse y miró por debajo de la cubierta del garaje. Vio una extraña serie de ganchos alineados en toda la popa con una separación de medio metro. Había más de veinte que sobresalían de la pared vertical trasera del barco. Soltó un brazo y agarró con fuerza la superficie del gancho. Luego soltó el otro y, finalmente, asió con ambas manos su providencial agarradero. Estaba debajo de la horizontal del garaje, con las piernas colgando sobre el mar, pero fuera del alcance visual de los pistoleros. Tendría que quedarse allí unos momentos y esperar a que sus perseguidores creyeran que había caído al agua.

194

Olegario tenía dos cosas claras: la primera, que no sabía si el truco de ocultarse bajo la cubierta inferior funcionaría; la segunda, que tampoco estaba seguro de si podría aguantar mucho en aquella posición tan incómoda.

Con su cuerpo bamboleándose debajo de un barco que avanzaba a toda velocidad y que se empapaba con las salpicaduras del mar, volvió a pensar que nunca se había visto en una situación como aquella.

44

09.48 horas

*I*brahim Basayev volvió al salón de la Platinum Class encañonando con su pistola al maquinista de los motores de estribor. Era el último tripulante que no habían tenido controlado. La sorprendente aparición de aquellos tres empleados tratando de liberar a los pasajeros les recordó que aún podía quedar alguien sin reducir. Una pregunta oportuna al segundo de a bordo, con el cañón en la sien, despejó las dudas. Solo faltaban tres tripulantes. El contramaestre, el marinero del garaje y el maquinista de estribor.

Basayev había bajado al garaje, donde comprobó que sus compañeros habían dejado fuera de combate a los dos primeros. Y el tercero permanecía en su puesto, en la sala de máquinas de la quilla derecha, sin haberse enterado de nada. Fue invitado cortésmente —mediando la pistola— a reunirse con sus colegas en la otra punta del ferry.

El checheno se sintió más tranquilo. Todos los viajeros del *Nivaria Ultrarapide* estaban ya en la Platinum Class, bien vigilados. Ya no habría más sorpresas.

Solo le preocupaban los arrebatos de violencia de sus subordinados. Sobre todo de Ramzan, que había perdido los nervios y había disparado a uno de los pasajeros. En un primer momento, le pareció bien ese gesto de fuerza. Era mejor para todos que se tomaran la situación muy en serio. No obstante, temía que se animara a seguir disparando. Una cosa era tener atemorizados a los pasajeros, y que continuaran con la esperanza de salir vivos de allí, y otra distinta dedicarse a dispararles, lo que les podría llevar a la desesperación. Y no quería tener rehenes desesperados, podrían hacer cualquier cosa.

Indicó a Kirilenko y a Utsiev que se mantuvieran en el salón de los pasajeros, sin perderlos de vista; así, de paso, vigilarían a Ramzan.

Más relajado, caminó por el pasillo de estribor, entre las butacas vacías del salón principal, en dirección al acceso al puente de mando. La puerta estaba abierta y subió con presteza la escalera que lo llevó a los controles del *Nivaria Ultrarapide*.

Echó un vistazo a las pantallas y no encontró nada anormal. El piloto automático manejaba la velocidad y la dirección del catamarán, rumbo al puerto de Santa Cruz. La isla de Tenerife ya cubría todo el horizonte; a cada segundo, se hacía más grande. El sol a su espalda hacía que la costa apareciera clara y luminosa, hasta se distinguía el blanco de las casas cercanas al mar. Se sentó en la butaca del capitán y fijó su vista en el frente. Ya se perfilaba el contorno de los espigones de los muelles de Santa Cruz. Miró a la izquierda y descubrió lo que buscaba.

Allí estaba.

El *Rossia*.

Justo donde esperaba encontrarlo, frente a la refinería y al resto de la ciudad.

La estupidez de la gente de Occidente no dejaba de maravillarle. ¿A quién se le ocurría tener una refinería dentro de la ciudad? La verdad es que los objetivos que brindaban los países del primer mundo eran de lo más variado; facilitaban mucho la labor de los combatientes de los países oprimidos.

Tan lejos de la patria, otra batalla. Otro golpe al maltrecho orgullo ruso, un país cuya torpe actuación internacional, tan decimonónica, creaba pocas simpatías en Occidente. Así sabrían en Moscú que no estarían a salvo en ningún lugar del mundo. Los chechenos volverían a recordar a la olvidadiza opinión pública que la larga guerra por la libertad de Chechenia en el Cáucaso no había acabado.

Basayev comprobó los controles del ferry. De tanto estudiarlos, los conocía de memoria. Desconectó el piloto automático y pasó a mando manual. Colocó una mano sobre el timón, que era un pequeño disco justo en el extremo del apoyabrazos de su asiento y que podía controlar con solo dos dedos, nada que ver con la tradicional rueda de madera de los antiguos buques. Giró la mano unos grados a la izquierda y notó que el catamarán le obedecía y que la proa comenzaba a desplazarse a babor. La línea delantera del *Nivaria Ultrarapide* dejó de apuntar a la entrada del puerto y, poco a poco, fue dejando atrás los hitos de la costa: los espigones de los muelles, un extraño edificio blanco con forma de pico de loro, un montecillo de palmeras y, por fin, el superpetrolero.

Cuando el extremo puntiagudo de la parte delantera del catamarán apuntó al gigante ruso, Basayev volvió a dejar el timón en punto neutro. Ya estaban en la dirección correcta. Ahora faltaba otro detalle.

Buscó el control de velocidad, una barra horizontal que sobresalía de las consolas, y comenzó a presionarla a fondo. Los motores del barco aumentaron su vibración. El *Nivaria* comenzó a navegar más rápido. Basayev notó la aceleración del catamarán; la inercia hizo que su cuerpo retrocediera un poco.

Mantuvo presionada la barra aceleradora hasta que comenzó a llegar al máximo previsto, unos cuarenta nudos. Valía la pena dejarlo así, a una velocidad cercana a los ochenta kilómetros por hora, en la que los motores, trabajando al máximo, no se bloquearían.

Sonrió satisfecho y miró su reloj.

Total, apenas quedaban quince minutos.

197

45

09.47 horas

Gabriel Cruz, el responsable del 112, acababa de colgar tras haber contactado con la naviera. No sabían nada de un posible secuestro, pero, después de haber tratado infructuosamente de ponerse en contacto con los oficiales del *Nivaria Ultrarapide*, convinieron en que debían convocar su propio gabinete de crisis y colaborar en lo que pudieran con el equipo de Cruz.

Antes había hablado con un mando de la Guardia Civil, quien, tras la sorpresa de rigor, se había puesto en marcha para iniciar el operativo antisecuestro en el mar que tenían previsto para ocasiones similares.

Lo principal estaba hecho, ahora tocaba esperar acontecimientos. Cruz se sentó junto a Cutillas, después de haber permanecido de pie en todas las conversaciones, logrando con ello que el personal del 112 se relajara un poco.

Para nada. Uno de los operadores le pasó una llamada entrante.

—De la torre de Salvamento Marítimo —anunció vía telemática—. Es urgente.

El coordinador pulsó rápidamente el botón de comunicación, colocándose correctamente el micro de sus cascos a la altura de la boca. Cruz hizo lo mismo con otro juego de auriculares.

—Cutillas al habla.

—Aquí César Núñez. —La voz del funcionario del control marítimo sonaba alarmada—. El catamarán ha cambiado de rumbo unos grados a babor. Es decir, a su izquierda. Nuestra derecha, mirando desde tierra.

—¿Hacia dónde cree que se dirige? —preguntó el coordinador.

—Todavía es pronto para decirlo, es lejano, pero se ha establecido un rumbo de colisión.

—¿Colisión? —Cutillas no sabía a qué se refería su interlocutor—. ¿Contra el muelle?

—Pues no —respondió Núñez—. Si no hay ninguna modificación, en estos momentos el *Nivaria Ultrarapide* lleva un rumbo de colisión con el superpetrolero *Rossia*, el que está atracado junto a la refinería de la ciudad.

Si Cutillas hubiera tenido un teléfono convencional en la mano, se habría notado que le temblaba el pulso. Pero con los auriculares puestos pudo disimular su aprensión.

—Entiendo —dijo maquinalmente. En realidad, no entendía nada—. Si no cambia de dirección, el ferry se estrellará contra el petrolero.

—Exacto. Y eso no es todo.

Cruz miró al techo. ¿Podía ser peor?

—¿Hay más? —preguntó, casi sin desear escuchar la respuesta.

—El *Nivaria* ha aumentado la velocidad. Está en el umbral de su cota máxima, unos cuarenta nudos. O sea, que llegará antes de lo previsto al *Rossia*, si es que ese es su objetivo final. Todavía no lo sabemos.

Cruz le agradeció mentalmente el último comentario. A pesar de que tratara de quitarle hierro al asunto, el hecho es que el barco de pasajeros más rápido de Canarias se dirigía a toda velocidad contra el *Rossia*, el petrolero más grande del mundo. Y un sexto sentido le dijo que había muchas posibilidades de que el ferry no cambiara de rumbo.

El planteamiento era casi impensable. Pero muy posible. Los rusos tenían muchos enemigos, tanto en las antiguas repúblicas soviéticas como en los países satélites que formaron el telón de acero. No podía descartar un atentado contra El *Rossia*. Era el orgullo de la flota mercante rusa y un objetivo claro para los indeseables que hacían del terrorismo su *modus operandi*.

—Gracias, Núñez. Siga intentando contactar con el barco y vigile la velocidad y la trayectoria. Llámeme si hay algún cambio.

—De acuerdo, coordinador.

—Una última pregunta —dijo Cutillas, manteniendo el contacto—. Ha dicho que el catamarán llegará antes de lo previsto. ¿De cuánto tiempo disponemos?

—Aproximadamente, de unos diecisiete minutos, poco más a menos.

Los trabajadores del 112 se miraron, conteniendo la respiración. Era muy poco tiempo. Cutillas, involuntariamente, había hecho lo mismo.

—Entendido —dijo el coordinador—. Continúe la vigilancia, por favor.

Cutillas cortó la comunicación y miró a Cruz, que tenía los ojos cerrados. Necesitaba un par de segundos para ordenar los mil y un pensamientos que le asaltaban en aquellos momentos.

Se levantó y se dirigió a los operadores más próximos.

—Pónganme con el director general de Seguridad del Gobierno canario. También con el teniente coronel de la Guardia Civil. Y con el alcalde. Y, si es posible, con el capitán del *Rossia*. No hay preferencias. El primero que responda, me lo pasan, y mantengan abiertas todas las líneas. Y habiliten la sala de crisis, la vamos a necesitar.

Le obedecieron al instante. Todos sus subordinados empezaron a tratar de localizar a los destinatarios de las llamadas. Cruz aprovechó y se acercó a una de las compañeras más próximas.

—Begoña —le dijo, en voz baja—, usted pertenecía a una cofradía religiosa, ¿no?

—Sí, la del Santísimo Cristo de La Laguna —le respondió la mujer, asombrada—. ¿Por qué lo dice?

—Pues porque —contestó el responsable—, cuando tenga un segundo libre, hágame un favor.

—Claro, ¿cuál?

Cruz miró a ambos lados antes de contestar en voz aún más baja.

—Rece por todos nosotros.

46

09.47 horas

*R*obert Carpenter estaba extasiado. Desde la borda delantera de la cubierta Promenade del *Queen Elizabeth* podía contemplar el *Rossia* en todo su esplendor. Era inmenso. Todo un desafío para cualquier capitán. Por mucho que los ordenadores ayudaran, había que ser muy buen marino para atreverse con aquel coloso. Una vez que estuviera en movimiento, calcular la inercia de aquella mole en cualquiera de sus direcciones supondría un rompecabezas cuya resolución no estaba a la altura de todas las inteligencias.

Él sí podía hacerlo, pero no era capitán de barco, así que de nada le servía.

Maggie Carpenter, por su parte, había reprimido dos bostezos, el petrolero era muy grande, de acuerdo, pero ya estaba visto. No hacía falta estar más de diez minutos observándolo para darse cuenta de ello. Y comenzaba a aburrirse. Miró su reloj, dentro de apenas un cuarto de hora comenzaría el concurso de *bridge* que los animadores del barco llevaban anunciando desde una hora antes. Y, si a Robert no le importaba, le gustaría asistir.

Era el momento ideal: dejaría a su marido ocupado con el gigante ruso y luego con el atraque en el puerto de Santa Cruz. Al cabo de cinco minutos, bajaría a la cubierta de juego. Ya se frotaba las manos.

Su esposo no perdía detalle del superpetrolero: la torre de control; las tuberías de la cubierta principal; las gigantescas anclas; la altura de la borda hasta la superficie del mar. Era como examinar uno de esos barcos contenedores de petróleo con un microscopio, pero a simple vista. Todo se apreciaba con una nitidez extraordinaria.

Hacía un buen rato que no veía al sobrecargo Higgins, y le apetecía comentar aquel espectáculo con algún entendido. Paseó la vista por el horizonte marino de forma automática, como hacía siempre.

Y se detuvo.

Extrañado, enfocó su mirada en un punto móvil que hacía unos momentos no estaba allí, en la línea del océano. Un barco de silueta extraña. Se fijó mejor. Gracias a Dios, aún tenía buena vista. Un catamarán, sin duda, pero muy grande. Cayó en la cuenta rápidamente. Uno de esos barcos rápidos de pasajeros que estaban proliferando por todas partes.

De forma inconsciente, calculó su trayectoria y se sorprendió al descubrir que se dirigía directo hacia ellos.

Bueno, eso no era del todo cierto. En realidad, iba hacia el centro del *Rossia*, pero (y de nuevo su mente se puso a calcular) el rumbo y la velocidad actuales del *Queen Elizabeth* harían que lo interceptara unos segundos antes de que llegara al barco ruso. Es decir, que el crucero británico se interpondría entre el petrolero y el ferry si este no cambiaba de dirección.

Un último cálculo le tranquilizó. Faltaban unos diecisiete minutos para la improbable colisión. Tiempo más que suficiente para que cualquiera de las embarcaciones modificase su rumbo.

Se mantuvo expectante durante casi un minuto, observando aquel barco rápido que se acercaba. Por un momento, se olvidó del espectáculo del *Rossia*. El catamarán no cambiaba de dirección ni de velocidad. ¿Se habrían dado cuenta en el puente? Los radares darían la alarma de aproximación en cuanto se acercara a una distancia de dos millas, daría tiempo a esquivarlo.

Pero ¿no convendría llamar la atención de los tripulantes sin esperar a ese momento?

—Voy a buscar al sobrecargo —le dijo a su esposa, que lo miró con asombro, sin evitar que aflorara una sonrisa en su rostro—. Quédate aquí.

Maggie estuvo a punto de contestar a su marido diciéndole que no pensaba obedecer esa orden, pero lo pensó mejor.

¿Para qué provocar una discusión? La oportunidad era inmejorable: dejaría que se fuera e, inmediatamente después, bajaría al salón de juego. La mujer sonrió a su esposo, despidiéndole con la mano.

Robert Carpenter dejó su privilegiada situación en la borda para recorrer los pasillos exteriores de la cubierta. Los pasajeros estaban agolpados en los lugares donde se divisaba mejor el superpetrolero, por lo que pudo desplazarse rápidamente por el resto del barco. Se asomó por la barandilla de estribor. Al cabo de unos segundos, divisó al sobrecargo. Estaba en la cubierta inferior, charlando con un pasajero.

Carpenter buscó la escalera central del barco y bajó velozmente los escalones. Salió al exterior y vio con agrado que Higgins había terminado su conversación y se dirigía hacia la proa.

—¡Señor Higgins! —exclamó, logrando que se detuviera.

El sobrecargo se volvió y trató de disimular la consternación que le embargó en cuanto vio a Carpenter.

—Comodoro Carpenter —respondió, con fingida amabilidad—. ¿Cómo es que no está pendiente de la aproximación al petrolero?

—Fíjese a cuarenta grados a estribor —le indicó.

El marino miró en la dirección señalada y oteó el horizonte.

—Parece un catamarán —dijo—. Debe de ser uno de los ferris rápidos que navegan entre islas.

—Así es —respondió enseguida Carpenter—. Pero se dirige directamente contra nosotros. Y lleva así al menos tres minutos.

Higgins aguzó el enfoque de sus ojos, debatiéndose entre hacer caso a la información o enviar a aquel pelmazo a hacer gárgaras.

—Creo que debería informar al capitán —insistió el pasajero—. Esto no es normal.

—Puede que esté haciendo alguna maniobra de aproximación al muelle —objetó el sobrecargo.

Carpenter frunció el ceño. El tripulante no quería ver lo que a él le resultaba meridianamente claro.

—Su proa se está desviando de la bocana del puerto a cada minuto que pasa. No se dirige a su atraque, de eso estoy se-

205

guro. Y si no modificamos nuestro rumbo en menos de diez minutos, colisionaremos con ese barco que se nos acerca a toda velocidad.

La rotunda afirmación del señor Carpenter pudo con la desgana y el fastidio de atender sus indicaciones. No estaría de más hablar con el puente. Por si acaso.

—De acuerdo —dijo Higgins—, hablaré con el capitán. No se preocupe.

—Una petición más. De marino a marino.

El sobrecargo suspiró.

—Dígame.

—Déjeme subir al puente con usted. —La voz de Carpenter casi temblaba de emoción.

Higgins estuvo a punto de responder de forma automática un «está terminantemente prohibido», pero se lo pensó dos veces. Si aquella historia era una chifladura, mejor que fuera su autor y no él quien se la contara al capitán, que no era, precisamente, un dechado de paciencia. Y, de paso, dejaría al señor Carpenter en el puente animando la mañana a los oficiales.

—Por supuesto —le respondió, y le sonrió indicando el camino—. Sígame.

47

09.50 horas

Galán no se creía lo que daban de sí apenas doce minutos. Se había plantado en la zona portuaria al cabo de unos instantes y, como si se hubieran coordinado, en el momento en que bajaba de su automóvil en el muelle de Ribera —una planicie insulsa dedicada a la descarga de contenedores—, la patrullera *Pico del Teide* de la Guardia Civil llegaba a un pequeño desembarcadero, a menos de veinte metros. El inspector se acercó corriendo y no esperó a que la *Heineken*, como se las conocía humorísticamente en el ámbito policial por su color verde, atracase. El policía saltó a bordo cuando uno de los guardias iba a lanzar un cabo.

—¡Galán! —dijo Pinazo, el teniente—. ¡Siempre con prisas!

El inspector se incorporó tras casi caer rodando por la cubierta después del salto.

—Teniente —respondió—, no hay un minuto que perder.

El oficial sonrió. Recordaba un episodio similar ocurrido meses atrás, cuando trataron de seguir el rastro de una arqueóloga secuestrada. En aquella ocasión, el inspector se encontraba, según su parecer, igual de agobiado.

—Pues no lo perdamos.

Se giró y gritó al timonel que pusiera rumbo al exterior del muelle e inmediatamente después a mar abierto, en busca del *Nivaria Ultrarapide*.

Pinazo se acercó a Galán, sin perder su sonrisa, le puso la mano en el hombro, y le habló en un tono que solo pudieran escuchar los dos.

—Galán, nos la estamos jugando. ¿Lo sabe, no?

El inspector buscó la mirada del teniente y le contestó francamente:

—Lo sé. Si esto es una broma, nos veremos en la cola del paro.

El militar soltó una carcajada y apretó el hombro del inspector.

—Nos acercaremos al catamarán a echarle un vistazo.

La patrullera se mantuvo a una velocidad lenta dentro del recinto portuario, no se podía navegar a más de tres nudos, una lentitud eterna para los impacientes ojos de Galán.

El móvil del inspector comenzó a sonar. Lo sacó del bolsillo de su pantalón y echó un vistazo a la pantalla. Era de la comisaría central.

—¿Galán? —Era la voz del comisario Blázquez—. ¿Dónde diablos está?

Aquella frase le recordó una serie de detectives de cuando era pequeño, la del teniente McCloud, al que su jefe televisivo siempre se le dirigía de la misma manera.

—En una patrullera de la Guardia Civil del Mar. Rumbo al barco secuestrado.

La respuesta de Blázquez se demoró unos segundos. La razón vino a continuación, en tono azorado:

—¿Cómo ha podido adivinarlo? Es justo lo que le iba a pedir que hiciera —rezongó—. Ha desatado la caja de los truenos. Tengo en línea retenida al ministro de Interior. Insiste en hablar con usted, y ya que está, me imagino que también con el teniente de la patrullera. Se lo paso. Y cuidadito con lo que dice.

Galán no esperaba que le hicieran hablar con un ministro en aquellos momentos, pero se recompuso en un segundo, concentrado en lo que iba a escuchar, y sobre todo en lo que iba a decir.

—¡Inspector! —resonó en el aparato—. Le habla el ministro de Interior. Escuche atentamente.

A Galán no se lo tenían que pedir dos veces. Tenía todos los sentidos puestos en aquella conversación.

—He sopesado con mis analistas la situación. Uno de los elementos claves en esta crisis es la presencia de la patrullera de la Guardia Civil cerca del problema.

—Pues estoy en ella —respondió—. Aunque tal vez prefiera hablar con el teniente al mando.

Galán se sintió feliz de pasarle el móvil a Pinazo. El ministro siguió con el guardia civil.

—¡Teniente! Debe usted tratar de interceptar la trayectoria del ferry. Prioridad absoluta. Intente como sea que cambie de dirección.

—Señor, me imagino que le habrán informado del tamaño de la patrullera en relación con ese barco.

—Haga lo que crea oportuno. ¡Pero hágalo! Tal vez sea nuestra única oportunidad. Tiene carta blanca.

—Gracias por la confianza. —La voz de Pinazo no rebosaba confianza—. Haremos lo que podamos.

—Buena suerte, y manténganos informados. —El ministro cortó la comunicación.

Galán miró a Pinazo buscando una respuesta. ¿Qué podía hacer una patrullera contra un barco rápido de más de diez metros de altura que navegaba a cuarenta nudos?

Pinazo, adivinando los pensamientos de su colega, sonrió.

—No desesperes. Tenemos un as en la manga.

48

09.50 horas

*E*l capitán Javier Velasco era el mando del Grupo del Semar, la vigilancia marítima de la Guardia Civil, que aquella mañana estaba de guardia en las dependencias de la benemérita en el puerto de Santa Cruz. Tenía al otro lado del teléfono al coronel Fajardo, uno de sus superiores directos en el organigrama militar. No daba crédito a lo que estaba escuchando.

—¿Diecisiete minutos? ¿Está seguro?

Posiblemente, la segunda pregunta no era la más adecuada para un coronel, pero se le escapó. La de si se trataba de una broma la dejó aparcada.

—Nadie está seguro de nada, capitán —respondió el coronel, con un deje de irritación—. Puede ser una falsa alarma, puede que no, pero hay que actuar. Y nos toca a nosotros.

El capitán Velasco notó que unas gotas de sudor frío asomaban en sus sienes. Diecisiete minutos. Eso no era nada. No había tiempo de reacción.

—¿Y me dice que el catamarán está navegando al máximo de su capacidad? Entonces es imposible un abordaje. Cuarenta nudos equivalen a setenta y cinco kilómetros por hora. ¿Se imagina a alguien saltando de un barco a otro a esa velocidad? Las posibilidades de éxito son mínimas.

—¿Ni siquiera con un helicóptero? —preguntó el superior.

—Tal vez, pero corremos el riesgo de que los secuestradores nos vieran llegar y se dedicaran a hacer tiro al blanco con nosotros.

Velasco se sentía frustrado. Lamentaba tener que dar malas noticias, pero lo que no podía ser no podía ser. Llevaba años ha-

ciendo simulacros de liberación de secuestros marítimos y de
negociaciones con los captores, pero siempre el planteamiento
básico era el de un barco detenido o moviéndose a su velocidad
de crucero. Nunca se había planteado la posibilidad de abordar
un barco a setenta y cinco kilómetros por hora, era demasiada
velocidad.

—¿No podríamos interceptar al ferry con alguna de nuestras patrulleras? —El coronel también le daba vueltas al
asunto.

—Señor —respondió Velasco—. En este momento, solo
disponemos en esa zona de una patrullera clase Rodman-66, la
Pico del Teide. ¿La recuerda? Tiene una eslora de veinte metros
y alcanza una velocidad de treinta nudos, treinta y cinco a
plena potencia. El catamarán podría arrollarla sin inmutarse.

—Capitán, deje de tocarme las narices y haga algo, que para
eso está. Quiero la patrullera cerca del ferry lo antes posible. Al
menos que se vea que la Guardia Civil lo intenta. ¿Está claro?

—Sí, mi coronel. —Velasco igualó el tono glacial de su interlocutor—. Muy claro. Haremos lo que esté en nuestra mano.

El coronel colgó sin despedirse. Velasco se quedó mirando
el auricular. Se giró y se encontró con uno de sus subordinados, el sargento Rubiales, un veterano reenganchado varias
veces.

—¿Dónde está la patrullera en este momento?

—Estaba escoltando al petrolero, mi capitán —respondió el
sargento—. Ha pedido permiso para acercarse a la dársena de
Los Llanos.

—¿Cómo? ¿Y para qué?

—El teniente Pinazo dijo que iba a recoger a un compañero. Un policía nacional.

Velasco enarcó una ceja, extrañado.

—Póngame con Pinazo, sargento, haga el favor.

El suboficial utilizó el radioteléfono que tenía a su derecha.
Al cabo de quince segundos, tenía al teniente a la escucha.

—¿Pinazo? —Velasco omitió las formalidades—. ¿Qué
diablos está haciendo?

—Mi capitán —se escuchó a través del aparato—, en estos
momentos estamos saliendo del puerto en dirección al muelle
de La Hondura.

Velasco recorrió mentalmente el itinerario de la patrullera. La dársena de Los Llanos y el muelle de Ribera tenían su salida hacia el sur; entre estos y la refinería había un tramo de costa ocupado por el auditorio, el parque marítimo y la montaña de palmeras, la Palmetum. Después estaban las instalaciones del muelle de La Hondura, de uso exclusivo para la carga y descarga de combustibles, donde se encontraba anclado el *Rossia*.

—Teniente, olvídese de escoltar al petrolero. Salga al exterior de la zona portuaria y busque al *Nivaria Ultrarapide*, que se acerca por el noreste. Tenemos una alarma de secuestro.

—Eso es lo que estoy haciendo, señor.

—¿Cómo? ¿Y quién lo ha autorizado?

—Pues el mismísimo ministro de Interior. Acabo de hablar con él.

La respuesta dejó desarmado a Velasco. ¿El ministro de Interior?

—¿Está seguro de que era el ministro? ¿Y qué historia es esa de que lleva un pasajero?

—Completamente seguro, mi capitán. He hablado por teléfono con él a través del inspector Galán de la Policía Nacional. Llamaba directamente desde el palacio de la Moncloa. Galán es quien más sabe del secuestro. Estará usted al tanto de que se trata de un secuestro, ¿no?

Velasco volvió a encajar la noticia con la guardia baja, pero se rehízo rápidamente.

—Por supuesto, teniente, ¿qué se cree? ¿Tiene órdenes entonces? Pues ejecútelas al pie de la letra.

—Sí, señor. Eso trataremos de hacer.

—Y una cosa más, teniente.

—A sus órdenes, mi capitán.

—Como no me ha informado de estas llamadas, cuando vuelva, considérese arrestado.

El teniente Pinazo soltó un suspiró antes de contestar.

—A sus órdenes, mi capitán.

49

09.50 horas

*E*n apenas dos semanas, las hojas de los árboles que rodeaban el palacio de la Moncloa se habían vuelto ocres y después marrones. El mes de octubre había entrado silenciosamente en Madrid, y con él había traído un notable descenso de la temperatura. Empezaba a refrescar. El agradable verano comenzaba a ser un recuerdo lejano.

Aquel sábado por la mañana, el presidente del Gobierno rogaba por que le dejaran tranquilo un rato. Con la excusa de bajar a hacer algo de ejercicio en el gimnasio de la residencia, se había escondido allí, dedicado a una de sus pasiones ocultas: la lectura de los periódicos deportivos que seguían, minuto a minuto, las venturas y desventuras de su equipo de toda la vida: el Barcelona.

Para evitar las incomprensiones de sus correligionarios de un partido de centro derecha en el que todos eran del Real Madrid, contaba con la complicidad de Mateu. Su chófer le dejaba, como quien no quiere la cosa y como habían acordado, los periódicos apilados debajo de la *press banca*, en el gimnasio.

Y no es que su afición por el Barça fuera un secreto; todo su círculo lo sabía. Sin embargo, el capullo de asesor de imagen, al que tenía que sufrir todos los días, le había aconsejado, casi exigido, que no lo demostrara públicamente. Los periodistas eran gente perversa. Si le pillaban leyendo aquellos periódicos, le dejarían en mal lugar.

Por todo eso, su ratito en el gimnasio el sábado por la mañana era sagrado.

O casi.

Su móvil atronó en aquel espacio cerrado, entre pesas y aparatos creados por mentes diabólicas para crear agujetas en los lugares más insospechados. El presidente cerró los ojos y se prometió no presentarse a la reelección (mintiéndose conscientemente, el partido no le iba a dejar otra opción). Ese año, la Liga parecía más interesante que nunca, aun así, dejó los periódicos para coger ese móvil del que no podía separarse nunca. Como si fuera el teléfono rojo Washington-Moscú. Aquel número solo lo conocían los ministros y sus secretarios. Solo lo empleaban en caso de emergencias, y de las grandes.

El presidente miró el número, sabiendo de antemano que no lo iba a reconocer. Una retahíla de más de doce dígitos le indicaba que la llamada provenía de un despacho ministerial, pero era imposible adivinar de cuál.

—¿Diga?

—Señor presidente, soy el ministro de Interior. Tenemos una emergencia.

El presidente reconoció la voz de José Antonio Franco de Rivera, un tipo joven y competente para quien los apellidos habían supuesto más un freno que un espaldarazo en su carrera política. Con él compartía la pasión secreta por el Barça.

—Usted dirá.

El presidente era amigo personal de su ministro. En las ocasiones en que el protocolo lo permitía, se tuteaban. Pero, en ese momento, sabía que todas las conversaciones que mantuviera a través de ese teléfono se grababan, así que había que mantener el protocolo.

—Han secuestrado un ferry rápido en Gran Canaria. Al parecer, lo dirigen a toda velocidad contra el petrolero ruso *Rossia*, que está atracado en Tenerife. Hay peligro de colisión.

El presidente se sintió tentado de volver a centrarse en los problemas judiciales de un dirigente del club culé. Aunque era un tema un tanto lamentable, era más agradable que lo que le contaba el ministro.

—¿Se sabe quiénes son y qué quieren? —preguntó.

—Nada de nada. Solo son conjeturas. No ha sido posible contactar con la tripulación del barco presumiblemente secuestrado ni con los presuntos secuestradores. Todo se basa en un mensaje enviado por uno de los pasajeros. Como no hemos podido contrastarlo ni descartarlo, y como, además, el barco sigue a toda velocidad, nos lo estamos tomando en serio.

—Me parece correcto. —El presidente aprobó la decisión de su subordinado, lo estaba haciendo bien, a pesar de los disgustos que le daba cada vez que abría la bocaza ante la prensa—. ¿Qué consecuencias puede tener una colisión entre ambos barcos?

—Es difícil de predecir. La primera impresión de nuestros analistas es que el choque por sí solo no produciría la combustión del crudo que lleva el petrolero. Pero de la marea negra no nos salvamos. Me imagino que sería relativamente fácil de controlar.

—¿Es posible que sea un atentado terrorista? —El presidente iba tomando conciencia de la magnitud del problema.

—No queremos ni pensarlo, señor. Pero tiene toda la pinta.

—Me imagino que en ese barco viajan pasajeros.

—Así es, señor presidente.

—Y supongo que dispondremos de medios para contrarrestarlo...

El ministro tardó más de un segundo en responder.

—Pues ese es el caso. Que no podemos hacer casi nada.

Un par de segundos de silencio. Aquello no era fácil de digerir.

—¿Puede repetirme eso? —preguntó el presidente—. ¿Qué hay de la Armada?

—En Canarias contamos con cuatro BAM, ya sabe, los buques de acción marítima de última generación que tan buen resultado dieron contra los piratas de Somalia. Pero están anclados en Gran Canaria. Necesitarían una hora y pico para llegar a Santa Cruz. Cuentan con helicópteros Seahawk, tampoco llegarían a tiempo.

—¿Y el ejército?

—En Tenerife, en Los Rodeos, tenemos la unidad de respuesta rápida de la Guardia Civil, el GRS, así como una escuadrilla de helicópteros del Ejército del Aire. Ya los hemos avisado. El helicóptero del GRS estará en el aire dentro de menos de veinte minutos.

—¿Tenemos algo más? —El presidente comenzaba a impacientarse. Pensó que tal vez debería de aumentar el presupuesto militar.

217

—En Santa Cruz, la capital, en cuanto a medios marítimos de respuesta inmediata, solo disponemos de una patrullera de la Guardia Civil, que no alcanza la velocidad del ferry y es un mosquito a su lado. A pesar de eso, hemos dado orden de que se acerque lo que pueda al barco y nos informe. No creo que pueda hacer más que eso, ya que con la rapidez a la que va el ferry un abordaje es casi imposible.

—Y, entonces, ¿qué hacemos para detenerlo?

El ministro de Interior dejó pasar un segundo. No era fácil.

—He hablado con el ministro de Defensa. Desde el punto de vista militar, con los medios de que disponemos, solo existe una única posibilidad con garantías para detener el ferry.

—No me lo diga, la solución es tan mala como el problema.

El ministro tomó aire.

—Solo queda utilizar los F18 que tienen la base en el aeropuerto de Gando, en Gran Canaria.

—¿Usar un caza de combate contra un buque civil?

—Si acierta en los motores, puede detener el barco rápido antes de que choque con el superpetrolero ruso.

—Y de paso, puede acabar con los pasajeros.

—Si no lo hacemos, también están condenados.

El presidente se sentó en la banqueta de abdominales. Trató de concentrarse mirando al suelo. Cualquiera de las soluciones era mala.

—Tenemos muy poco tiempo, señor presidente, apenas un cuarto de hora. Lo justo para que despegue el caza y llegue a Tenerife —puntualizó el ministro de Interior.

El mandatario no tenía testigos a su alrededor, pero asintió con la cabeza. Una pesadumbre se abatía sobre su alma. Deseó no haber llegado a ese punto, en que una decisión suya podía tener consecuencias terribles para la vida de muchas personas. No se había presentado a las elecciones para eso.

¿O sí?

—Señor ministro, ordene al caza que se prepare para despegar, que cargue toda la munición de que disponga, incluida artillería pesada, y que espere mi orden. —Se le quebró la voz. La última frase que dijo fue más para sí que para su interlocutor—. Y que Dios nos coja confesados.

50

09.50 horas

Metido en aquella tubería de aire acondicionado, Ariosto se moría de frío. Las sucesivas conexiones de aquel estrecho espacio por el que reptaba con cada una de las máquinas instaladas en la cubierta exterior arrojaban el aire frío sobre su espalda y amenazaban con provocarle una hipotermia.

Avanzó por la superficie metálica con dificultad, atisbando por las rejillas para reconocer el lugar del barco donde se encontraba en cada momento. Pasó por encima del bar del gran salón central. Después, toda la longitud del gran salón, que era inacabable. Posteriormente, cruzó el techo de la tienda de regalos y llegó a un habitáculo que no conocía y donde terminaba el rectángulo de aluminio por el que se deslizaba. A partir de allí, el aire acondicionado seguía circulando por dos estrechos huecos de ventilación, uno a cada lado, que rodeaban lo que imaginaba que tenía que ser el puente de mando, antes de llegar al salón de proa.

«Fin de trayecto», se dijo.

Examinó la última rejilla y comprobó, aliviado, que podía levantarla a pulso. No estaba atornillada. La sacó de su encaje y la apartó a un lado. Miró hacia abajo. Un pequeño saloncito con varios sillones adosados a la pared (un área de descanso para la tripulación) le esperaba a un par de metros por debajo. No había nadie. Pasó el torso por encima del agujero rectangular, dejó caer las piernas por el espacio y luego la cintura. Se deslizó por la abertura hasta quedar colgado de las manos y, finalmente, se soltó.

El salto no era muy grande. Cayó bien, con las rodillas flexionadas. Aun así, sus articulaciones volvieron a recordarle que la edad pasaba factura.

Libre de la corriente gélida del tubo, comenzó a entrar en calor frotándose los brazos y el pecho. Al cabo de un minuto, se encontraba mejor. Examinó aquella sala. Tres largos sofás ocupaban las paredes. Delante había una neverita con un juego de desayuno en la parte superior; un pequeño lavabo, a la izquierda, completaba aquel espacio. Sobre la nevera, vio un hervidor eléctrico con agua. Seguía caliente. Alguien había estado allí no hacía mucho. Al lado, una cestita con bolsitas de café instantáneo, té y sobres de azúcar. Echó un vistazo y aprobó que el té fuera un Twinings of London, Four red fruits, una especialidad interesante que se podía encontrar en los supermercados. En otras circunstancias, se hubiera tomado una taza.

Sacó su móvil y comprobó que todavía estaba fuera de cobertura. Pensó qué hacer. Lo primero era informar correctamente de lo que estaba ocurriendo en el barco. Se sentó y comenzó a teclear un extenso SMS (nada de Whatsapp, pues no tenía un *smartphone*, porque se resistía a usar uno de aquellos artilugios), que dirigiría a una lista de destinatarios que encabezaban Galán y Sandra, pero que incluía también los números del alcalde, del presidente del Cabildo, del comandante naval, de un par de generales que conocía, del jefe de la Policía Local y de otras autoridades que tenía en la memoria del móvil, incluido el obispo, por si acaso. Pulsó el botón de enviar, aunque tendría que esperar a tener cobertura.

En un momento dado, notó que el barco cambiaba de rumbo. Lo estaban desviando. Eso llamaría la atención desde tierra. Quizá fuera un punto de inflexión en ese secuestro.

Sin embargo, necesitaba saber qué se proponían los secuestradores. Y allí encerrado no iba a averiguar nada. Contaba con el factor sorpresa, pues los terroristas no sabían que estaba allí. Pero con muy poco más.

Buscó algún arma, pero no encontró nada más contundente que una botella de cava que vio en la nevera. La cogió por el cuello y la blandió como una porra. Podría valer en caso necesario.

Despacio, abrió unos centímetros la puerta que daba acceso

a la segunda zona de butacas del barco. A través de la rendija comprobó que no había nadie en aquella zona del barco. Apenas a un par de metros, estaba la puerta de acceso a la escalera que subía al puente de mando.

«Ojalá estuviera abierta», deseó.

Abrió un poco más la hoja y se asomó al pasillo. Miró hacia atrás. El barco estaba desierto hasta llegar a la popa, al salón de Platinum Class, donde estaban retenidos los pasajeros. No había ningún secuestrador a la vista. Volvió la cabeza hacia la proa. La puerta del puente estaba entornada. Un extintor rojo, tumbado, impedía que se cerrase por sí sola.

Ariosto dudó. Podría aventurarse por la escalera y tratar de hacerse con los controles del barco. No estaba seguro de si sería capaz de accionar algún mando que detuviera el catamarán, pero era algo que solo sabría cuando se enfrentara al problema.

Buscó algo con lo que evitar que se cerrase la puerta del saloncito de descanso, un cojín, y lo colocó en el suelo, en el quicio. Salió lentamente procurando que la hoja de metal no hiciera ruido y se plantó en el pasillo.

Con la botella en la mano, se acercó a la puerta de acceso a la sala de los controles. Se asomó al umbral. Nadie. Tampoco oyó nada raro. El fragor de los motores del barco era más fuerte que antes. El barco parecía avanzar más rápido. Entró una pierna en el espacio donde nacía la escalera que subía al puente cuando oyó, arriba, una voz que hablaba en un idioma que desconocía. Parecía estar dando órdenes.

Cogió aire. Tendría que enfrentarse a un enemigo. Actuar con rapidez sería su mejor baza. Se disponía a subir silenciosamente los escalones cuando otra voz sonó a su espalda, como respondiendo.

¡Maldita sea! Corría el riesgo de quedar atrapado entre dos de los terroristas. Retrocedió dos pasos y volvió al pasillo. A lo lejos, a la altura de la cafetería del salón central, vio venir a un secuestrador. Como caminaba mirando al suelo, no lo vio. De nuevo, se metió rápidamente en la sala de descanso.

La puerta de acceso al puente se fue cerrando y chocó con el extintor. El ruido hizo levantar la vista al checheno, que ya estaba lo bastante cerca como para ver la sombra de un hom-

221

bre desapareciendo. A continuación, vio otra puerta que se cerraba.

Ariosto cerró tras de sí y suspiró, aliviado.

Sin embargo, un grito en checheno le cortó la respiración.

Lo habían descubierto.

Ya no había factor sorpresa.

51

09.50 horas

El alcalde Melián miró su reloj y comprobó que marcaba la hora prevista para terminar la visita al superpetrolero.

—Hora de recoger velas —se dijo, sonriendo ante su ocurrencia marítima. Porque era marítima, ¿no? La duda le asaltó.

Buscó con la mirada a su jefe de prensa, uno de esos tipos que lo agobiaban continuamente con la agenda, y lo descubrió atiborrándose a caviar. Por lo menos su punto flaco —o, mejor dicho, grueso— saltaba a la vista, no como en el caso de otros miembros de su cohorte, que nunca se sabía por dónde iban a salir. Por eso no le daba la espalda a ninguno. En el pasado, le había ido bien así. Así que ahora no iba a cambiar.

El jefe de prensa se percató de la actitud de su jefe y dejó de trasegar al instante, aunque se le quedaron dos granos oscuros en la comisura de la boca, detalle que no mejoró su aspecto. Al menos hasta que una señal repetida e insistente de un compañero le hizo caer en la cuenta, y los restos de caviar pasaron del rostro a la manga de la camisa mientras se acercaba a su superior.

—Es la hora, ¿no? —preguntó el alcalde.

—Efectivamente, señor, voy a avisar al capitán de su partida.

Melián asintió, satisfecho de que aquel perillán se pusiera a trabajar. El móvil volvió a cobrar vida en su bolsillo. Lo sacó y comprobó que era Arabia de nuevo.

—Dime que la crisis del secuestro ha pasado, que todo era una falsa alarma —dijo al descolgar.

—Servando —respondió la teniente de alcalde—, si te dijera siempre lo que quieres oír, no estaría trabajando contigo. Eso lo hacen otros políticos.

—Siempre me has gustado, Arabia.

—Cállate, que seguro que alguien nos está grabando. Escucha: el presunto secuestro cada vez es menos presunto. El barco ha cambiado de dirección y ha aumentado la velocidad.

—Eso no es bueno, ¿no? —La voz del alcalde comenzó a sonar preocupada.

—Pues no. Y menos si te digo que el catamarán va a toda velocidad contra el barco en el que estás ahora de cachondeo. Así que quiero que salgas de ahí a toda leche.

Melián necesitó unos segundos para asimilar la mala nueva.

—¿No ha habido contacto con los secuestradores? —preguntó, confuso.

—Ninguno. Cero. Así que esto me huele peor que lo de las Torres Gemelas, aunque sea aquí, en Tenerife.

—¿Crees que alguien se atrevería...?

—Joder, Servando, que dos y dos son cuatro. —Arabia Mederos jamás había tenido pelos en la lengua—. Nunca se le ha ocurrido a nadie secuestrar el ferry de Agaete y lo hacen justo el día en que está en Tenerife el petrolero más grande del mundo. Y el alcalde en él.

—No creo que la oposición llegue a tanto —dijo, desorientado.

—¿La oposición? ¿Esos ineptos? Me da igual quién sea. Si tú no estás, me quedo sin trabajo, así que vas saliendo de ese barco ya.

Melián se sentía petrificado. Le costaba reaccionar ante las noticias que le daba su teniente de alcalde.

—Déjame pensarlo —dijo, sin fuelle.

—¿Cómo que déjame pensarlo? —estalló Arabia—. ¡Te subes al primer helicóptero! ¿Me oyes?

—Luego te llamo —contestó Melián, y cortó la comunicación.

Nunca en su vida se había enfrentado a una crisis en la que su propia vida pudiera estar en peligro. Aquello era nuevo. Y notaba cómo la adrenalina comenzaba a regar su organismo, sacándolo de su estupefacción inicial. Le gustaba. Nunca se había planteado la alcaldía como una profesión de riesgo (de acuerdo, los infartos eran previsibles, pero no que te embistiera un ferry interinsular), pero ahora lo veía con otro prisma. El riesgo parecía estar dándole una nueva vitalidad. Un aire de aventura a su cargo.

—Me quedo —dijo en voz alta.

La única que le escuchó fue Sandra, que, casualmente o no, estaba a menos de dos metros.

—¿Decía? —preguntó la periodista, buscando en la exclamación un pie de conversación.

Melián se percató de la presencia de la periodista y volvió a la realidad que le rodeaba, envarándose un tanto.

—Nada, señorita. Sin comentarios sobre el hecho de que el ferry se dirija hacia nosotros a toda velocidad.

Sandra vaciló, pero supo disimular la sorpresa que las palabras del alcalde le habían producido.

—¿Y no piensa hacer nada?

—Claro que pienso hacer algo: iniciar la evacuación inmediata de todos los visitantes. Y, de paso, encomendarme al Altísimo. ¿Le parece poco?

52

09.50 horas

Olegario sintió que los brazos comenzaban a agarrotársele en aquella posición, aferrado con ambas manos a uno de los ganchos que se repartían en paralelo a lo largo de la popa, por debajo de la cubierta del garaje. El viento y el agua en suspensión también ponían mucho de su parte para que aquella postura fuera insoportable.

Levantó la vista buscando el gancho más próximo. Daba igual ir a un lado que a otro, estaban a la misma distancia. Debía desasir una mano y alcanzar con ella el borde del gancho siguiente, a unos ochenta centímetros, para poder desplazarse. No podía quedarse donde estaba. Optó por el de la izquierda, de forma que con el brazo derecho, más fuerte, aguantara su peso mientras el otro buscaba el gancho. Soltó la mano y con un movimiento de balanceo se echó atrás y luego hacia delante. Logró asirse con la izquierda. Le había resultado más fácil de lo que pensaba. La mano derecha se reunió rápidamente con la otra. Levantó la mirada y contó los ganchos que le quedaban hasta llegar a la esquina de la popa, donde estaba una de las escaleras laterales del barco, el objetivo final. Faltaban cinco. Se animó, podría con ellos.

Mientras repetía la operación, Olegario se preguntó qué función tendrían aquellos ganchos justo debajo de la entrada del garaje. Cuando había salvado el tercer asidero, le vino la luz. No eran ganchos, sino bisagras cortadas por su mitad superior. El barco, en su diseño original, poseía unos portalones metálicos en la popa que habían sido retirados para aligerar su peso. Las bisagras cortadas, de gran tamaño, eran el mudo testigo de que allí alguna vez hubo una puerta que podía hacer de rampa al caer sobre el muelle.

Bendiciendo a la familia de la persona a la que se le había ocurrido cortar de aquella manera la sujeción de las puertas de popa llegó al último gancho. Se sentía cercano a la extenuación y era consciente de ello. Debía salir de allí lo más pronto posible. Un último esfuerzo, pensó. Tomó impulso y saltó, soltando esta vez ambas manos, hacia el final de la escalera lateral izquierda del catamarán, justo encima de las rugientes hélices. El salto le salió un poco corto, pero pudo agarrarse a la barandilla de la plataforma inferior, aunque los pies se le hundieron en el agua. La conciencia de que las turbinas trabajaban allí a toda velocidad hizo que con un golpe de riñones los sacara del agua inmediatamente, aferrándose con un pie a una de las varillas que conformaban la estructura del pasamanos.

Olegario se izó a pulso sobre la barandilla, pasó la cintura por encima y se dejó caer sobre el suelo de la plataforma, al lado del hueco por donde pasaban los cabos de amarre. Las salpicaduras de las turbinas le mojaban el cuerpo, pero, agotado, no le importó nada. Se quedó allí tendido más de un minuto, liberando la tensión muscular y nerviosa que le había provocado el peligroso paseo por las bisagras. Sonrió mentalmente, todavía era capaz de hacer cosas así, a pesar de los años.

Cuando recuperó las fuerzas, el chófer se levantó e inspeccionó aquella zona del barco. Estaba en la parte inferior del *Nivaria Ultrarapide*, a ras del agua, fuera de la vista de cualquiera que pudiera estar vigilando desde arriba. Allí no había ninguna abertura para entrar en el barco. Subió un tramo de escalera, alejándose en lo posible de la parte exterior, tratando de ocultarse. Llegó a un primer rellano. El acceso al garaje estaba cerrado por dentro, pero a un lado quedaba la puerta que daba a la sala de máquinas, entornada. Se acercó despacio y se asomó al interior. Cuando sus ojos se acostumbraron al cambio de luz, comprobó que, desde un pequeño espacio con el suelo pintado con líneas amarillas, se accedía, por una escalera de mano adosada a la pared de cuatro escalones, a través de un hueco alto y estrecho, a la sala de máquinas de la quilla de babor.

Echó un vistazo a la abertura y no vio a nadie. El ruido era atronador. Una serie de motores en paralelo que trabajaban a un ritmo altísimo producían un estruendo y un calor difíciles de soportar. Recorrió la angosta pasarela de rejilla metálica que conformaba el suelo, dejando los motores a su derecha. Llegó a una puerta. La abrió con cuidado y asomó la nariz. Un habitáculo de tres metros de diámetro destinado a taller de reparaciones le esperaba al otro lado. No había nadie. Pasó a su interior y cerró la puerta tras de sí. El estrépito de los motores quedó amortiguado de forma inmediata.

Tenía una vaga idea de dónde se encontraba. Había avanzado a lo largo del barco unas cuantas decenas de metros. Casi la mitad de su longitud, calculó. La puerta que tenía delante debía de salir a la cubierta del pasaje o muy cerca. La abrió y atisbó por detrás. El rellano intermedio de la escalera que unía el garaje con la cubierta de los salones aparecía vacío. Salió del taller procurando que la puerta no se cerrara a su espalda, dejando una pequeña silla como obstáculo y comenzó a subir los escalones lentamente.

La escalera desembocaba en el gran salón, a la altura de la cafetería. Olegario apenas sacó la cabeza para comprobar que la cubierta estaba desierta.

Aquello solo podía ser un secuestro.

¿Cuántos serían? Se acordó de aquellos cuatro tipos con cara de pocos amigos sentados frente a la puerta de la cabina de mando del barco (no podía ser una casualidad). Así pues, eran, por lo menos, cuatro, más los dos del garaje. Pero tal vez hubiera alguno más. Era imposible saberlo con seguridad.

Miró hacia atrás y comprobó que había movimiento en la Platinum Class. La puerta traslúcida dejaba entrever las siluetas de muchas personas tras ella. Supuso que habrían agrupado a los pasajeros allí.

Sintió, más que vio, la figura de un hombre caminando por el pasillo de estribor, en dirección a la proa. Dio gracias a la Providencia. Si hubiera caminado por el otro pasillo, lo habría descubierto. Agachado en los últimos escalones, lo siguió con la mirada. Reconoció su rostro al pasar, era uno de aquellos tipos de los que había sospechado. Portaba una pistola similar a la de los tipos del garaje. El secuestrador avanzaba solo. Olegario se planteó atacarlo, era una buena posibilidad de tratar de

229

hacerse con un arma. Le irritaba profundamente estar en inferioridad de condiciones.

Subió el resto de la escalera con presteza y comenzó a caminar en la misma dirección que el tipo armado, por el pasillo paralelo, unos diez metros por detrás. De pronto, el secuestrador vio algo al frente que le llamó la atención, comenzó a caminar más deprisa y gritó. Desapareció de su vista detrás de la tienda de regalos. Si no se equivocaba, allí estaba la puerta de acceso al puente de mando.

Olegario se planteó desistir de su plan. En cualquier momento, podría aparecer por allí alguno de los malos. Pero cuando escuchó que aquel tipo golpeaba una puerta, intuyó que aquella era su oportunidad. Aquel tipo estaba concentrado en otra cosa. Si actuaba con rapidez, le pillaría por sorpresa.

Cruzó corriendo por delante de las cristaleras de la tienda y salió al otro pasillo. El hombre aporreaba la puerta anterior a la del puente de mando. No le vio llegar. En décimas de segundo, Olegario se plantó junto a él. Cogió con la mano izquierda la pistola del secuestrador, al tiempo que con la derecha le lanzaba un *crochet* al oído. El golpe desorientó a su oponente. La mano con la que sujetaba la pistola se aflojó algo. Antes de que pudiera recuperarse, Olegario le asestó un *jab* directo a la nariz. Lo remató con un gancho al mentón. El secuestrador se desplomó hacia atrás, completamente fuera de combate.

Olegario, sacudiendo su mano derecha en el aire, se agachó y comprobó que aquel tipo estaba inconsciente. Cogió rápidamente la pistola y sintió que la puerta a la que se había encarado el terrorista unos segundos antes se abría a su espalda. Se volvió con rapidez, esperando un ataque.

—¡Sebastián! ¡Esto sí que es una agradable sorpresa!

Ariosto estaba en el umbral de la puerta de un habitáculo pequeño, blandiendo una botella de cava por el cuello, como una cachiporra. Pudo ver la alegría en su rostro.

Olegario se fijó en el arma improvisada de su jefe. No pudo evitar el comentario:

—Señor, ¿ya no se lleva el champán francés?

53

09.53 horas

Una voz procedente del puente de mando les recordó a Ariosto y a Olegario que continuaban en peligro.

—Metámoslo dentro —dijo Ariosto, señalando el cuerpo inconsciente del terrorista.

Olegario se metió la pistola en el cinturón, cogió al secuestrador por las axilas y lo arrastró dentro de la salita de descanso. Ariosto entró tras él y cerró la puerta inmediatamente después.

Sintieron que la voz se acercaba, preguntando algo en un idioma extraño. El chófer y su jefe guardaron silencio, casi conteniendo la respiración, mientras escuchaban al otro lado de la puerta los pasos de uno de los secuestradores merodeando en el lugar que acababan de abandonar. Aquel hombre avanzó hacia la popa y volvió. Se detuvo y, al final, subió por las escaleras al puente de mando.

Ariosto suspiró medio segundo antes que Olegario. El chófer no se entretuvo, rebuscó en los armaritos de la sala y con lo que encontró (bolsas de plástico que entrelazó) comenzó a atar y amordazar al secuestrador.

—¿Qué es lo que ha pasado? —preguntó, casi susurrando.

—Es un grupo de chechenos —respondió Ariosto, en el mismo tono de voz—. Han reducido a la tripulación y al pasaje; los tienen retenidos en la Platinum Class. No tengo muy claro qué es lo que se proponen, pero han desviado el rumbo del barco y han aumentado la velocidad.

—¿Y cómo es que usted no está acompañando al resto de los pasajeros?

—Es largo de contar. Digamos que decidí ausentarme de la fiesta cuando el ambiente declinaba.

—Me lo puedo imaginar —repuso el chófer—. A mí también me desagradó el último baile, y casi me caigo al agua por ello. Me tocaba bailar con unos tipos muy feos. Tendrá que disculpar mi apariencia.

El traje del chófer estaba húmedo y arrugado, algo que contrastaba con su acostumbrada impoluta imagen pública.

Ariosto se detuvo un segundo a examinar a su chófer de arriba abajo.

—Casi diría que, efectivamente, cayó al agua y volvió a salir.

—No anda muy desencaminado, señor.

Olegario terminó la labor de reducción del secuestrador. Se sacudió las manos e intentó colocarse la chaqueta correctamente.

—Tengo malas noticias —dijo—. En el garaje hay un par de secuestradores más. Son los conductores de dos camiones enormes que transportan un mineral altamente explosivo. Están intentando fabricar dos bombas de una potencia gigantesca.

Ariosto sopesó aquella información.

—Esto es más serio de lo que parecía inicialmente. Y no parece un secuestro normal. Los secuestradores destrozaron las radios del barco, por lo que no tiene pinta de que quieran negociar. Pero ¿cuál es el objetivo? ¿Utilizar a los pasajeros como moneda de cambio? Son chechenos, ¿tendrán alguna demanda política? ¿O solo pretenden llamar la atención de la opinión mundial?

Olegario dejó terminar a su jefe. Él también llevaba un rato cavilando.

—Tal vez no sea nada de eso. Este fin de semana, si se acuerda, se producía algo fuera de lo común.

—Bueno, la ópera de anoche en el auditorio de Las Palmas. Sublime. Pero no creo que justifique el secuestro.

—Otra cosa: llegaba al puerto de Santa Cruz un barco muy grande.

—Ah, sí, es verdad —dijo Ariosto—. Lo leí en la prensa. El mayor petrolero del mundo. Uno ruso, si no me equivoco.

Olegario enarcó ambas cejas y ladeó la cabeza, intentando transmitir sus pensamientos. Ariosto lo captó.

—Los rusos no se llevan muy bien con los chechenos, ¿eso es lo que me quiere decir, Sebastián?

—Es solo una posibilidad, señor.

Ariosto asintió.

—No creo que sea solo una posibilidad. Me temo que es lo que está pasando. El objetivo de los secuestradores es el petrolero ruso.

—Van a hacer estallar el explosivo cuando este barco llegue junto a él —añadió el chófer.

—Con todos nosotros dentro —concluyó—. Una situación de lo más delicada, sin duda.

—Sin duda. Tendremos que hacer algo al respecto, si le parece bien.

—Por supuesto. Pero antes déjeme unos segundos para añadir estos datos nuevos en los mensajes que estoy tratando de enviar al exterior. Aprovechémonos de la técnica.

Ariosto comenzó a teclear. Olegario estudió la pistola que le había quitado al secuestrador. Comprobó el seguro, el percutor y las balas que quedaban en el cargador.

—Si me permite, señor —dijo el chófer—. Sugiero que, dado que ya tenemos un arma, intentemos subir al puente de mando y hacernos con el barco. Nuestra tarea principal ha de ser desviarlo de su trayectoria.

—Estoy completamente de acuerdo con usted, amigo mío. Pero, antes, tomémonos un minuto para hacer algo esencial.

Ariosto se acercó a la neverita y tocó el hervidor eléctrico. Aún estaba caliente. El chófer lo siguió con la vista.

—Ya que se brinda, el mío sin azúcar, como siempre, por favor —dijo Olegario.

233

09.53 horas

Los cómodos asientos de la Platinum Class no relajaban en lo más mínimo a sus tensos ocupantes, vigilados de cerca por dos de los secuestradores, que no permitían que nadie hablase ni se moviera. La única concesión fue permitir que el primer oficial, Dorta, pudiera permanecer sentado en el suelo, vigilando a los dos heridos. El estado del mar, llano hasta ese momento, comenzó a rizarse un poco. El catamarán lo notó con lentos balanceos a los lados.

Natalya había logrado sentarse junto a su esposo en la serie de butacas dobles de babor, cerca del mamparo delantero que delimitaba el salón. Esperaba, tensa, atenta.

—Natalya, no me encuentro bien —susurró Arribas.

Ella miró a su marido. Se le veía pálido.

—¿Qué te ocurre? —le preguntó en voz baja.

—Me duele el pecho. Me cuesta respirar.

Alarmada, la mujer recordó un episodio ocurrido apenas un año atrás, cuando Arribas sufrió una crisis cardiaca. Los síntomas eran los mismos.

—Tranquilízate —le dijo, por decir algo, nadie estaba tranquilo en aquel barco—. Quítate la corbata y aflójate el cinturón.

El músico obedeció, pero su aspecto no mejoró. Por momentos parecía aún más pálido.

—¿Dónde tienes las pastillas? —Natalya comenzaba a ponerse nerviosa.

Su marido se llevó la mano al bolsillo de la chaqueta. Ella buscó y encontró un pequeño pastillero plateado. Sacó un comprimido. Ahora había que tragarlo. Arribas comenzaba a perder el conocimiento.

Natalya se levantó.

—Necesito un poco de agua —dijo.

El secuestrador más próximo, el violento, se percató del movimiento de la mujer y se le acercó, apuntándole con la pistola.

—¡Sentar! —Gritó—. ¡Nadie se mueve!

Natalya lo miró acercarse, pero no se arredró.

—Necesito un poco de agua —volvió a decir, esta vez en checheno—. ¿No le darías agua a una compatriota?

El pistolero se detuvo, completamente asombrado. Lo último que esperaba escuchar en aquel barco era a uno de los pasajeros hablando en su lengua natal. Se repuso rápidamente.

—Tú no eres chechena —respondió en ese idioma—. Tu acento no es correcto.

—Viví muchos años allí y llegué a querer esa tierra. —Natalya sintió que el tipo duro se ablandaba un poco—. Solo quiero un poco de agua para mi marido.

—¿Qué ocurre, Ramzan? —El compañero del secuestrador le interpeló desde el otro lado del salón.

Todos los ojos de los pasajeros estaban puestos en ellos.

—Esta mujer necesita un poco de agua, Evgeny. Habla nuestro idioma.

El segundo pistolero se acercó. Al pasar por la barra de la cafetería, cogió un botellín de agua abierto.

—¿Eres chechena? —preguntó—. No lo pareces.

—Tú tampoco —contestó Natalya, señalando su cabello rubio—. ¿Me das el agua, por favor?

Kirilenko le entregó la botella de plástico.

—Eres rusa, ¿verdad? —preguntó, esta vez en ruso.

Natalya no respondió. Sabía que si contestaba en ese idioma perdería la poca estimación que había logrado de aquellos hombres. Se dedicó a intentar que su esposo tragara la pastilla, lo que consiguió al segundo intento.

—Gracias —dijo en checheno, sentándose en su butaca—. No les molestaré más.

Kirilenko se rascó la cabeza. No habían previsto aquella situación. Alguien del pasaje entendía lo que decían, y que los pasajeros desconocieran su idioma era un arma a su favor. Había estado hablando con sus compañeros con toda libertad. Aquella mujer les había entendido, tanto cuando estaban en el puente de mando como en aquel salón. Era muy posible que estuviera al tanto de sus planes. Necesitaba que todos los secuestrados permanecieran sentados en sus asientos hasta el último instante. Y ella podía alertarlos en cualquier momento.

—Levántate —le ordenó, esta vez en checheno—. Te vienes conmigo.

—Deje que me quede, por favor. Mi esposo me necesita.

—Tu esposo está bien. —Kirilenko acercó el cañón de la pistola a apenas unos centímetros del rostro de la mujer—. ¡Vamos!

Natalya dudó un segundo. Arribas parecía dormido, cosa que la tranquilizó. Si se enfrentaba a aquellos locos, no conseguiría nada. Decidió que era mejor seguir sus indicaciones. Se levantó y salió del salón de Platinum Class, como le indicó el secuestrador.

—¿Adónde vamos? —preguntó.

—Volvemos arriba, a los controles. Quiero que charles un rato con mi amigo Ibrahim —dijo el checheno. Y añadió en ruso—. Y te aviso de que a él no le gustan nada las rusas.

Natalya volvió a ignorar la última frase. Al pasar junto a la bolsa donde estaban los móviles de los pasajeros, se dio cuenta de que algunos de ellos comenzaban a emitir sonidos de aviso. La rusa adivinó qué ocurría.

Volvían a tener cobertura. El barco acababa de entrar en el radio de acción de la señal del repetidor de tierra en Tenerife.

Aunque no sabía si eso les iba a servir de algo.

237

55

09.57 horas

*L*a última llamada que el responsable provincial del 112 Gabriel Cruz esperaba recibir a aquella hora de la mañana, y con la crisis que tenía entre manos, era la del obispo, don Néstor. Se lo pensó dos veces antes de contestar. No era un buen momento para que le hicieran perder el tiempo, pero las buenas relaciones de su familia con el cura de Tijarafe, en La Palma, y hoy obispo de la diócesis tinerfeña, le hicieron contestar.

—Buenos días, don Néstor. Me ha pillado un poco ocupado.

—¡Gabriel! —La voz del prelado sonaba alarmada—. Acabo de recibir un mensaje de un buen amigo mío que dice que está en el barco de Agaete y que lo han secuestrado unos chechenos.

Cruz se puso en alerta. Eso era nuevo.

—¿Ha dicho chechenos?

—Como lo oyes. También dice que los secuestradores son seis. Que cuatro están reteniendo a los pasajeros en la cubierta principal y que los otros dos están en el garaje. Añade que el capitán está herido y que la tripulación no maneja el barco.

El responsable del 112 comenzó a tomar notas frenéticamente. El obispo, al otro lado del teléfono, lo notó.

—No hace falta que lo escribas —indicó el obispo—. Te he reenviado los mensajes a tu móvil. Pedrito, el monaguillo de la catedral, me enseñó cómo hacerlo el otro día. Ya sabes que soy un desastre para la electrónica.

Cruz miró su teléfono. Varios iconos en el extremo superior de la pantalla anunciaban que le estaban entrando diversos mensajes al mismo tiempo.

—Muchas gracias, don Néstor, los voy a leer ahora mismo.

—Me imagino que vas a estar ocupado, así que corto. Llámame si me necesitas.

Cruz se despidió y colgó. Cuando iba a leer los mensajes, recibió una llamada. La rechazó sin mirar quién era. Lo primero era lo primero. El obispo le había reenviado dos mensajes. El primero anunciaba el secuestro del barco y la nacionalidad de los terroristas. El segundo era mucho más rico en detalles. Seis terroristas armados con pistolas de fabricación algo rudimentaria, y que conocían perfectamente el barco y cómo tripularlo, se habían hecho con el *Nivaria Ultrarapide*. Pero lo peor estaba en la última frase. Estaban preparando una bomba con varias toneladas de algún tipo de mineral y gasoil.

Mineral y gasoil, se repitió.

Solo podía ser ANFO, nitrato de amonio mezclado con fuel. Se acordó de cómo quedó el edificio federal de Oklahoma City en el 95. Doscientos muertos y setecientos heridos con el contenido de una simple furgoneta. Ahora se trataba de dos camiones enormes.

Los cabos se ataron solos. Secuestradores chechenos con una bomba incendiaria de alcance gigantesco. Objetivo: el petrolero ruso. Si estallaba el ANFO de los camiones, el calor que generaría sería suficiente como para incendiar todo el crudo que el *Rossia* portaba en su interior. Y no solo explotaría el *Rossia*. La refinería de Santa Cruz estaba a menos de cien metros. No quería ni pensarlo.

Cruz comunicó al coordinador Cutillas los nuevos datos y se puso en marcha. Le sobrevinieron mil pensamientos. Los miembros del comité de crisis no habían llegado todavía a la sede del 112. ¿A quién llamar primero? ¿Respetaría el protocolo de prioridad en las llamadas? ¿Quién era más importante en aquel momento, los políticos o los representantes de las Fuerzas Armadas? Y no había que olvidar que el alcalde estaba en el petrolero.

Una llamada entrante le sacó de sus cavilaciones.

—Es la torre de Salvamento Marítimo —anunció Cutillas.

—Cruz —dijo al conectarse—. ¿Algo nuevo?

—Aquí Núñez, el *Nivaria Ultrarapide* sigue con el mismo rumbo de colisión y a la misma velocidad. No ha habido cam-

240

bios. Pero hemos detectado un detalle que habíamos pasado por alto.

—Espero que sean buenas noticias.

—Hoy no es su día, señor Cruz. Se trata del *Queen Elizabeth*, que se está aproximando al *Rossia*. Si no cambia su rumbo actual, se interpondrá entre el ferry y el petrolero. O sea, que el catamarán se estrellará contra el trasatlántico.

Cruz dudó. Una idea perversa se hizo un hueco en su mente. ¿Y si el *Queen Elizabeth* hiciera de pantalla para provocar que los terroristas se desviaran? Era muy peligroso. Tal vez sería demasiado pedir.

—¿Pueden ponerse en contacto con el crucero? —preguntó.

—Por supuesto —respondió Núñez desde la torre de Salvamento Marítimo—. Para eso estamos.

—Adviértales de esa circunstancia y pregúnteles si estarían dispuestos a interponerse en el camino del ferry para desviarlo.

Núñez se quedó un par de segundos en silencio, sin saber qué decir.

—Lo haré, coordinador. Pero me temo que la respuesta sea negativa. Ya sabe que para un capitán su pasaje es lo primero.

—Lo entiendo, pero hágalo, por favor.

Cruz colgó y, saliendo de sus dudas sobre quién debería ser el primero en enterarse, se decidió por el ministro de Interior. Había hablado con él apenas diez minutos antes y le había facilitado un número directo. El ministro en persona le contestó.

—Señor ministro, ¿se acuerda de que le dije que esto era como un ejercicio práctico redactado a mala fe, para suspender a todos los alumnos en un examen final de la asignatura de Seguridad Ciudadana?

—Sí, ¿por qué lo dice?

—Porque ahora la situación es peor que hace diez minutos. Muchísimo peor. Y creo que vamos a suspender.

56

09.53 horas

—¿Y dice usted, señor Carpenter, que también sirvió en las Falklands?

El capitán del *Queen Elizabeth*, Howard Packard, no solo no había perdido la paciencia con su pasajero, sino que estaba congeniando con él a marchas forzadas, para sorpresa de Higgins, el sobrecargo.

—Así es, capitán —respondió Robert Carpenter—, artillero de primera en el *HMS Exeter*. Desde el primero al último día.

—Mis dos hermanos mayores también estuvieron allí, infantería de Marina.

—Unos tipos duros, sí, señor. De los mejores. Fue un orgullo para mí combatir a su lado.

Realmente, Carpenter no llegó a combatir, su barco realizó misiones de escolta y no disparó ni un solo proyectil en todo el conflicto de Las Malvinas, pero para el caso era lo mismo.

—Yo no pude ir por la edad —continuó el capitán—. Tenía catorce años por entonces. Y la verdad es que me quedé con las ganas.

—Eran tiempos en que Gran Bretaña se hacía respetar. No como hoy.

El capitán Packard rio con ganas.

—No me tire de la lengua, Carpenter, que estoy de servicio. Me gusta usted, un británico de la vieja escuela. Esta noche, cuando acabemos la cena, quisiera invitarle a echar un traguito de una botella especial de las Highlands, si no tiene inconveniente.

243

—Será un gran honor para mí, capitán. —Carpenter prefirió ignorar la cara que pondría Maggie, abstemia, cuando se enterara.

El capitán se volvió al primer oficial.

—¿Tenemos contestación de las autoridades del puerto respecto al rumbo del catamarán, Jones?

El hombre miró su ordenador antes de contestar.

—Nada, señor. No contestan, como si no estuvieran leyendo los correos.

—Contacte por radio, por favor.

Antes de que el primer oficial obedeciera, el oficial de telecomunicaciones llamó la atención del capitán.

—Señor, estoy interceptando varios mensajes entre las autoridades de la isla. Creo que son importantes.

—Suéltelo, Crane, no tengo todo el día —le urgió el capitán.

—Están hablando de que unos terroristas han secuestrado un barco para estrellarlo contra el petrolero ruso. Hay uno que dice que nos veremos involucrados en el choque.

El capitán Packard necesitó menos de dos segundos para entender los avisos que habían escuchado de las radios de tierra. Eso explicaba la extraña conducta del catamarán. Al final, el bueno de Carpenter tenía razón.

—Primer oficial —ordenó—, cambio de órdenes. Calcule un rumbo de evasión, lo más lejos posible del *Rossia*.

Su subordinado colgó el radioteléfono, confuso.

—¿Cómo dice, señor?

—Lo que ha oído, Jones, y a toda velocidad.

Carpenter aplaudió.

—¡Zafarrancho de combate, marinero!

Packard lo miró de reojo y se replanteó la invitación de la cena.

—Señor Carpenter, estoy seguro de que aportará mucho más con Higgins, organizando al pasaje para lo que pueda ocurrir.

El sobrecargo tomó del brazo al pasajero y se lo llevó fuera de la cabina de mando. Carpenter no se atrevió a protestar.

El capitán se dirigió al técnico de comunicaciones.

—Crane, póngame con el Foreign Office, por favor.

Unos segundos después, una voz desde Londres preguntó qué diablos ocurría. El capitán Packard no necesitó más que unas décimas para replicar:

— Dígales a John Le Carré y a Frederyck Forsyth que sus historias se quedan cortas, comparadas con lo que está a punto de suceder aquí. Y luego me pasa con Downing Street, con el primer ministro.

57

09.55 horas

Sandra estaba marcando al alcalde muy de cerca, como si fuera el mejor defensa de la Liga. Melián se había dado cuenta. Instintivamente, miraba de vez en cuando hacia atrás, por encima del hombro, presintiendo la presencia de la periodista cerca, muy cerca.

Y es que cualquier llamada lo sobresaltaba, no podía disimularlo. Estaba de los nervios.

El capitán Kovaliov se rio con ganas cuando el alcalde le comentó la posibilidad, solo la posibilidad, de que hubieran secuestrado un barco rápido y que este se dirigiera a toda velocidad contra el *Rossia*.

—Es lo bueno de los españoles —dijo, afable—. Tienen un sentido del humor muy parecido al ruso. Por eso los quiero tanto.

A Melián, tan comprensivo siempre, aquella frase le tocó las narices. Se tuvo que poner serio.

El alcalde se puso francamente pesado hasta que Kovaliov habló con los hombres que estaban de guardia en el puente. Cuando estos le ratificaron la amenaza, las risas terminaron, a pesar del champán y de algún que otro chupito de vodka que había caído mientras tanto.

—Dimitri —ordenó a su segundo—. Ordene la evacuación inmediata de los invitados del *Rossia*. Y prepárese para moverse. Hay que lograr que nuestro barco se ponga en movimiento en tiempo récord, lo antes posible.

—¿Y la descarga simbólica? —preguntó el interpelado.

Kovaliov volvió a ser tan diplomático como siempre.

—¿Sabe usted por dónde se puede meter la descarga simbólica?

No esperó respuesta.

El alcalde observó al ruso dando órdenes a diestro y siniestro.

—¿Podrá ponerlo en marcha?

Kovaliov miró al alcalde.

—Si lo que me ha contado es cierto, el catamarán nos alcanzará antes de habernos movido un centímetro. No tenemos la más mínima posibilidad. Pero si lo que pretenden los secuestradores es solo acercarse para extorsionarnos con la bomba, podremos alejarnos de la refinería.

—Eso es importante, ¿verdad?

—Mucho. A pesar de que haría falta una gran bomba para quemar el crudo que llevamos en las bodegas, si eso se produjera ya puede estar despidiéndose de su refinería. Y de paso de media ciudad. Ustedes los españoles están locos, ¿cómo se les ocurre tener una fábrica de gasolina en medio de una capital?

Melián sintió un escalofrío. Explicarle que la refinería llevaba ochenta y cinco años afincada donde estaba, cuando la ciudad ni se veía a lo lejos, no resultaría sencillo. Pero era cierto. Tarde o temprano habría que sacarla de Santa Cruz. En aquellos momentos, rogaba porque fuera más tarde que demasiado pronto. Al menos que pudiera tener la ocasión de planteárselo más allá de los siguientes quince minutos.

Y no hacía falta que nadie le recordara una de sus peores pesadillas. En un entorno de apenas un kilómetro de la refinería, había varios servicios públicos esenciales. Y, además, allí vivía mucha gente. Menudo panorama.

Kovaliov se acercó a Melián. Sin previo aviso, volvió a darle un abrazo de oso, incluso más fuerte que el anterior.

—Mucha suerte, alcalde. Debo ir al puente. Hágame el favor de evacuar el barco, solo le pido eso.

Melián, que había estado dispuesto hasta un segundo antes a replicarle que él también se hundiría con el *Rossia*, se dio cuenta de que cada uno tenía su propia responsabilidad. Su deber estaba con sus ciudadanos. Pero saldría el último del barco, si es que le daba tiempo.

—Saldremos de esta, capitán —replicó, con falsa seguridad—. Y brindaremos con ese vodka que tiene escondido en su camarote.

Kovaliov sonrió.

—Le regalaré la botella, amigo mío.

El capitán dio media vuelta y caminó veloz hacia la salida del salón de reuniones.

Sandra, que no se había perdido detalle, se acercó al alcalde.

—Hay algo nuevo, ¿no es cierto, señor alcalde?

Melián se volvió. Al verla, no se molestó. Se acercó y le puso el brazo por el hombro.

—Las cosas no pintan bien, señorita Clavijo —le dijo, en tono cómplice—. Hay que lograr que todos los invitados abandonen el barco lo más rápido posible. Le ruego encarecidamente su colaboración.

Sandra miró a la cara al alcalde. Aquella petición la había pillado por sorpresa.

—Por supuesto, señor alcalde, cuente con ello. ¿En qué puedo ayudarle?

—Simplemente: suba al primer helicóptero y salga de aquí.

—Hay muchas personas, necesitaremos unos cuantos viajes —replicó la periodista—. ¿Por qué me lo pide justo a mí?

Melián se detuvo, quitó su brazo del hombro de la muchacha, la miró a la cara y, muy serio, le contestó:

—Necesito que alguien pueda contarlo.

09.55 horas

*D*espués de salir del gimnasio, el presidente del Gobierno había subido a su habitación para cambiarse. Un sexto sentido le decía que convenía estar presentable, por si el asunto del secuestro del barco iba a peor.

Estaba abotonándose la camisa cuando su móvil, el especial, volvió a sonar. Adivinó que iba a estar así todo el día.

—¿Diga?

—Señor, tenemos una llamada del presidente de Rusia. —Era una de sus secretarias—. Exige hablar personalmente con usted.

El presidente levantó las cejas tanto como pudo, sorprendido. Qué rapidez. Tenía que comprobar quién filtraba la información con tanta presteza.

—Yo no hablo ruso, y él, que se sepa, no habla otra cosa.

—Me han comentado que habla español, que no habrá problema.

—De acuerdo, pásemelo.

Se estiró un poco, preparándose para lo que podía venir.

—Presidente, mi amigo, encantado de hablar contigo.

Un cerrado acento cubano desarmó al presidente español. ¿En serio aquel era el presidente de la Federación rusa?

—Buenos días —contestó, un tanto incómodo—. El placer es mío. ¿Cómo está?

—Pues nada bien, mi hermano. No estoy nada bien. Me han chivatado que uno de nuestros barcos está en peligro allá en tu tierra, que unos bandidos quieren hacer daño. ¿Lo sabes, no?

El presidente español recordó que cientos de funcionarios rusos, desde ingenieros a espías, pasaron en los tiempos del Telón de Acero largas temporadas en Cuba. De ahí lo del acento. Y con ese deje tan habanero, era normal que nadie supiera que el presidente ruso hablaba español.

—Estoy al tanto —contestó—. He dado orden a las fuerzas de seguridad del Estado de activar todos sus recursos para neutralizar la amenaza.

—¡Qué bonito hablas, mi hermano! Pero ¿qué van a hacer? A mí no me da tiempo de enviarte a alguno de mis soldaditos Spetnatz, por lo que te llamo para que sepas que, si tienes que dar una zumba a esos mariconsones, por mí no dejes de hacerlo.

Debía ponerse al día con algunos giros caribeños, pero lo esencial del mensaje estaba claro. Tenía vía libre para aplicar la mano dura. No esperaba menos de la política del mandatario ruso.

—Agradezco su apoyo, presidente, intentaremos resolver esta crisis de la mejor manera posible.

—Eso espero, mi hermano —concluyó el ruso—. Si ese petrolero no llega, igual no hay gas para Europa, y estamos en octubre. Así que haz más de lo que puedas, por el bien de todos, mi amigo.

—Téngalo por seguro, esto…, mi colega.

El presidente cortó la comunicación después de despedirse. No le había gustado mucho la referencia al gas. Aunque no afectaba a España, sí al resto de la Unión Europea, y bastantes problemas tenía ya para que surgiese un nuevo frente por ahí.

Cuando se estaba anudando la corbata, volvió a sonar el móvil.

—Aquí Franco —dijo el ministro de Interior. El presidente se tensó. Aquella forma de hablar siempre le provocaba un respingo histórico—. El catamarán secuestrado lleva una bomba enorme dentro. Es posible que los terroristas traten de detonarla cerca del petrolero. Y el crucero *Queen Elizabeth* está justo al lado.

—Joder, José Antonio —dijo, prescindiendo del trato formal—, te he dicho que no seas tan directo, que me vas a provocar una úlcera.

—Perdón, señor, pensé que la urgencia del caso requería información clara e inmediata.

—Así es —repuso el presidente—, así es. Pero no salgo de un disgusto para meterme en otro. ¿Qué crees que debemos hacer?

—Esto se pone feo. Creo que es necesario activar todos los recursos civiles y militares de que disponemos.

—Me parece bien. ¿Cuáles serían?

—Tenemos el F18 de la base de Gando, en Gran Canaria, preparado para despegar, igual que el helicóptero del GRS de la Guardia Civil. Y voy a ordenar que el resto de los helicópteros del ejército con base en Los Rodeos hagan lo mismo. Y de paso, los Seahawks de la Marina; aunque lleguen tarde, siempre podrían ser de ayuda. Por poner en el aire, pongo hasta los hidroaviones.

—¿Los hidroaviones? ¿Los que apagan incendios forestales?

—Efectivamente, señor. Por si no lo recuerda, tal vez tengan que apagar algo más que un incendio en el bosque.

El presidente prefirió no pensar en eso. Las consecuencias del incendio del superpetrolero eran imprevisibles; los efectos colaterales en la ciudad, aún más. No quería ni pensar en el número de personas que corrían peligro.

El teléfono fijo de la mesita de noche de su dormitorio sonó en ese momento. Venía directamente del gabinete de secretariado.

—Espera un momento, José Antonio —dijo mientras cogía el otro teléfono.

—Señor —la misma voz de la misma secretaria—, le llama el primer ministro británico. Insiste en hablar personalmente con usted.

Suspiró. Más presión.

—Enseguida —dijo, y volvió al móvil—. José Antonio, dile al caza que despegue ya. Y que no espere a mi orden para disparar. Me temo que no voy a soltar el teléfono en horas. Y una última cosa: que no falle, por Dios.

253

59

09.57 horas

*E*vgeny Kirilenko llevaba a Natalya cogida del antebrazo, firme, pero sin hacerle daño. Cruzaron el salón principal, que aparecía desierto ante sus ojos, en apenas quince segundos. La puerta de acceso al puente de mando estaba cerrada. Pensó que su compañero Basayev estaba siendo demasiado precavido, pero, bueno, nunca está de más.

Golpeó la puerta y llamó al terrorista que controlaba los mandos del barco. Basayev no tardó en bajar a abrirle. Kirilenko entró sin soltar a la mujer.

—¿Qué es esto? —preguntó cuando vio al rubio y a la chelista.

—Esta mujer habla checheno —respondió—. Y ha estado escuchando todo lo que decíamos. Creo que es necesario separarla del grupo.

—¿Hablas checheno? —inquirió, mirando a Natalya—. No pareces chechena. Más bien rusa.

Natalya no respondió.

—Te la voy a dejar aquí —indicó Kirilenko.

El terrorista de la barba miró a su compañero. Eso no estaba dentro de los planes.

—Pues ayúdame a atarla y amordazarla. No quiero distracciones.

Kirilenko asintió, empujó a Natalya escaleras arriba y dejó que la puerta se cerrase sola a su espalda.

Ariosto y Olegario salieron de su escondite en la sala de

descanso de la tripulación con mucho cuidado cuando dejaron de escuchar las voces en checheno. El chófer se asomó al pasillo y comprobó que la puerta del puente, a apenas tres metros, estaba cerrada.

—Maldita sea —musitó—. Esto limita nuestras opciones.

Ariosto se colocó a su lado.

—Pues esperamos a que baje y vuelva a salir uno de ellos, o vamos a por el que está con los pasajeros.

—En el puente hay dos hombres armados —comentó Olegario—, y en la Platinum Class solo uno. No tenemos muchas opciones.

—Solo tenemos una pistola, Sebastián. Entremos cada uno por un lado. Yo primero, para distraer al terrorista, y usted lo reduce por detrás.

Olegario sopesó la situación, odiaba que su jefe se pusiera en peligro, pero apenas tenían tiempo. El plan, aunque fuera poco original, tal vez pudiera funcionar, precisamente porque resultaba descabellado.

256

—De acuerdo, pero no se exponga de un modo innecesario. Y no haga nada que provoque que le dispare.

Ariosto puso la mano en el hombro de Olegario, tratando de tranquilizarle.

—¿Cuándo me he expuesto yo de un modo innecesario? —le preguntó, esbozando una sonrisa.

Olegario no contestó, aunque se le ocurrieron unas cuantas ocasiones.

Avanzaron hacia la popa. Ariosto escogió el pasillo de su izquierda. Olegario, agachado y pistola en mano, el paralelo, al otro lado de las butacas centrales.

Ariosto llegó caminando con resolución a la puerta de cristal que separaba la Platinum Class del resto del barco, la abrió sin pensárselo dos veces y entró en el salón. Se asomó y localizó, ante la mirada asombrada de todos los pasajeros, al terrorista, plantado delante de la barra de la cafetería.

—¿Podría servirme un té, por favor? —le dijo, amablemente.

El checheno salió de su estupor en una décima de segundo.

—¡Manos arriba! —gritó, apuntando con su arma al recién llegado.

—Tranquilo —dijo él, obedeciendo—. Hay que ver lo mal que está el servicio en este barco.

—¡Callar y sentar con los otros! —gruñó, acercándose a Ariosto.

—Menos mal, algo amable —respondió en voz más baja.

Olegario entró con sigilo por la otra puerta del salón. Avanzó unos pasos y dudó. Lo más fácil era pegarle un tiro por la espalda al secuestrador y acabar con aquello rápidamente, pero no era su estilo. Además, Ariosto estaba justo detrás, en la línea de fuego. Se acercó sin que el checheno, pendiente de Ariosto, se percatara de su presencia. Y así fue hasta que sintió el cañón del arma de Olegario presionando su nuca.

—Suelta la pistola —le dijo el chófer con voz firme y tranquila.

El checheno abrió los ojos de asombro. Levantó los brazos separados y giró un poco la cabeza, lo suficiente para ver de reojo que sobre su piel tenía una de sus pistolas.

—Suelta la pistola —repitió Olegario.

El secuestrador comenzó a agacharse para dejar el arma en el suelo ante la mirada atenta de Olegario, que no perdía detalle de la mano que empuñaba la pistola. Pero no de la otra. En el mismo momento en que soltaba la pistola en el suelo y notó que quien le apuntaba se relajaba, con un giro rápido de la mano izquierda apartó el brazo armado del chófer al tiempo que se volvía y le lanzaba un directo al rostro. Olegario apenas vio venir el puñetazo, pero los reflejos de muchos años en el ring hicieron que girara la cabeza para esquivar el golpe directo. Le dio solo de refilón, sin hacerle mucho daño. El chófer tenía el brazo de la pistola aferrado por la mano izquierda de su oponente. Se giró sobre su espalda y lanzó un codazo alto con el brazo izquierdo: impactó en el tabique nasal del checheno.

Cualquier otra persona hubiera caído fuera de combate, pero el checheno era tan fuerte y rocoso como Olegario, y de un peso superior. Comenzó a sangrar por la nariz. Se repuso en un instante y trató de volver a golpear a Olegario con un *crochet* mal lanzado. El chófer notó de inmediato la falta de técnica del terrorista, volvió a esquivar el golpe girando el cuerpo, y replicó con un gancho directo al mentón. El golpe hizo tras-

257

tabillar al checheno que, a pesar de estar tocado, no soltó el brazo de Olegario.

No hubo tiempo a más reacción. Baute, Dorta y el maquinista se habían levantado y se lanzaron contra el secuestrador y lo arrojaron al suelo, llevándose por delante a Olegario. Ariosto se acercó y recogió rápidamente la pistola del checheno del suelo.

La pelea que siguió entre los cuatro hombres y el secuestrador se alejó totalmente de las reglas del marqués de Queensbury. El checheno era perro viejo en la lucha cuerpo a cuerpo y se defendía con uñas y dientes. El revoltijo de cuerpos no permitía a Olegario aplicar buenos golpes a su contrincante, y no se atrevía a emplear la pistola. Se separó del grupo y, mientras los demás seguían luchando, buscó a su alrededor. Dio dos pasos, descolgó un pesado extintor de su base y volvió a la refriega. Esperó al momento apropiado, levantó la bombona y golpeó con ella la cabeza del checheno, que por fin dejó de resistirse.

Un suspiro de alivio recorrió todo el salón. Más de un pasajero había contenido la respiración.

Olegario y sus compañeros de pelea comprobaron que el secuestrador estaba inconsciente. El chófer miró el extintor y observó que estaba abollado.

—No se preocupe, Sebastián —dijo Ariosto—. Si la naviera reclama daños, yo me hago cargo.

60

09.57 horas

—*Y*a estamos preparados. —La voz del capitán Castillo, el jefe de la unidad del GRS, la fuerza de respuesta rápida anti-todo de la Guardia Civil en la isla, se oyó por los auriculares de Gabriel Cruz, el responsable provincial del 112, y de Nemesio Cutillas, el coordinador.

—De acuerdo, procedan —respondió, con toda la naturalidad de la que fue capaz.

—Nos dirigimos al muelle de La Hondura, como se nos ha indicado. Despegamos ya.

—Buena suerte, capitán —concluyó Cruz.

El capitán Castillo no las tenía consigo. El dispositivo de evacuación de los políticos del superpetrolero ya debería de estar en marcha. Teniendo en cuenta los helicópteros de que se disponía, dos Agusta AW-189 para el transporte de pasajeros, necesitarían un mínimo de tres viajes cada uno para lograrlo.

Su equipo de diez hombres, solo con la impedimenta imprescindible, subió rápidamente al helicóptero de doble turbina BO-105 CB-4 a toda velocidad. Castillo miró su reloj, cuatro minutos desde la alerta. Su mejor registro. Aquello empezaba bien.

Podrían sobrevolar el *Nivaria Ultrarapide* un par de minutos antes de que llegara a la altura del *Rossia*. Si el catamarán disminuía la velocidad o se detenía, podrían intentar el abordaje. Si no era así…, lo harían igual.

El capitán subió el último y cerró la portezuela tras él. El aparato intensificó las revoluciones del motor. Cuando comenzó a moverse, balanceó a todos los ocupantes, que trataron de aferrase a algo fijo. El trayecto desde el aeropuerto de Los Rodeos, donde tenían su base, hasta la zona de atraque del *Rossia*, unos quince kilómetros, no debía de durar más de ocho minutos, diez como máximo.

Castillo se revolvió en su asiento y echó un vistazo a sus hombres. Su mirada de concentración le recordó que aquello no era un simulacro.

—Repasemos la situación —dijo, llamando la atención de todos—. Un grupo armado checheno de seis hombres ha secuestrado el *Nivaria Ultrarapide*. Que sepamos, hay cuatro entre la cubierta de pasaje y el puente de mando, y otros dos en el garaje. Tienen pistolas de corto alcance y han agrupado a los pasajeros en el salón de popa. Y hay dos pasajeros que siguen libres. Según nos han informado, los tipos del garaje están preparando un explosivo importante. Todos los secuestradores parecen ser expertos en guerra de guerrillas.

—¿Cuáles son sus intenciones? —preguntó Vargas, su sargento, un tipo tan listo que nadie se explicaba cómo seguía siendo solo sargento.

—No lo tenemos del todo claro. El barco se dirige a una gran velocidad hacia el superpetrolero ruso. Pero no podemos estar seguros de si la idea de los terroristas es estrellar el catamarán contra el *Rossia* o solamente acercarlo para que esté dentro del radio de acción de la explosión. En cualquier caso, hemos de evitarlo.

—Mi capitán —interrumpió el sargento—, en la primera de las posibilidades no tendremos apenas opciones, ¿verdad?

—Muy poca gente ha saltado sobre un barco a ochenta kilómetros por hora y ha aterrizado indemne. Esa es la verdad.

—Me ofrezco voluntario —dijo—. No podemos dejar que esa gente venga aquí y se salga con la suya. ¿Quién se viene conmigo?

Todos los hombres levantaron la mano a la vez.

El capitán Castillo se sintió orgulloso.

—No quiero tantos héroes. Con cinco basta. El resto nos mantendremos en el helicóptero para apoyar la acción de los que salten. Elíjalos usted, Vargas.

El sargento asintió y señaló a cuatro de sus compañeros.

Nadie se quejó. Nadie dio muestras de alegría. Todos se respetaban demasiado

—Una cosa más, mi capitán —añadió el sargento—: ¿llegaremos a tiempo?

—¿A tiempo de qué, sargento? Si llegamos antes, tal vez evitemos la explosión. Si llegamos después, nos tocará recoger lo que quede. Si es que queda algo.

No hubo comentarios. No hacían falta.

El teniente Rey, a bordo del F18, estaba al comienzo de la pista del aeropuerto militar de Gando, en Gran Canaria. Acababa de revisar todo su equipo personal, además de la correcta colocación del traje *antig* o antigravedad, y de su casco con radio incorporada y máscara de oxígeno.

—C15 listo para despegar —anunció por el micrófono a la torre de control.

El C15 es la denominación española para un F18, o lo que es lo mismo, un McDonnell Douglas Fighter Attack 18 Hornet, su nombre oficial, el avión de combate monoplaza más conocido del Ejército del Aire.

Rey revisó el panel de control que había frente a su asiento, en el que destacaban tres pantallas y un sinfín de botones y palanquitas que le permitían maniobrar un aparato capaz de llegar a los dos mil kilómetros por hora de velocidad punta, aunque su velocidad normal se rebajara a la mitad.

—C15, puede despegar. —La torre de control contestó—. Buen vuelo.

Rey aceleró los motores del caza, que comenzó a deslizarse por la pista a una velocidad creciente. Al cabo de menos de quince segundos, alcanzó el punto de despegue y el aparato separó sus ruedas de la pista.

Se persignó. No era muy creyente, pero siempre lo hacía. Era una de sus manías. Aunque en este caso tal vez lo hiciera por una profunda convicción interna. Cuando le habían comunicado que la misión consistía en disparar contra un barco civil de pasajeros, un escalofrío recorrió su espalda. Ni se le había ocurrido objetar nada a la orden. Él solo era el último eslabón de una larga cadena, pero por ello no dejaba de ser un marrón horrible.

Intentó apartar esos pensamientos de su mente y elevó el morro del aparato hacia el cielo azul de las islas Canarias. En aquellos momentos, concentrado en los mandos, no pudo apreciar su belleza.

Y el teniente Rey, tal vez para ahuyentar sus fantasmas interiores, volvió a persignarse.

61

09.57 horas

*L*a patrullera de la Guardia Civil cabeceaba sobre la superficie del mar, y no era porque hubiera marejada, sino por la velocidad de treinta nudos que habían alcanzado sus potentes motores, cuyo rugido hacía que sus ocupantes tuvieran que hablar en voz muy alta.

—¡Ya estamos muy cerca! —dijo Galán, señalando el *Nivaria Ultrarapide* que se les aproximaba a toda velocidad.

—Vamos a intentar cruzarnos, a ver si se aparta —indicó el teniente Pinazo.

La patrullera, enfrentada al catamarán, comenzó a hacer eses en la línea de su rumbo. No hubo reacción por parte del barco de pasajeros.

—¡En el puente veo una cabeza! —avisó Galván, el sargento que acompañaba al timonel, observando el ferry a través de unos prismáticos—. ¡Si no se desvían, es que no quieren hacerlo! Estoy seguro de que nos han visto.

El *Nivaria Ultrarapide* se les echaba encima. Galán admiró la sangre fría del militar que gobernaba la patrullera, exponiéndose delante del ferry como un caballo de rejoneo delante de un toro bravo.

—¡A babor o nos llevará por delante! —gritó Pinazo.

El timonel ejecutó la maniobra con precisión, justo a tiempo para evitar el choque. La mole del catamarán, de diez metros de altura, comenzó a pasar por su lado, impertérrita a los movimientos de la patrullera.

—¡Virad rápido e intentemos mantenernos a su altura!

—El teniente tenía que luchar en aquellos momentos con el ruido de los motores de ambos barcos.

La patrullera, dotada de dos jets de propulsión último modelo, obedeció con agilidad las órdenes del *joystick* del timonel y giró sobre sí misma como una peonza. Al cabo de unos segundos, se colocó en paralelo con el *Nivaria Ultrarapide*, ahora ambos barcos en la misma dirección.

—¡Va más rápido que nosotros! —exclamó Galán—. ¡Nos va a dejar atrás!

—Ya lo sabíamos —repuso el teniente—. Ese barco tiene una velocidad punta superior en diez nudos a la nuestra. Tenemos que aprovechar bien los siguientes minutos.

Galán dejó hacer a los guardias civiles, parecían saber bien lo que hacían. Se dedicó a mirar las ventanas de la cubierta de pasajeros. Todo el barco parecía desierto. Solo creyó ver alguna cabeza en la zona de popa, pero no estaba seguro. La inquietante sensación de observar un barco fantasma le sobrevino de repente. No quería ni pensar en que los secuestradores hubieran decidido liquidar a los viajeros.

El casco del *Nivaria Ultrarapide* adelantaba despacio a la patrullera. Por un momento, Galán pensó que estaban parados, pero no era así, los motores iban al máximo de su potencia.

El policía se giró hacia el teniente, inquisitivo.

—Se nos va —le dijo—. ¿Qué vamos a hacer?

Un par de miembros de la Guardia Civil arrastraron una caja alargada con dos cierres y la pusieron a los pies de Pinazo. Ante la mirada curiosa de Galán la abrieron y ante ellos apareció un lanzagranadas de aspecto muy sofisticado.

—Es un lanzagranadas LAG de cuarenta milímetros. Muy ligero, puede lanzar hasta doscientos disparos por minuto en modo automático con un cargador de cinta, y cuenta con un radio de alcance de hasta dos kilómetros. Es capaz de perforar un blindaje de cincuenta milímetros, con lo que los motores del *Nivaria* tienen los minutos contados.

Galán admiró el arma, muy parecida a una ametralladora gigante. Comprobó el grosor de la munición, un calibre temible. Si no tuvieran cabeza explosiva, el agujero que dejaría en una pared sería considerable.

—Móntenlo en el trípode —ordenó el teniente.

Sus hombres se pusieron manos a la obra e instalaron el lanzagranadas en un soporte fijo preparado a tal efecto en la cubierta superior de proa, apenas a un par de metros de la punta de la patrullera.

El *Nivaria* terminó de adelantar a la patrullera *Pico del Teide* y el remolino de sus turbinas provocó que el barco de los guardias civiles comenzara a cabecear ostensiblemente.

—¿De verdad va a disparar a un ferry lleno de pasajeros? —preguntó Galán, asombrado.

—Amigo Galán —respondió el teniente—, ¿se le ocurre una idea mejor?

62

10.00 horas

—*E*l capitán del *Queen Elizabeth* al habla —dijo el coordinador Cutillas, pasando la llamada a los auriculares de Gabriel Cruz, el responsable provincial del 112.

Ambos estaban en la sala principal del 112, con todos sus ocupantes pendientes de cada palabra que se estaba pronunciando.

—Buenos días, coordinador. —El capitán Packard hablaba en inglés—. No sé si he entendido bien lo que me ha pedido su colega. ¿Pretende que cruce el *Queen Elizabeth* delante del catamarán?

—Es una opción que se ha planteado. —Cruz intentó adoptar el tono más convincente posible—. Y no se trata de atravesarse, sino de acercarse al rumbo del ferry y amenazar con hacerlo, de forma que le obligue a cambiar de dirección.

—¿Sabe usted cuáles son las intenciones de los secuestradores?

El responsable del 112 dudó antes de contestar. Convenía ser cauto en lo que se decía.

—No ha habido ningún contacto con ellos. Solo sabemos lo que algunos pasajeros nos han podido transmitir.

—Señor coordinador, por lo que parece, los chechenos que tienen el control del barco rápido no quieren negociar nada, y avanzan al máximo de su velocidad contra el petrolero ruso. —El capitán Packard hizo una pausa para enfatizar lo dicho—. La experiencia de todos los años que llevo comandando buques, y la responsabilidad que tengo sobre las dos mil personas que viajan en el *Queen Elizabeth*, me aconsejan que me dirija lo más lejos posible de estos dos barcos. Y es lo que voy a hacer. Y a toda máquina.

Un silencio de varios segundos permaneció en el aire. Por fin, Cruz se decidió a romperlo.

—Lo entiendo, capitán. Está en su derecho. Haga lo que estime oportuno.

—Gracias, solo me queda desearle suerte. Si ocurre lo peor, intentaremos ayudar en la medida de nuestras posibilidades. Corto.

Cruz miró a Cutillas. La frase del británico no les gustó nada. Si ocurre lo peor. Un aire de desolación comenzaba a flotar en la sala del 112.

—Una posibilidad menos —dijo.

—Su respuesta ha sido lógica, pero estaban allí y había que intentarlo —apuntó Cutillas—. Todavía tenemos los helicópteros, la patrullera y el F18.

Cruz miró su reloj.

—Quedan unos seis minutos para el impacto. Espero que lleguen a tiempo.

—Todos lo esperamos —añadió Cutillas—. No nos queda otra.

Varias personas hicieron su entrada en las salas administrativas del 112 y aguardaron a ser recibidos. No podían entrar en la sala principal sin la autorización del responsable.

—Han llegado los políticos —señaló Cruz—. Nos trasladamos a la sala de crisis.

El responsable del 112 caminó rápidamente hacia la puerta y salió para encontrarse con el consejero de Presidencia y de muchas otras competencias, incluida la de seguridad, al que acompañaba el subdelegado del Gobierno central en Canarias y otros miembros de sus respectivos equipos.

—Buenos días, caballeros —saludó Cruz—. Síganme por aquí, hagan el favor.

El responsable indicó el camino por el pasillo opuesto a la sala principal y abrió una puerta que daba acceso a una sala espaciosa, en la que una mesa de haya enorme, con capacidad para más de veinte personas, les esperaba. En un extremo había un aparato de televisión extragrande, con todos los artilugios necesarios para hacer videoconferencias; en el lado opuesto, una pantalla del mismo tamaño para proyectar lo que fuera necesario flanqueada por las banderas oficiales. El aire acondicionado zumbaba levemente de fondo. Aquel lugar estaba insonorizado.

Cruz se sentó delante de una de las tres pantallas de ordenador que le conectaban con Cutillas en la sala principal del 112.

—Semáforo en rojo —anunció por el micrófono.

El semáforo era un indicador luminoso que establecía el grado de alerta dentro de las salas. El color rojo indicaba la alerta máxima, y nadie debía entrar ni distraer a quienes estaban en ellas.

—¿Algo nuevo? —preguntó el consejero, que se había mantenido en contacto continuo con Cruz a través del móvil.

—El *Queen Elizabeth* ha decidido alejarse todo lo posible del *Rossia*.

El consejero asintió, sin comentar nada. Cruz prosiguió.

—El F18 acaba de despegar, tardará unos cuatro minutos en llegar. La patrullera está a la altura del *Nivaria*, pero, de momento, no se ha detectado que hayan podido cambiar el rumbo del ferry. Y los helicópteros están de camino, sin que podamos precisar más.

—¿Se sabe algo de los pasajeros? —preguntó el consejero.

—Nada de nada. Lo siento, pero sabiendo que los secuestradores van armados, dudo mucho que puedan hacer algo.

—Eso mismo pensaba yo —apuntó el consejero, intranquilo—. No quiero imaginarme el mal trago que deben de estar pasando.

63

10.00 horas

*L*os pasajeros que habían estado retenidos en el salón de Platinum Class hasta aquel momento se abrazaban, llenos de emoción y de alegría contenida. Hubieran prorrumpido en aplausos si Ariosto no hubiera hecho señales claras de que no lo hicieran.

—¡Guarden silencio, por favor! ¡Quedan más secuestradores armados en el barco! —advirtió, y el entusiasmo se rebajó un tanto, aunque no desapareció.

Dorta se colocó en el centro de la sala, donde todos pudieran verlo.

—Como el capitán está inconsciente, yo, como primer oficial, asumo el mando —anunció, una vez que el murmullo se lo permitió—. No sabemos exactamente qué es lo que quieren los terroristas, pero creo que corremos todos un grave peligro. El barco se aproxima a la costa a toda velocidad. Eso no augura nada bueno. Tenemos muy poco tiempo.

Ahora sí que desapareció cualquier rastro de entusiasmo. Y surgió la expectación tensa.

—Hay dos hombres armados en el puente de mando y otros dos en el garaje —indicó Ariosto—. Propongo que nos dividamos para intentar sorprenderlos.

—¿Sin armas? —preguntó Violetta, la tripulante de la tienda de regalos, más pendiente de su Vicente que de otra cosa.

—Tal vez el número sea un factor importante —respondió el maquinista—. No pueden dispararnos a todos al mismo tiempo.

—Eso no me deja muy tranquila —insistió la mujer.

—Tenemos dos armas —repuso el primer oficial—. Una para cada grupo. Y necesito que los maquinistas y un par de tripulantes bajen a la sala de máquinas y traten de parar los motores manualmente.

Los aludidos no se lo pensaron dos veces y desaparecieron por las puertas laterales que daban acceso a las escaleras exteriores de babor y estribor. Dorta se sintió satisfecho.

—Hagamos dos grupos —dijo—, y vayamos a hacer una visita a nuestros clientes más indeseables. Esta vez nos toca a nosotros.

En el puente de mando del *Nivaria Ultrarapide*, Ibrahim Basayev comprobaba la dirección una vez más. El ordenador de a bordo mantenía el rumbo sin ningún contratiempo. Había sonado la sirena de alcance del radar cuando la patrullera pasó rozando la proa, pero nada más. Aquellos estúpidos soldaditos creían que el catamarán iba a desviarse por ellos. Lástima que no hubiera dado tiempo a embestirlos, ahora estarían camino del fondo.

—Ya he terminado —dijo Kirilenko, que estaba atando y amordazando a Natalya—. No te molestará.

—Gracias, hermano —respondió Basayev—. Es mejor que vuelvas con Ranzam y los pasajeros. Que todos estén sentados cuando llegue el momento.

—Que así sea. Un abrazo, Ibrahim.

Basayev se disponía a abrazarlo cuando su vista se fijó en una de las pantallas de televisión del circuito interno del catamarán. Las cámaras colocadas en distintos puntos del barco enviaban imágenes de lo que ocurría en diferentes salas. La que le llamó la atención fue una de las salas de máquinas.

—¡Mira! —le indicó a su compañero—. ¡Hay tripulantes junto a los motores!

—¡Y en la otra sala también! —añadió Kirilenko—. ¡Se han escapado! Voy a ver qué ha pasado.

—¡No! —Basayev agarró al otro secuestrador por el brazo—. Si lo han hecho, estarán esperando a que uno de nosotros salga. No te preocupes por los maquinistas. La parada manual de los motores está desconectada, ya me he ocupado de eso. Solo pueden controlarse desde aquí arriba.

Basayev se volvió y miró por el parabrisas. La silueta del *Rossia* comenzaba a hacerse enorme.

—Apenas quedan unos minutos. Nos quedaremos donde estamos y nos aseguraremos de que se cumpla la voluntad de Dios.

—Que así sea —concluyó Kirilenko.

273

64

10.03 horas

Ajmed y Nurdi, los chechenos que estaban en el garaje, después de la ardua tarea de volver a subir los recipientes de gasoil al techo de los camiones, estaban introduciendo su contenido con una bomba eléctrica en la carga.

—Con cuidado —repitió Ajmed—. Que no entre aire dentro de los camiones si no queremos que estalle todo antes de lo previsto.

Los terroristas, con la misma bomba, habían extraído el poco aire que se mantenía en la parte superior de la caja de carga de los camiones, lo que creaba el vacío dentro de los compartimentos estancos, donde estaban vertiendo el gasoil. Ambos sabían que la explosión se produciría cuando entrara en escena el oxígeno, en el momento en que abrieran las escotillas superiores de cada camión, lo que provocaría la combustión del nitrato de amonio con el fueloil.

A pesar del retraso que llevaban, por culpa del tipo aquel que se había colado en el garaje (ahora ya estaría haciéndoles compañía a los peces), ya casi habían terminado el trabajo. Justo a tiempo. Tenían unas ganas enormes de acabar con el último depósito y comunicárselo a sus compañeros del puente de mando.

De repente, Nurdi se detuvo.

—¿Ajmed, has oído eso? —preguntó desde lo alto de su camión.

Ajmed lo miró extrañado. Dentro del garaje se oía, sobre cualquier otra cosa, el ruido de los motores a toda marcha.

—¿Qué tengo que oír? —le contestó, enfurruñado.

—Es un niño, llorando.

Ajmed se sintió confuso. ¿Un niño? ¿Allí, en el garaje? No había visto ninguno entre los pasajeros.

—Yo no oigo nada —afirmó.

Nurdi miró con desconfianza a su alrededor, tratando de determinar el lugar de donde le había llegado ese sonido.

—Ahí debajo, entre los camiones. Lo he oído muy claramente.

—Nurdi, aquí no hay nadie más que nosotros, así que déjate de estupideces y acaba el trabajo.

Trató de convencerse de que su compañero tenía razón. Si estuviera en las montañas de su tierra natal, donde las leyendas hablaban de demonios que se escondían en las cuevas y en las simas, lo habría entendido como algo normal. Pero allí no había montañas, solo un barco y mucha agua a su alrededor. Aquel no era su mundo. Y eso, en el fondo, le asustaba.

Nurdi se conocía. Sabía que era capaz de apretar el gatillo sin pestañear, en las circunstancias más extremas, pero enfrentarse a entes sobrenaturales era otra cosa, tal vez demasiado para él.

El checheno reanudó el trabajo sin volver a mirar a su alrededor. No iba a parar hasta terminar, llorase quien llorase.

Tras acabar con uno de los depósitos de gasoil, y cuando iba a abrir el último, volvió a oírlo. La misma vocecita. Pero esta vez algo había cambiado. Y a Nurdi ese cambio no le gustó nada. Es más, le puso los pelos de punta.

Era un niño, sin duda, pero no lloraba. Si le hubieran preguntado, habría jurado que ese maldito niño se estaba riendo.

Se reía de él.

65

10.03 horas

—¿**P**uede abrir la puerta? —preguntó Ariosto—. Me imagino que sabe el código.

Dorta asintió. El grupo de siete hombres estaba en el pasillo de estribor, justo delante de la puerta de acceso al puente de mando. El primer oficial se enfrentaba a la cerradura electrónica. Tecleó rápido y la puerta se abrió.

—Con cuidado —susurró Ariosto.

Dorta empujó suavemente con el hombro derecho, pistola en mano. La puerta se desplazó unos centímetros, los suficientes para que el marino atisbara la parte superior de la escalera. No había nadie. Tal vez podrían sorprender a los secuestradores.

En silencio, abrió la puerta al máximo y entró en el pequeño descansillo previo a los escalones. Ariosto la mantuvo abierta con el brazo para permitir la entrada, después de Dorta, de dos marineros.

El primer oficial subió cinco escalones y escuchó. Le extrañó no oír a los chechenos conversando. Notó cómo uno de los marineros se colocaba detrás de él. El tercero estaba entrando.

De repente, en lo alto de la escalera, aparecieron los dos secuestradores y comenzaron a disparar. Dorta tardó apenas unas décimas de segundo en reaccionar. Apuntó y disparó. Los secuestradores se apartaron. Al mismo tiempo, notó que lo habían alcanzado en una pierna y en el hombro izquierdo. No pudo mantener la verticalidad y cayó hacia atrás, derribando en su caída a quienes le seguían.

Enseguida, Ariosto se dio cuenta de lo que había pasado. Con la ayuda de uno de los pasajeros, sacaron rápidamente de la base de la escalera a los marineros y a Dorta, antes de que los disparos comenzaran de nuevo. Más proyectiles se estrellaron en la puerta que, falta de resistencia, se cerró sola.

Dorta sangraba profusamente. Uno de los marineros había resultado alcanzado en un pie.

—¡Rápido! —exclamó Ariosto—. ¡Llevémoslos a popa!

Dos de los pasajeros se dispusieron a levantar al primer oficial, que hizo un ademán de querer hablar, a pesar de estar entrando en estado de *shock*.

—Ariosto, me dijo que tenía experiencia con armas de fuego, ¿verdad?

—Así es —contestó el aludido.

—Pues coja la pistola e inténtelo de nuevo. Me temo que por la puerta va a ser difícil. Pruebe por el techo.

Ariosto tomó el arma. Un escalofrío le recorrió cuando recordó lo mal que lo había pasado escapando por la cubierta superior, sin lugares donde protegerse.

278

—Lo intentaremos —dijo—. Ahora lo importante es que usted pueda contarlo.

Trasladaron a los heridos a la Platinum Class. Delante de la puerta se quedaron Ariosto, un marinero y Baute, el camarero.

—Es evidente que no tienen intención de salir del puente —dijo Ariosto, casi pensando en voz alta—, y menos por la puerta. Tendremos que hacer lo que ha propuesto Dorta.

—Es difícil subir a la cubierta superior —respondió el marinero—. La única entrada practicable es esta puerta. Tendríamos que salir a uno de los pasillos laterales exteriores, donde están las lanchas de salvamento, casi debajo de la chimenea, y subir con una escalera de mano.

—Tenemos una en el taller —anunció Baute—. Voy a buscarla.

Al cabo de unos instantes, volvieron los hombres que se habían llevado a los heridos.

—Quédense aquí y comuníquennos si los terroristas salen por esa puerta —indicó Ariosto—. Y no se les ocurra hacerles frente desarmados. Nosotros nos vamos a la cubierta superior.

Baute llegó con la escalera. Los dos pasajeros encargados de

COLISIÓN

vigilar la puerta les desearon suerte. A paso ligero se dirigieron a la parte trasera del *Nivaria* y salieron por una de las puertas de estribor, la que estaba a la altura de la tienda de regalos. Una vez fuera, Baute apoyó la escalera en una viga horizontal por la que corría la polea destinada al desembarco de los botes de salvamento. Ariosto se guardó la pistola en el bolsillo de la chaqueta y comenzó a subir los peldaños. Se detuvo cuando su cabeza llegó al nivel de la cubierta. A su izquierda se encontraba el parapeto en forma de triángulo que le había salvado la vida apenas un cuarto de hora antes. Podría subir y colocarse tras él sin ser visto. Pero luego tendría que cruzar un espacio vacío de más de veinte metros.

No se lo pensó dos veces, subió y se escondió tras aquel refugio precario. Baute y el marinero se le unieron al cabo de unos segundos. El viento silbaba en sus oídos y la luz del sol les obligó a entrecerrar los ojos.

—¿Ve algo? —Baute se encontraba detrás de Ariosto, que trataba de localizar a los ocupantes del puente. Los cristales oscuros se lo dificultaban.

—Pues muy poco —respondió—. Creo que los secuestradores deben de estar pendientes de otras cosas antes que adivinar que estamos aquí.

Baute se asomó un poco. Estudiaron la plana superficie del techo del barco.

—Tendríamos que llegar lo más rápido posible a la pared metálica que oculta los aparatos de aire acondicionado —indicó Ariosto.

—Si lo conseguimos, podríamos deslizarnos por detrás de ella hasta llegar a las ventanas delanteras de la cabina de mando, sin que nos vieran.

—Pero la puerta está en la parte de atrás, Baute. Por delante no se puede entrar en el puente.

—Lo sé —respondió el camarero—. Pero sí puedo llamar su atención. Desde dentro no me pueden disparar. Tendrían que salir a buscarme, y para ello deberán abrir la puerta que da a la cubierta. Ese será su momento, Ariosto.

—¿Y si no quieren salir?

Baute mostró una pesada llave inglesa que llevaba en la mano.

—Saldrán —replicó—. Me voy a dedicar a golpear los cristales. No los romperé, ya que son de seguridad, pero las grietas no les dejarán ver bien.

—Ese plan es muy peligroso, amigo. —Ariosto dudó—. No puedo permitir que se exponga de tal modo.

Baute miró más allá del *Nivaria*. La entrada al puerto de Santa Cruz había quedado muy atrás, a la derecha. La costa estaba cada vez más cerca. El *Rossia* aumentaba de tamaño en la proa del *Nivaria* a cada segundo que pasaba.

—¿Ve lo que yo? —preguntó, señalando a tierra—. Tenemos muy poco tiempo. Así pues, manos a la obra.

—De acuerdo —concluyó—. Y que Dios nos asista.

—A la de tres —dijo Baute—. Uno, dos y… tres.

Y, luchando contra el viento, los dos hombres corrieron agachados por el techo del *Nivaria Ultrarapide*.

66

10.03 horas

—¡**S**í! —contestó Galán al teniente de la patrullera—. Se me ocurre que, aprovechando el momento en que pasemos junto al *Nivaria*, lo aborden todos los hombres que puedan saltar y se cuelen en el barco. Luego puede dispararle a los motores. Tendremos ganado ese tiempo para reducir a los secuestradores.

El teniente Pinazo dudó. El viento azotaba su rostro y el impacto continuo de gotas de agua a toda velocidad le obligaban a entornar los ojos.

—Es una locura —dijo—. ¿Ha probado alguna vez pasar de un vehículo a otro a ochenta kilómetros por hora? Aquí es peor, el barco cabecea y salta continuamente.

—Vamos, teniente, se nos va a escapar. ¿Acaso tiene miedo? —El inspector sabía que estaba lanzando un envite muy fuerte al oficial.

—¡Galán, no me toque las narices! —contestó, sonriendo—. ¡Qué demonios! ¡Vamos a intentarlo!

En la patrullera iban seis hombres; tres de ellos saltarían al *Nivaria Ultrarapide*. Cuando el teniente les explicó la propuesta de Galán, ninguno objetó nada. Aprestaron sus armas y se acercaron a la borda de babor.

—Vamos a aproximarnos todo lo posible en paralelo a la escalera exterior de popa —indicó al timonel.

La patrullera se acercó al casco del catamarán. Poco a poco, iba perdiendo la carrera con el ferry. Al cabo de pocos segundos, la borda del barco de la Guardia Civil estuvo a la altura del pasamanos más bajo del *Nivaria Ultrarapide*, el que se encontraba en el rellano donde terminaba la escalera exterior, justo encima de las turbinas.

—¡Con cuidado! ¡Que no nos atrape la turbulencia de los generadores! —gritó el teniente—. ¡Sargento Galván, acerque la patrullera con el bichero y aborden!

A pesar de la velocidad y de las salpicaduras del agua, el sargento logró asir la barandilla horizontal del catamarán con el gancho situado al extremo del largo palo y tiró de él hasta que las bordas se rozaron.

El primer guardia civil, con su fusil de combate a la espalda, se impulsó en el borde del mamparo de la patrullera y saltó a la estrecha plataforma. Cayó correctamente, con ambas piernas flexionadas, y se rehízo al instante. Antes de que se girara, el segundo guardia realizó el mismo movimiento, pero el salto fue algo defectuoso debido al cabeceo de su embarcación. Aterrizó con una rodilla flexionada. Rodó sobre sí mismo hasta que las piernas de su compañero lo detuvieron.

Sin esperar más, el tercer guardia civil saltó. En el instante en que su pie izquierdo se separaba de la borda de la patrullera, un golpe de mar separó ambas embarcaciones. El sargento perdió el bichero por la fuerza del movimiento y el guardia civil que saltaba no llegó a agarrarse a la barandilla, chocó con la pared lateral del Nivaria y cayó al mar, desapareciendo inmediatamente de la vista de todos.

—¡Hombre al agua! —gritó el sargento, fuera de sí.

Otro golpe de mar contrario provocó que la patrullera volviera a acercarse al catamarán, rozando la barandilla. Un segundo después la velocidad del *Nivaria* haría que la separación fuera definitiva y la patrullera quedara atrás.

Galán estaba junto a la borda. Veía a menos de dos metros de su posición a los guardias que habían saltado. Casi podía tocarlos. Un impulso se apoderó de él. Se acercó al borde de la patrullera y saltó de la misma forma que sus colegas. Cayó en la superficie metálica de la meseta con los dos pies al mismo tiempo. El impulso lo lanzó hacia delante, de rodillas. Los guardias civiles lo cogieron. Una décima de segundo después, la patrullera se separó de nuevo y quedó rezagada respecto al ferry.

—¡Galán! —gritó el teniente—. ¿Qué diablos hace? ¿Se ha vuelto loco?

El policía se levantó, se giró y miró al teniente.

—¡La misión es de tres efectivos! —le gritó.

—¡Y una mierda! —respondió Pinazo, con la misma intensidad—. ¡No le vuelvo a subir a mi patrullera! ¡Se lo juro por lo más sagrado!

Galán se encogió de hombros y se volvió a sus nuevos compañeros, que lo miraban asombrados.

—¿Subimos? —les preguntó—. Dentro de medio minuto, este lugar será un colador.

67

10.04 horas

—Usted es la última, señorita. Suba, por favor.

Levantaron en volandas a Sandra hasta el helicóptero. Era el último, ocupado casi totalmente por periodistas. Los políticos ya se habían ido, con mil excusas. La puerta se cerró a sus espaldas con estruendo. Buscó el asiento libre que quedaba, al fondo, y se acomodó en él.

El motor aceleró y el aparato comenzó a elevarse en vertical. Sandra miró por el cristal. Con el sonido de los rotores de fondo, contempló una escena de cine mudo: los alrededores de la refinería se estaban vaciando de gente; coches policiales con luces giratorias por todas partes continuaban llegando; los botes salvavidas del petrolero iban alcanzando el muelle de descarga de combustible más cercano.

A lo lejos, el *Queen Elizabeth*, mostrando su espectacular popa a todos. Más cerca, el *Nivaria Ultrarapide*, rompiendo la superficie del agua con su empuje y dejando una estela de espuma turbulenta tras él. Junto al catamarán, como un mosquito incómodo, una patrullera de la Guardia Civil lo seguía de cerca, tratando de no despegarse.

Y, en medio de su trayectoria, el *Rossia*, solo, abandonado.

Se acordó de Ariosto y de Olegario. Sintió una angustia que le oprimía el pecho. ¿Y Galán? ¿Dónde estaría?

Una voz la sacó de sus pensamientos.

—¿Y si le decimos al piloto que nos mantenga en el aire?

Sandra reconoció esa voz. Era uno de los reporteros venidos de Madrid. El tipo continuó:

—Esta exclusiva va a ser única. No podemos perdérnosla.

—Tienes razón —contestó otro de los colegas foráneos. El acento los delataba—. La noticia está aquí. Debemos quedarnos por los alrededores.

—¡Oiga, piloto! —exclamó el primero—. ¿No puede mantenerse volando en círculo por aquí?

El piloto escuchó la interpelación y se volvió una fracción de segundo.

—Negativo. Debemos abandonar este perímetro lo antes posible —respondió.

Sandra se sintió incómoda con aquellos oportunistas.

—¿No puede demorarse solo unos minutos? —preguntó el otro periodista—. Ya estamos bastante lejos y a una altitud segura. Podemos hacer una colecta para la propina.

El piloto sonrió ante aquel burdo intento de soborno. Sandra estaba estupefacta ante la desfachatez de aquellos tipos. No tenían ni idea del peligro que corrían.

—No es por mí ni por ustedes —contestó el piloto—. Tenemos que salir de este espacio aéreo por el F18 —añadió.

—¿El F18? ¿Han mandado un F18? ¿Y qué va a hacer un caza de combate aquí?

Sandra no pudo aguantarse más:

—¡Pues no creo que vengan a felicitarte las Navidades, capullo! —bramó—. ¡Por favor, llévenos a casa! ¡Y todos calladitos!

10.04 horas

—*L*os motores a media potencia, señor.

El capitán Kovaliov recibió la noticia de su jefe de máquinas con un gruñido. Desde el puente de mando del *Rossia*, escudriñaba en el horizonte la creciente figura del *Nivaria Ultrarapide*, preguntándose quién iría al mando del catamarán. También se cuestionaba si, en realidad, aquel fanático estaría dispuesto a estrellarse contra su barco o si se desviaría o se detendría en el último momento. Se maravillaba de la capacidad del ser humano para construir un superpetrolero como aquel y de la facilidad con la que pretendían destruirlo.

—Gracias, señor Kerenski, evacúe el barco con el resto de la tripulación, por favor —respondió, y cortó la comunicación con la sala de máquinas.

A Kovaliov, hasta hacía unos minutos, no le cuadraban algunos detalles. El choque del catamarán no produciría en un superpetrolero de doble casco y compartimentos estancos más que un agujero por el que saldrían unos pocos miles de metros cúbicos de crudo. Un crudo que ni siquiera se inflamaría y que podrían controlar rápidamente.

Eso pensaba unos minutos antes. Justo hasta que le contaron lo de la bomba de ANFO. Entonces todo cuadró. La explosión del nitrato de amonio produciría una combustión de un calor intensísimo que sí podría hacer que se quemara el petróleo que llevaba en las bodegas. Y no solo eso, alcanzaría los tanques de la refinería vecina, y la onda expansiva barrería los barrios cercanos, sin contar con los incendios posteriores.

Una perspectiva nada deseable.

Y los motores todavía a media potencia.

Volvió a gruñir.

Se giró y miró hacia la cubierta exterior del petrolero. Todo el personal estaba siendo evacuado, incluida la marinería rusa. El último helicóptero estaba a punto de despegar y casi todos los botes salvavidas habían sido botados; solo quedaba uno de los de estribor, en el que tuvieron que meter, casi a la fuerza, al alcalde, que insistía en salir del barco el último de todos.

En el *Rossia* solo se quedaría el capitán Kovaliov. No porque fuera un héroe, sino porque era el único que todavía esperaba un milagro.

Contempló la maniobra de descenso de la lancha con los últimos tripulantes hasta que llegaron a la superficie del agua. Ojalá tuvieran tiempo de ponerse a salvo.

No les prestó más atención y se volvió al otro lado del puente. Observó que el *Queen Elizabeth* trataba de alejarse del petrolero. No le serviría de nada si el *Rossia* estallaba. Seguro que la nube de fuego les alcanzaría.

Desvió su mirada al frente. El *Nivaria* estaba más cerca; un barco más pequeño, una patrullera militar, zigzagueaba a su lado, inútilmente. Se admiró del valor de aquellos hombres que con una pequeña embarcación pretendían desviar un ferry que le superaba veinte veces en tamaño.

En todas partes, había valientes.

Y también cobardes, como los despreciables secuestradores. El Infierno los recibiría con los brazos abiertos.

Kovaliov intentó sosegarse. Comprobó la velocidad del ferry e hizo un cálculo rápido. El impacto se produciría dentro de unos cuatro minutos. Lo esperaría de pie, junto al timón, como mandaban los cánones.

Sacó del bolsillo trasero una petaca pequeña de vodka que guardaba para las grandes ocasiones. Abrió el tapón y le dio un buen trago.

El alcalde Melián, mientras el enorme bote salvavidas bajaba hacia el agua, contempló cómo la policía evacuaba la avenida marítima de doble carril que rodeaba por el mar la refinería. El gentío era difícil de manejar, pero, afortunadamente, estaba comenzando a moverse. Rogó que no cundiera el pánico y hubiera una estampida. Tal vez los ciudadanos ni siquiera supieran la razón por la que los estaban sacando de allí. El parque marítimo también estaba vacío, los últimos helicópteros tenían orden de aterrizar a un par de kilómetros del puerto.

Los inflexibles anfitriones rusos le habían chafado el plan inicial de quedarse en el *Rossia* con el capitán ruso. Esa postura heroica, que todavía debía de parecerlo a los ojos de sus subordinados y de los periodistas (ninguno de ellos sabía que lo habían obligado a subir al bote), tenía quizás un mucho, o mejor, un demasiado, de quijotesca. Y no es que se arrepintiera ahora, pero como pose electoral había sido perfecta. Lástima que no se presentara a las elecciones.

Melián caviló sobre esa última frase.

Pose electoral.

Servando Melián, el héroe del petrolero.

No, mejor: el héroe del *Rossia*.

Ya veía las portadas de los periódicos: el alcalde que afrontó la amenaza hasta el final.

Melián, solo ante el peligro.

Ese titular valía más que cinco campañas electorales. Nadie podría hacerle sombra. ¿Y por qué no? Se encontraba bien, podría con otra legislatura. Y a los delfines del partido, que les dieran.

El bote salvavidas llegó a la superficie del mar, los tripulantes desengancharon los cables y pusieron en marcha el motor de la embarcación. La proa giró hacia el muelle de la refinería más próximo.

El alcalde, viendo la parsimonia metódica con que se hacía todo, no pudo evitar dirigirse al oficial que manejaba el fueraborda:

—Oiga, patrón, ¿no podría ir un poco más rapidito?

69

10.04 horas

—*R*epasemos la situación, por favor —solicitó el consejero de Presidencia.

La sala de crisis del 112 estaba al completo. Se había servido el primer café y todos sus componentes se mantenían en una tensa espera, con sensación de calor, a pesar del aire acondicionado. En la pantalla de televisión aparecía la imagen en tiempo real de la cámara de Salvamento Marítimo colocada en el muelle de la Hondura, junto a la refinería.

Gabriel Cruz, el responsable del 112, se levantó para hablar, aunque no fuera necesario. Siempre lo hacía.

—Nos planteamos dos hipótesis principales y otras dos secundarias. Primera: el *Nivaria* se detiene y establece contacto, o no, con nosotros. En ese caso, actuarán coordinadamente los guardias civiles de la patrullera y los del GRS que vienen en helicóptero. Se trata de abordar el ferry, abrirse paso y hacerse con el control del puente de mando lo más rápidamente posible.

Cruz se detuvo un segundo. Todos mantuvieron la atención.

—Segunda hipótesis: el *Nivaria* no se detiene. Vuelven a entrar en escena los dos grupos de la Guardia Civil. Y si no logran hacerse con el barco, intervendrá el F18, con órdenes de disparar a los motores del catamarán.

—¿Por qué no interviene primero el F18 y detiene al *Nivaria*? —preguntó uno de los hombres del equipo del consejero.

—Porque todavía está en camino desde su base en Gran Canaria —respondió Cruz—. Estimamos que llegará a la altura de la refinería dentro de cuatro minutos, aproximadamente. Tendrá el tiempo justo de dar una pasada por encima del *Nivaria*, tal vez dos. Se supone que los grupos de respuesta rápida llegarán antes al *Nivaria*, aunque no estamos seguros de nada. Todos van a estar ahí, muy justos.

—Prosiga, señor Cruz —pidió el consejero.

—Primera hipótesis secundaria —continuó el responsable—: no podemos detener el *Nivaria* y se estrella contra el *Rossia*, pero no explota. Ya está activada la alarma de marea negra para el caso de que el ferry sea capaz de atravesar el doble casco del superpetrolero. En la refinería cuentan con barreras anticrudo, y la otra patrullera de la Guardia Civil, la *Rio Ara*, trae de camino las que ellos tienen. En la explanada del parque marítimo se están levantando hospitales de campaña para la atención de los supervivientes del *Nivaria*.

Nadie dijo nada, pero todos pensaron que, en caso de un choque como ese, las esperanzas de sobrevivir eran más bien escasas. El recuerdo de la imagen de los aviones estrellándose contra las Torres Gemelas asaltó a más de uno.

—Y segunda hipótesis secundaria —concluyó Cruz—: el *Nivaria* se estrella y la bomba que porta estalla. Si es tan fuerte como creemos, existe la posibilidad de que lo haga también el cargamento de crudo. No sabemos la potencia de esa explosión, ni si afectará a los tanques de la refinería, pero deberíamos prepararnos para lo peor.

Se hizo un silencio dramático.

—¿Qué cree usted que deberíamos hacer? —preguntó de nuevo el político.

Cruz sintió un nudo en la garganta. Nunca había pensado que se vería en una situación como aquella.

—Puede ser una catástrofe de dimensiones inimaginables. Existen una serie de factores que pueden agravar la situación. Los barrios de Cabo Llanos y de Tomé Cano, los más cercanos, son los más populosos de la ciudad. Con muchos edificios grandes de ocho plantas. Serán los más afectados por la explosión. Además, los mayores centros comerciales de la ciudad están en el mismo perímetro. Y es sábado por la mañana, un momento de la semana en que mucha gente hace sus compras.

—No hay tiempo para intentar una evacuación de esos barrios, ¿verdad?

—Así es —respondió Cruz—. En todo caso, podemos alertar a los servicios de urgencias de los hospitales cercanos. Pero eso no es todo.

Por la sala, se extendió un suspiro de angustia. Seguro que lo que quedaba no era bueno.

—Por ese azar del destino, el parque de bomberos y las comisarías centrales de la Policía Local y de la Policía Nacional están en línea en la avenida Tres de Mayo, justo al lado de la refinería. Y no hay que olvidar que la salida de la ciudad a las autovías del norte y sur pasa también por allí. La ciudad podría quedar incomunicada por vía terrestre.

—¿Y qué se puede hacer?

—Propongo evacuar a los bomberos y a los policías, llevarlos lejos de la costa, de forma que puedan volver y ayudar de inmediato si se produce la explosión. Si no lo hacemos, pueden verse seriamente afectados por ella.

El consejero no lo dudó un segundo.

—Hágalo, Cruz. Enseguida.

—De acuerdo, me pongo a ello.

Los rostros crispados de los ocupantes de la sala probaban que su impresión sobre el desenlace de aquella crisis no estaba nada clara.

Desde la sala central, entró una llamada. Se oyó la voz de Cutillas, el coordinador.

—El helicóptero de los GRS está llegando a la vertical del *Nivaria*. Piden permiso para iniciar el operativo de toma del buque.

El consejero dudó aún menos:

—Permiso concedido. ¡Que actúen ya, por Dios!

293

70

10.04 horas

El grupo de ocho hombres que acompañaba a Olegario al garaje se encontró la puerta cerrada. Uno de ellos, un marinero, marcó la secuencia digital correcta en el teclado y la puerta se abrió con un chasquido. Olegario la empujó con el hombro. La misma penumbra de unos minutos antes, cuando tuvo que salir de allí, le recibió al entrar en el amplio espacio.

Buscó los grandes camiones que contenían el nitrato de amonio. Los localizó enseguida. Y lo que vio no le gustó nada. No había nadie en sus techos, pero sí vio que los depósitos de gasoil se encontraban todos abiertos y vacíos. Los terroristas habían terminado de vaciarlos dentro de los camiones.

En ese momento, rebotaron dos disparos en el garaje. Olegario sintió el paso de las balas cerca de sus oídos. Impactaron en los hombres que estaban detrás de él. Se había librado por milímetros.

—¡Todos al suelo! —gritó, y se parapetó detrás del automóvil más cercano.

Más disparos contra la puerta, en su dirección. Les estaban esperando: el elemento sorpresa había desaparecido. Tal vez los secuestradores del puente de mando les habían visto por las cámaras de seguridad repartidas por todo el barco.

Los hombres que acompañaban a Olegario retrocedieron por el pasillo interior y se apartaron de la línea de tiro. Aprovecharon para poner a salvo a los heridos.

El chófer dudó si debía responder a los disparos. Los terroristas no sabían que iba armado. Si lo descubrían, tal vez fuera más difícil acercarse a ellos. Reptó con rapidez entre los coches, intentando averiguar dónde estaban exactamente. Tras notar en los dedos restos de grasa de los automóviles, resolvió pedirle a Ariosto una asignación extra para comprar un traje nuevo. Si salía de esa.

Los disparos cesaron. Olegario aguzó el oído. Le pareció oír cuchichear a los secuestradores. Debían de pensar que habían ahuyentado a los pasajeros y que estaban solos en el garaje. Como se imaginaba, las voces provenían de los alrededores de los camiones. No podían estar muy lejos de ellos si tenían que hacer explotar el nitrato de amonio. Aún debían de faltar algunos minutos, pues no habían subido al techo de los tráileres.

Se levantó y se mantuvo en cuclillas, oculto por las carrocerías de los coches y las furgonetas que llenaban el garaje. Se deslizó entre los vehículos silenciosamente, dando un rodeo, sin perder de vista los camiones. Seguía sin ver a los secuestradores, pero les oía cada vez más cerca.

Tras cruzar una hilera de coches, por fin los vio. Se acercaban a sus vehículos sin dejar de vigilar la puerta, por si alguien volvía a aparecer por ella. Olegario se aproximaba por su derecha, no le esperaban por allí.

De improviso, uno de los móviles de los chechenos comenzó a sonar. Su dueño atendió la llamada e intercambió un par de frases rápidas en su idioma. El tono era de urgencia. El terrorista cortó la comunicación y transmitió una orden a su compañero, que le miraba expectante. Entonces se volvieron y se separaron: cada uno se dirigió a su camión.

Olegario dedujo el contenido de la conversación telefónica. Iban a coger posiciones para detonar la mezcla de nitrato y gasoil.

Era el momento. Comprobó que tenía el seguro de su pistola quitado y se dirigió resueltamente hacia los camiones.

71

10.08 horas

—¡*F*uego! —le ordenó el teniente Pinazo a Galván, el sargento que manejaba el lanzagranadas de la patrullera de la Guardia Civil.

El primer disparo, que lanzaron sobre todo para comprobar las miras y las alzas del arma, se perdió en el aire, unos cuantos metros a la derecha de la pared de estribor del *Nivaria Ultrarapide*.

El sargento reguló los indicadores y volvió a apuntar.

—¡Hay mucha inestabilidad! —avisó al teniente.

La oscilación de la patrullera, al rebufo de las turbinas del *Nivaria*, lo hacía todo más complicado. El barco de la Guardia Civil cabeceaba violentamente por los remolinos que tenía que remontar.

El sargento volvió a disparar. Justo en ese momento, la patrullera enfilaba la bajada de una ola, con lo que el proyectil se hundió en el agua a escasos metros de la proa de su embarcación. El teniente dirigió una mirada de desaprobación al sargento. Este se encogió de hombros y volvió a concentrarse.

El tercer disparo coincidió con la remonta de una ola: salió alto, aunque alcanzó una de las chimeneas del *Nivaria*. El impacto y la consiguiente explosión desgajaron un trozo de plancha metálica, que quedó colgando a un lado.

El sargento aprovechó un momento de transición entre dos olas para efectuar el cuarto disparo. Esta vez fue recto, aunque un poco alto. Dio de lleno en la escalera exterior, a la mitad de la altura del primer cambio de tramo. La destrozó e hizo que las barandillas cayesen al mar.

El sargento soltó un juramento y volvió a prepararse para disparar. Sin embargo, se detuvo. Se volvió hacia Castillo.

—¡Mi teniente, hay pasajeros en el balcón de popa!

El oficial miró al *Nivaria*. Varios viajeros del ferry, al oír las explosiones, habían salido al balcón a curiosear.

—¡Cabo! —gritó, dirigiéndose a otro de sus subordinados—. ¡Toque la sirena! ¡Necesitamos que esa gente se quite de ahí!

El megáfono incorporado a la zona de antenas del barco patrulla comenzó a emitir un sonido continuo y desagradable. Los pasajeros del balcón no entendieron bien lo que pasaba.

—¡Sargento, se nos va el tiempo! ¡Dispare al aire!

El suboficial obedeció, pero la acción, un disparo sin explosión, no tuvo las consecuencias deseadas. Los pasajeros seguían en el balcón de la Platinum Class.

—¡Maldita sea! —chilló el teniente—. ¡Galván! ¡Dispare a los motores!

El sargento oyó la orden y miró fijamente la popa del *Nivaria*, que comenzaba a alejarse.

—¡Señor! —respondió—. ¡Esto cabecea mucho! ¡Voy a alcanzar a los civiles!

Pinazo se exasperó ante la renuencia del sargento. Se acercó a él.

—¡Yo manejaré el lanzagranadas! —gritó—. ¡Hágase a un lado!

El sargento obedeció y se echó atrás. Pinazo ocupó su puesto y comprobó los indicadores. Hacía varios años que no disparaba un arma como aquella, pero todavía se acordaba de cómo se hacía. Apuntó y disparó. Como había ocurrido segundos antes, el disparo se perdió en el agua por el bamboleo del casco. Volvió a intentarlo. El segundo disparo salió alto y alcanzó el techo del balcón de popa, a la derecha. Hizo saltar fragmentos de mamparo por todas partes.

Aterrados, los pasajeros se ocultaron en el interior. Pinazo comprobó que ninguno parecía herido. Todo aquello era una locura, pero era mejor así, sin civiles de por medio.

El teniente sopesó el resultado de sus tiros y concluyó que era imposible disparar de aquella manera.

—¡Timonel! —gritó—. ¡Desvíe la patrullera a estribor! ¡Salgamos de la estela del catamarán!

La patrullera comenzó a desplazarse a su derecha. Al cabo de pocos segundos, salió de las turbulencias provocadas por el *Nivaria*. La superficie del mar era mucho más llana, mecida por las olas que dejaba el paso del ferry, pero sin el cabeceo continuo de unos segundos antes. El catamarán aumentaba a cada segundo la distancia con la patrullera.

Pinazo apuntó con el lanzagranadas y volvió a disparar. Esta vez el disparo dio en el lugar deseado. Encima de los *jets*, la granada impactó contra el casco de popa y provocó una explosión que arrancó varios trozos de metal. El teniente insistió en el mismo lugar y disparó cuatro proyectiles más en torno al mismo objetivo. Con cada impacto, un agujero negro fue ensanchándose, pero los motores no se pararon.

—¡Señor! —indicó el sargento—. ¡Tal vez los motores no estén tan bajos! ¡Fíjese en que la escalera sube un tramo largo antes de la primera puerta de acceso al interior del barco!

Pinazo siguió con la mirada la indicación del sargento. Tal vez tuviera razón. Apuntaría un poco más alto.

El siguiente disparo falló por poco. Atravesó la lona que cerraba el garaje y se perdió en su interior. Explotó dentro, sin que supiera dónde.

Probó de nuevo y acertó. La escalera que ocultaba la puerta de la sala de máquinas de estribor saltó por los aires y cayó al mar.

Ahora tenía el objetivo a la vista. Aquella puerta metálica era su referencia. Volvió a disparar. La granada impactó contra la puerta, explotó, pero no pudo con ella. Cuando el humo desapareció, vio que permanecía en su lugar, aunque bastante abollada.

Pinazo volvió a jurar. Todo el barco estaba construido de aluminio y tenía que encontrarse con la única puerta de acero reforzado. Disparó a la derecha. El mamparo no resistió como la puerta: una parte de la pared se desprendió del casco. En el lateral de estribor del *Nivaria*, apareció un boquete alargado de unos cuatro metros de longitud, que dejó ver parcialmente el interior. Pero la velocidad no menguaba.

Pinazo comprobó que los motores no estaban en ese lado. Resolvió disparar a la izquierda de la puerta. El nuevo impacto se estrelló contra la pared y abrió otro hueco. Co-

menzó un incendio en el interior. Un humo negro y denso
impidió que desde la patrullera se pudiera adivinar la situación de los motores.

—¿Y si dispara a las turbinas? —preguntó el sargento.

Pinazo asintió. En aquellos momentos, el suboficial parecía
tener la mente más despejada que él. Apuntó justo debajo de la
línea de flotación y disparó. El proyectil se estrelló contra una
protección de acero que tenía como función evitar que cualquier embarcación se acercase a las turbinas. El ángulo metálico saltó un par de metros y se hundió inmediatamente en la
espuma.

De repente, oyeron un ruido terrible proveniente de su
espalda. El rugido de un motor potentísimo invadió los sentidos de todos los ocupantes de la patrullera. Aquel estrépito
los sobrecogió.

—¡Es un caza de combate! —gritó el cabo.

Todos miraron al cielo. Un avión oscuro con cuatro alero-
nes en su parte trasera pasó raudo sobre sus cabezas, abriéndose a la derecha.

—¡Va a encarar al ferry de costado! —apuntó el sargento.

Pinazo se rehízo de la sorpresa. Volvió a colocar la mira del
Lag40 en las turbinas del catamarán, apuntó y, seguro de no fa-
llar esta vez, apretó el gatillo. El arma no disparó.

Se incorporó y echó un vistazo al mecanismo.

—¡Sargento, se ha acabado la munición! ¡Reponga otra
maldita caja antes de que me dé algo!

Desde su carlinga del F18, el teniente Rey contempló la
escena que tenía justo enfrente en menos de diez segundos. A
la izquierda, alejándose, el *Queen Elizabeth*. Y casi debajo, el
Nivaria Ultrarapide, al que perseguía una patrullera de la
Guardia Civil, a pocos metros. Más allá, al fondo, el gigantesco *Rossia*, que interponía su enorme casco lateral en la trayectoria del ferry. Le era muy difícil calcular el tiempo que
quedaba para la colisión, pero no debían de ser más de un par
de minutos.

Se abrió a la derecha para trazar un amplio giro que le per-
mitiese enfrentar el lado de babor del *Nivaria*. Tenía que dis-

parar contra un barco civil desarmado y con pasajeros dentro. Trató de no pensar en ello.

Terminó el giro, picó el morro del aparato y descendió a toda velocidad. En conciencia, quería darles alguna oportunidad a los ocupantes del barco. Desvió unos centímetros a la izquierda la mira de su cañón ametrallador y apretó el gatillo. Los proyectiles del F18 alcanzaron la punta de la proa del ferry. Dejó en su lugar un extremo romo y humeante. El avión pasó por encima del barco, rugiendo, pocas décimas de segundo después.

—Base a C15 —recibió Rey en su auricular—, informe, teniente.

—Aquí C15. He realizado una pasada de aviso. Giro y hago otra, esta vez en serio, si no se detiene o se desvía.

Rey se detuvo en su informe, asombrado por lo que acababa de ver.

—Base, un helicóptero acaba de entrar en mi espacio aéreo. ¿Me lo pueden quitar de delante? Espero confirmación.

El piloto del F18 elevó su aparato y comenzó a realizar el giro. Sintió algo de alivio. Mientras el helicóptero siguiera allí, no dispararía.

A menos, claro, que no le quedara otra opción.

301

72

10.10 horas

*I*nmediatamente después de la primera pasada del F18, el helicóptero de los SRG de la Guardia Civil se posicionó justo encima de la cabina de mando del *Nivaria*, manteniendo la misma velocidad que el ferry.

—¡Nuevas órdenes! —anunció el capitán Castillo, el jefe de las fuerzas especiales—. El helicóptero tiene que salir de aquí antes de que vuelva el caza de combate, así que bajaremos todos. No vamos a tener cobertura aérea propia. ¿Entendido?

El capitán abrió las dos puertas del helicóptero y un remolino de viento se coló dentro del aparato. Sus hombres descolgaron por ambos lados cuatro grupos de dobles cuerdas de *rappel* para descenso en vertical.

Castillo echó un vistazo. En la cubierta exterior vio a dos hombres corriendo por ella. No sabría decir si eran secuestradores o no. Enseguida lo averiguaría.

—¡Primer grupo abajo! ¡Cuidado, hay dos hombres a las cuatro!

El sargento Vargas fue el primero en bajar, maniobrando la cuerda con la mano izquierda, con el fusil de asalto Heckler & Koch G36K en la derecha, apuntando hacia abajo. Nadie lo atacó. Cuando se posó sobre el techo del puente de mando, lo que vio no pudo más que asombrarlo.

Sin que los vieran, Ariosto y Baute llegaron a la pared de aluminio pintada de azul celeste que protegía la hilera de aparatos de aire acondicionado, detrás del habitáculo del puente de mando. El marinero se había quedado atrás, en la escalera de mano, vigilando por si salía alguien de la cabina.

Agachados, corrieron por el exterior del mamparo metálico hasta llegar a la altura de las primeras ventanas laterales del puente de mando. A partir de ahí, el suelo se elevaba progresivamente hasta quedar a solo veinte centímetros de las cristaleras. El que se acercara a las ventanas de proa quedaría expuesto de inmediato.

Se detuvieron un segundo, de espaldas a la pared. Entonces se empezaron a oír varias explosiones en la popa del barco. Ariosto y Baute se miraron.

—Algo ocurre abajo —advirtió Baute—. Le aseguro que no son ruidos normales del *Nivaria*.

Ariosto siguió escuchando. Las explosiones mantenían una cadencia rítmica y eran todas iguales.

—Diría que están disparando granadas. Aunque desde aquí no podemos ver nada.

Justo en ese momento, un proyectil alcanzó la chimenea de estribor, a unos treinta metros. La destrozó por completo. Un panel entero de metal se abrió y quedó colgando en el exterior.

—Esto se complica —dijo Baute—. Quien esté lanzando esas granadas nos puede alcanzar involuntariamente. Hay que moverse rápido.

—Sigamos con el plan inicial —añadió Ariosto.

Baute asintió e iba a comenzar a caminar cuando un estruendo inesperado lo dejó petrificado donde estaba. Rápidamente, el ruido se volvió más intenso, hasta hacerse insoportable. Hubo una serie de pequeñas explosiones en la punta de la proa. Una parte del casco saltó por los aires.

—¡Joder! —exclamó el camarero, encogido—. ¿Qué ha sido eso?

—Un avión de combate —respondió Ariosto, mirando al cielo—. Un F18, si no me equivoco. ¡Es el momento, vamos!

Baute salió de su estupor y comenzó a correr por el lateral exterior de la cabina de control, llegó a la esquina delantera y se colocó delante de los cristales que daban a la proa. Se agachó y comenzó a golpearlos con la llave inglesa. Al tercer golpe, comenzaron a aparecer las primeras grietas.

Ariosto lo dejó allí y retrocedió unos pasos hasta colocarse unos cuatro metros por detrás de la puerta de la cabina de mando, oculto por la pared metálica y una torre de aparatos de aire acondicionado. Preparó su pistola para el momento en que saliera el terrorista, apuntando a la puerta. Siguió oyendo las explosiones a su espalda y rogó para que la puntería del tirador mejorara.

Tal como había previsto, atisbó un movimiento en la cerradura de la puerta trasera del puente. Posó el índice en el gatillo, pero se detuvo. Una sombra oscura se cernió sobre él. Se giró un poco para ver qué era. Un tipo enorme vestido de negro de los pies a la cabeza, con pasamontañas incluido, había caído del cielo y le apuntaba con un fusil de asalto.

—No se mueva —le ordenó.

Ariosto no se movió, pero notó que, justo en ese momento, lo que sí se movía era la puerta de la cabina de mando.

Galán y los dos guardias civiles de la patrullera llegaron al gran salón, que seguía desierto. Giraron a su izquierda y se aproximaron velozmente a la Platinum Class. Entraron con los fusiles por delante.

El espectáculo era caótico. Tras las primeras explosiones de las granadas, los pasajeros se habían tirado al suelo. Estaban desperdigados entre los pasillos.

—¡Guardia Civil! —gritó el primer agente—. ¡Quieto todo el mundo!

A Galán aquellas palabras le recordaron algo. Pero esta vez no hacía falta añadir que todos se fueran al suelo.

Una tripulante se levantó, a duras penas.

—¡Los secuestradores están en el puente de mando! —exclamó.

Los guardias comprobaron que no había terroristas en el salón y bajaron sus armas.

—¡Aquí corren peligro! —advirtió Galán—. ¡Vayan todos al salón central y pónganse a cubierto!

El inspector echó un vistazo al pasaje, que comenzaba a incorporarse. No vio ni a Ariosto ni a Olegario.

—¡Inspector! —le llamó uno de los guardias civiles—. ¡Nos vamos!

Galán salió del salón de la Platinum Class tras sus colegas. Al cabo de pocos segundos, llegaron a la puerta del puente de mando. Un par de pasajeros que estaban allí les informaron de lo que había pasado.

—Voy a colocar una carga en la puerta —anunció el primer guardia.

—¡Un momento! —respondió el segundo, escuchando algo por los auriculares—. Unos SGR están descendiendo de un helicóptero. Nos piden coordinación. Ellos se ocupan del techo. Nosotros, del garaje.

Como un resorte, los tres miembros de las fuerzas de seguridad comenzaron a bajar la escalera que los llevaba a la cubierta inferior.

El teniente Rey observó desde la carlinga del F18 que el helicóptero de la Guardia Civil se mantenía en la vertical del castillete central del ferry. Ocho hombres descendían con cuerdas hasta el techo del barco. Amplió el giro de los controles del avión para dejarles tiempo.

—C15, aquí base —escuchó en la radio de su casco—. El helicóptero evacuará inmediatamente. Prepárese para atacar de nuevo.

Ibrahim Basayev contemplaba por el circuito interno de televisión del puente de mando las evoluciones de la patrullera de la Guardia Civil y los resultados infructuosos de los primeros disparos desde un pequeño cañón lanzagranadas. La patrullera se echó a un lado; medio minuto después, uno de los proyectiles hizo blanco en la escalera donde estaba la cámara: la imagen desapareció de la pantalla. La situación de la embarcación de la Guardia Civil, en diagonal desde la punta trasera derecha del barco, ocupaba un ángulo muerto que no podía ser recogido por las otras cámaras exteriores. Kirilenko, a su lado, miraba por las ventanillas exteriores del puente, comprobando que no había movimiento por ahí.

Basayev sabía que el patrullero estaba intentando disparar a los motores. Si lo hacía con tranquilidad, tal vez acabaría acertando. Desconectó el piloto automático y pasó a control manual del barco. Con un par de eses, desestabilizaría a la embarcación que los perseguía.

En ese momento, unos impactos hicieron saltar el pico de la proa. Una sombra rauda pasó por encima de ellos atronando el espacio.

—¡Un caza de combate! —dijo Kirilenko. Se volvió a su compañero—. ¿Llegaremos?

—Llegaremos —respondió Basayev—. Si Dios quiere.

—Si Dios quiere —repitió el secuestrador rubio.

Y, de repente, un hombre surgió al otro lado de las ventanas de estribor, en el exterior de la cubierta. Caminó hacia delante y, colocándose enfrente de los cristales delanteros, comenzó a golpearlos con una llave inglesa.

—¿Qué diablos? —exclamaron a la vez los dos terroristas.

Natalya estaba tumbada en el suelo del puente de mando, con las manos y los pies atados con tiras de plástico; amordazada con un trozo de tela adhesiva. Tanto rato en esa posición había hecho que se adormilara. Las primeras explosiones la sacaron de ese estado. Abrió los ojos. Los secuestradores observaban las pantallas de televisión.

Giró sobre su espalda y trató de sentarse. Tras unos segundos de esfuerzo, lo logró. Se desplazó sobre el suelo hasta apoyar la espalda en uno de los mamparos de la cabina. Trató de desasirse, pero le fue imposible. O eso le pareció en un primer momento. Empezó a forcejear rítmicamente y notó que la ligadura de las manos se aflojaba un poco. Se animó a seguir intentándolo.

Cuando Olegario comenzó a correr zigzagueando entre los vehículos del garaje los veinte metros que le separaban de los camiones, empezaron a sonar las explosiones en el exterior del catamarán. Los secuestradores ya habían subido a la parte superior de sus tráileres; miraron a la popa del barco, donde los impactos se sentían con más fuerza. Olegario llegó al primer camión, lo rodeó y encontró la escalerilla de subida al techo.

Ascendió por los escalones metálicos lo más rápido que pudo. Al llegar arriba, vio al checheno en cuclillas sobre la escotilla por la que habían introducido el gasoil en la caja de carga del camión. Echó un vistazo al otro terrorista en el vehículo vecino. Se encontraba ensimismado escuchando su teléfono móvil, mirando al otro lado.

Se acercó dos pasos y levantó su arma, tratando de cogerlo desprevenido. Su sombra lo delató. El checheno levantó la vista y descubrió al chófer. Un reflejo de asombro destelló en su rostro: había dado por seguro que ese tipo estaba ya en el fondo del mar.

El secuestrador se echó al suelo girando sobre sí mismo. Olegario disparó al bulto. La bala rebotó en la carrocería y se perdió en el techo. Sabía que corría un gran peligro: si el proyectil agujereaba el depósito del camión, podría suceder lo peor. Había que resolver aquello de otra manera.

Antes de que el checheno se recobrara, Olegario se lanzó en plancha sobre él y lo embistió. Ambos rodaron por el techo del camión hasta llegar al borde delantero, casi encima de la cabina del conductor. Las pistolas cayeron al suelo del garaje. Se oyó un disparo. Era el otro terrorista, que trataba de hacer blanco desde el otro camión.

En ese momento, un proyectil entró volando en el interior del garaje, pasó muy cerca de ellos y se estrelló contra el mamparo de proa, a unos cuarenta metros. Produjo una tremenda explosión que llenó de esquirlas y de humo todo el espacio donde se encontraban los coches.

Olegario recibió un puñetazo en el rostro. Afortunadamente, el cuerpo a cuerpo impedía que los golpes fueran largos y potentes, pero estaba claro que el secuestrador conocía el arte de la pelea callejera. El chófer intentó hacerle una llave de inmovilización, pero el tipo se escurrió. Probó con un rodillazo en el estómago, que no funcionó demasiado. A cambio, recibió un golpe en el cuello. Le dolió. Respondió con un doble directo al plexo solar; de vuelta, una patada en la pantorrilla derecha.

Necesitaba espacio, así aferrados no lograría librarse de aquel tipo. Se liberó de los brazos del checheno y lo empujó con fuerza hacia atrás. El terrorista rodó sobre sí mismo, antes de tratar de incorporarse apoyándose sobre una rodilla.

Olegario tomó aire y se levantó, flexionado, esperando un nuevo ataque. Otro disparo sonó a su derecha. La bala pasó silbando en sus oídos. Ahora era un blanco demasiado visible, no podía quedarse allí.

Sonó un nuevo disparo, seguido de otro más. El sonido era distinto, de un arma superior. Olegario miró fugazmente al lugar de donde procedían las balas. A pesar del humo, vio a dos hombres vestidos de negro en la puerta del garaje (fuerzas especiales, con toda seguridad); les apuntaban con fusiles de asalto. Debían de ser disparos de advertencia. El terrorista del otro camión les devolvió el fuego. Olegario supo lo que iba a ocurrir a continuación. Saltó del camión sobre el techo del turismo más próximo y de ahí al suelo. En ese segundo, los tiradores de la puerta pusieron sus armas en modo automático y se desencadenó un infierno de disparos sobre su cabeza.

El chófer solo se repetía una cosa: «Por Dios, que no agujereen los camiones».

73

10.15

—¡Al suelo! ¡Suelte el arma!

Ariosto obedeció al miembro de las fuerzas especiales del GRS de la Guardia Civil. Bajó el brazo y dejó caer la pistola al suelo.

—Tenga cuidado con eso —dijo, agachándose despacio—. Soy uno de los pasajeros. Y mire a la puerta del puente.

Kirilenko asomaba desde el interior de la cabina. Miró a su alrededor y se percató en una décima de segundo de la llegada de los guardias civiles. Se refugió de nuevo en el puente y cerró la puerta.

—Lástima —dijo Ariosto—. Lo tenía a tiro.

—Quédese quieto en el suelo —le ordenó el guardia—. Ahora nos toca a nosotros.

—¡Ibrahim! —gritó Kirilenko—. ¡Soldados! ¡Están bajando de un helicóptero!

El otro secuestrador se asomó a las ventanas de estribor. Al menos cuatro hombres de negro ya estaban en el techo del barco y se desembarazaban de las cuerdas con las que habían descendido.

—Todavía no se han agrupado. Es el momento de atacar.

Basayev conectó el piloto automático, se dirigió a la puerta del puente, la abrió y salió. Kirilenko le siguió. Salieron al viento exterior y comenzaron a disparar por encima de la pared de aluminio de los aparatos de aire acondicionado. El fuego indiscriminado de los terroristas alcanzó a tres de los guardias civiles, pero los chalecos antibalas hicieron su trabajo. Solo hirieron a uno, en una pierna. Los GRS se lanzaron al suelo y respondieron al fuego con sus fusiles. Otros cuatro hombres descendieron de los helicópteros y dispararon desde el aire. La descarga de los potentes proyectiles de sus HK G36K sobre el lugar que ocupaban los chechenos logró que estos se replegaran y buscaran refugio detrás de los aparatos de aire acondicionado. Decenas de chispas saltaron de los aparatos alcanzados cuando dejaron de funcionar.

—¡Vamos dentro! —indicó Kirilenko.

Los chechenos volvieron a la cabina de mando y cerraron la puerta detrás de ellos.

—Me queda una cosa por hacer —dijo Basayev.

El checheno se aproximó a los mandos del *Nivaria*. El *Rossia* se divisaba cada vez más grande, casi ocupaba todo el panel de la cristalera frontal. Con los disparos, el tipo que estaba golpeando las ventanas había desaparecido. Comprobó el rumbo y la velocidad: la patrullera todavía no había conseguido alcanzar los motores. Se aseguró de que el piloto automático continuaba funcionando. Se separó un paso de los controles y comenzó a disparar a un determinado panel.

—¿Qué haces, Ibrahim? —preguntó Kirilenko.

—Acabo de destruir el sistema manual de dirección del barco —respondió, satisfecho—. Ya nadie podrá desviarlo del rumbo del piloto automático.

Basayev sacó el cargador de su pistola y comenzó a llenarlo de balas.

—Llama a los hermanos del garaje —indicó al rubio—. Un minuto para la colisión. ¡Alabado sea Dios!

—Alabado sea Dios —respondió Kirilenko, que marcó un número en su teléfono móvil.

—¡Perímetro asegurado! —gritó el cabecilla del GRS. No llevaba distintivos diferentes a los de sus compañeros.

Ariosto comprobó que los comandos ya no se fijaban en él. Atisbó a Baute a unos veinte metros, también en el suelo, mirándole. Le hizo una seña indicándole que se encontraba bien.

Uno de los hombres armados dirigió una serie de disparos contra la cristalera del puente, que resistió.

—¡Cristal de seguridad! —anunció.

El jefe de los comandos se asomó por encima del panel de aluminio y comprobó, entre el humo de los aparatos de aire acondicionado destrozados, que la puerta de cabina de mando estaba cerrada.

—¡Una carga en la cerradura y entramos! —ordenó.

Uno de los guardias se acercó mientras los demás le cubrían. En cinco segundos, instaló una barra de explosivo plástico y un detonador electrónico en el sistema de apertura de la puerta, lo fijó con cinta adhesiva y se retiró. Uno de sus compañeros esperó a que estuviera a una distancia segura y pulsó un botón del mando inalámbrico.

Se oyó una pequeña explosión, tras la cual la cerradura y el picaporte desaparecieron.

—¡Adentro! —gritó el jefe.

Ariosto no perdía detalle, pero, justo en ese momento, algo le hizo desviar la atención hacia el cielo. Un gigantesco rugido proveniente de las alturas. Antes incluso de verlo, supo que el F18 se abalanzaba sobre ellos en su segunda pasada.

313

Olegario buscó por el suelo del garaje alguna de las pistolas, sin resultado. Los tipos de negro seguían disparando de modo automático. Echó un vistazo al techo de los camiones. Los terroristas estaban tumbados junto a las escotillas, uno de ellos disparando esporádicamente a los que estaban en la puerta. Iba a ser difícil sacarlos de ahí.

Los disparos cesaron un segundo. Olegario aprovechó el momento.

—¡No disparen a los camiones o la bomba estallará! —gritó.

El mensaje fue recibido. No hubo más disparos. Al otro lado del garaje, se oyó una voz.

—¿Olegario? ¿Está usted ahí?

—¡Galán! —respondió el chófer desde la penumbra—. ¡Hay que impedir que abran las escotillas del techo!

—¡Manténgase a cubierto! —le advirtió Galán—. ¡Vamos a acercarnos!

—¡Solo hay uno armado! —respondió Olegario—. ¡El del camión de la derecha!

Varias explosiones en la popa rompieron el segundo de silencio. Los guardias y Galán se dispersaron por el garaje en dirección al camión indicado. Y entonces, con un estruendo gigantesco, el barco recibió varios impactos seguidos que hicieron desaparecer los toldos de popa: la luz entró a raudales en el garaje.

El teneiente Rey, el piloto del F18, terminó el amplio círculo que desplegaba su avión y comprobó que el helicóptero de la Guardia Civil había salido de su espacio de maniobra. Impulsó hacia delante el *joystick* situado entre sus piernas y el caza dirigió el morro hacia abajo.

Echó un vistazo al panorama que tenía delante. Descartó atacar el puente de mando, los guardias civiles estaban allí y los impactos de los proyectiles no aseguraban la detención de los motores. Se centraría en la popa del barco.

314

El F18 descendió a toda velocidad. Rey pulsó el disparador de su cañón ametrallador. Por su visor, pudo ver que los proyectiles de calibre de veinte milímetros que escupían sus cañones Vulcan comenzaban a destrozar la parte trasera del *Nivaria Ultrarapide*. La escalera exterior de babor fue la primera en saltar; luego le tocó el turno al balcón de la Platinum Class y al alerón que lo recubría, que prácticamente desaparecieron. A continuación, se desgarraron los toldos del garaje. El final de la pasada terminó con lo que quedaba de la escalera de estribor.

Pero las turbinas continuaron funcionando y el barco siguió avanzando a la misma velocidad.

—¡Mierda! —exclamó el piloto, volviendo la cabeza hacia lo que dejaba atrás al tiempo que el avión remontaba el vuelo.

Con cierta irritación, se preparó para una tercera pasada.

Natalya estaba tensa en el suelo del puente de mando, tumbada a un lado, cerca de la escalera que descendía al salón de butacas. Sintió los impactos de un arma automática sobre su cabeza, en los cristales, que resistieron.

A continuación, los secuestradores salieron y comenzaron a disparar. Unos segundos después, volvieron a entrar y cerraron la puerta. Uno de ellos destrozó a tiros uno de los paneles. A continuación, hubo una explosión en la puerta de la cubierta, como una sinfonía de ruidos insoportables. Los chechenos comenzaron a disparar hacia la puerta.

Oyó que un objeto pequeño y pesado caía y rebotaba en el suelo hacia el fondo del puente, donde estaban los terroristas. A continuación, hubo un inmenso estallido de luz y ruido. Natalya perdió el conocimiento.

Ariosto se había levantado. Apenas asomó los ojos por detrás de los aparatos de aire acondicionado, siguiendo el operativo de los GRS. Dos de los guardias se acercaron a la puerta, que se abría hacia el exterior.

Uno de ellos la abrió apenas unos centímetros; el otro lanzó hacia dentro una granada. Los disparos de los secuestradores se estrellaron en los cristales de seguridad de la parte interna de la puerta.

Un estruendo se expandió dentro de la cabina de control. El efecto de la granada se dejó sentir incluso en la cubierta exterior. Ariosto quedó un poco desorientado por aquel ruido atroz, que se clavó en sus tímpanos.

El guardia que aguantaba la puerta la abrió completamente; dos de sus compañeros entraron con sus fusiles hacia delante, a la altura de los ojos. Ariosto oyó tres series de ráfagas que venían del interior del puente.

—¡Despejado! —oyó inmediatamente después.

Otra voz lo repitió.

—¡Despejado!

Los demás guardias entraron rápidamente en el habitáculo. Ariosto se quedó solo en la cubierta. Se asomó un poco más, escudriñando a través de la puerta abierta. Un escalofrío recorrió su espalda al ver en el suelo, inmóvil, una figura que reconoció al instante.

Natalya.

315

Υ

Desde la patrullera, el teniente Pinazo se frotó los ojos. La popa del *Nivaria* estaba irreconocible. Había desaparecido el alerón que protegía el balcón, la barandilla y la mayor parte de la base, así como todos los cristales de las ventanas de la Platinum Class. Los toldos del garaje habían caído al exterior y colgaban, desgajados, rozando el agua.

Pinazo pudo ver los vehículos del garaje y unos relámpagos de disparos de armas ligeras, tal vez fusiles.

—¡Lanzagranadas cargado! —anunció el sargento.

Pinazo ajustó la mira hacia la espuma de las turbinas y disparó.

74

10.19 horas

*E*n el garaje, desde lo alto del camión, Ajmed localizó a los dos hombres de negro que se acercaban. Al tercero, un tipo de paisano, lo había perdido de vista. Observó a Nurdi, que le devolvió una mirada de angustia. Le señaló el móvil que llevaba en su mano izquierda. Ambos tenían las instrucciones de abrir las escotillas en cuanto sonara de nuevo el móvil; si no, lo debían hacer desde que notaran el inminente choque del barco. Los dos tenían a mano la palanca de apertura.

Volvió a escudriñar con la vista el camino que seguían los guardias. Cuando tuvo uno a tiro, apoyó el arma en el techo del camión y disparó. El guardia desapareció. Ajmed estaba casi seguro de que le había alcanzado. Ahora a por el otro.

Un grito ahogado le hizo volverse. En el techo del otro camión había surgido el mismo tipo que les había estado dando quebraderos de cabeza toda la mañana. Se había lanzado contra Nurdi, lo había aferrado con ambos brazos y se lo llevaba al borde del techo. Una décima de segundo después, ambos cayeron al otro lado y desaparecieron de su vista.

—¡Nurdi! —gritó Ajmed.

El enfurecido checheno recordó que con que estallara uno de los camiones era suficiente para inflamar el contenido del otro. Se mantuvo en su puesto, buscó al otro guardia, apenas resguardado por la carrocería de un turismo, y disparó. Un quejido le confirmó que había vuelto a acertar.

—C15, aquí base —escuchó Rey en el F18—. Nos comunican que los motores están unos cinco metros en el interior del barco desde la parte de atrás. Afine el tiro.

—Recibido —respondió el piloto. Y volvió a enderezar el avión, esta vez desde el lado contrario.

El capitán Castillo, el jefe de los GRS, pasó por encima de los cuerpos destrozados de Basayev y Kirilenko. Observó los mandos del *Nivaria Ultrarapide*. Habían tiroteado los paneles de control. En el vuelo del helicóptero, un técnico del 112 le había explicado dónde estaban las principales palancas e interruptores, pero se temía que aquella clase acelerada no le iba a servir de nada.

Probó a cambiar de piloto automático a manual. Nada. Buscó el interruptor de encendido. Estaba destrozado por un disparo, pero el barco seguía funcionando, con lo que era imposible apagar los motores.

Impotente, pidió por radio al técnico del 112 que le buscara salidas. Mientras el casco enorme del *Rossia* se acercaba más y más, pensó que, irremediablemente, se iban a estrellar.

Ariosto entró en la cabina del puente de mando, atestada de guardias civiles que examinaban los controles destrozados. De refilón contempló los cadáveres ensangrentados de los dos chechenos, ametrallados al pie de los sillones del capitán y del primer oficial. Todo olía a pólvora. Baute, el camarero, le siguió. Ambos se fijaron en Natalya.

—¡Un cuchillo! —pidió al GRS más cercano.

El guardia comprendió y se agachó. Sacó un cuchillo de combate de la funda sujeta a la pernera de su pantalón y cortó con él las ligaduras de pies y manos de Natalya.

—Gracias —dijo Ariosto, y arrancó la mordaza que tapaba la boca de la chelista.

La mujer comenzó a volver en sí.

—¡Natalya! —exclamó Ariosto, que la incorporó en sus brazos—. ¿Puedes oírme?

Ella abrió los ojos y volvió a cerrarlos. Enderezó el cuello y trató de sentarse.

—¿Te encuentras bien? —preguntó Ariosto, ansioso.

La mujer lo miró, al principio desorientada. Al cabo de unos instantes, lo reconoció.

—Estoy bien —balbuceó—. He vuelto.

—Así es —respondió Ariosto—. Ya estás con nosotros.

—No, no —dijo, todavía confusa—. He estado en… otro sitio. Y he estado con él.

—¿Con él? —Atribuyó aquellas palabras a que todavía no se había recuperado de su desmayo.

—Sí. Con el niño —continuó Natalya. Baute dio un respingo—. Escucha, Luis, no sé cómo, pero me dijo algo muy importante.

—Dime —replicó Ariosto, escéptico y extrañado.

—Un color. No sé de qué se trata, pero es algo muy importante —continuó—, algo de color naranja.

¿Naranja? ¿Qué diablos podía ser de color naranja en un barco? Muchas cosas, se respondió. Y todas tenían que ver con advertencias. Se volvió hacia Castillo.

—¡Capitán! ¿Hay algún botón naranja en los controles?

El interpelado echó un vistazo a los paneles.

—Así es —respondió—. Dos botones en paralelo, pero el de la izquierda está destrozado. El otro se mantiene en su sitio. Pero no sé para qué sirven. Lo voy a consultar.

Ariosto se volvió a Natalya.

—¿Sabes para qué era ese botón?

La mujer trató de recordar.

—No. Solo me dijo eso.

Castillo escuchó en sus auriculares la información que le facilitaban desde el 112 y se dirigió a Ariosto.

—Ese botón conecta y desconecta el apagado de los motores de babor y estribor desde la sala de máquinas.

Ariosto se estremeció. El botón derecho equivalía a la sala de máquinas de estribor. Era lo más natural. Dejó a Natalya apoyada en el mamparo y se levantó rápidamente. Se dirigió a Baute.

—¿Sabe usted dónde está el sistema manual de apagado de los motores en la sala de máquinas?

El camarero dudó.

—Creo que sí, aunque no estoy seguro.

—Lléveme allí, ahora, a la sala de estribor —le urgió Ariosto, tomándolo del brazo—. ¡Y usted, capitán, síganos! Pero, antes, ¡pulse ese maldito botón!

Al ver la cara de sorpresa del militar, Ariosto añadió dos palabras a sus órdenes:

—Por favor.

Olegario volvía a luchar cuerpo a cuerpo con aquel tipo, pero esta vez no iba a ocurrir lo mismo que antes. Ambos cayeron entrelazados sobre uno de los vehículos situados junto a los camiones (afortunadamente, no era el Mercedes), y de allí rebotaron al suelo. Logró que el terrorista cayera debajo de él, por lo que este se llevó la peor parte del golpe. Antes de que pudiera reponerse, lo agarró por la camisa y le propinó un fuerte cabezazo en la nariz. Fue suficiente, el secuestrador quedó inmóvil, inconsciente.

320

El capitán Kovaliov observaba desde el puente del *Rossia* que el ferry se les echaba encima. Rojo de rabia, decidió protestar ante aquella situación de la única manera que podía. Buscó el control de la sirena del superpetrolero y lo pulsó.

Un ulular profundo atronó en varios kilómetros a la redonda, como un elefante herido que ve llegar la muerte.

La mitad de la sala del 112 estaba a punto de sufrir un ataque de nervios, la otra mitad ya era presa de uno. Cruz seguía de pie, más tenso que ninguno.

—¿Alguien sabe si hay algún cambio en la trayectoria del *Nivaria*? —preguntó por la radio, abierta en todos sus canales.

—Negativo, señor —respondió una voz entre la estática. Un policía local desde la refinería—. Sigue igual. Y ya dudo de que pueda desviarse sin chocar.

Más de uno contuvo la respiración sin darse cuenta.

Cruz también lo hizo.

Ariosto bajó los escalones del puente de dos en dos y salió por la puerta a la cubierta del pasaje. Echó un vistazo al salón principal en busca de los pasajeros y los encontró a todos en el suelo, refugiados entre las butacas.

—¿Hay algún maquinista aquí? —preguntó, casi gritando.

Un hombre levantó el brazo.

—Aquí —dijo.

—¡Sígame a la sala de máquinas, por lo que más quiera!

Ariosto se giró y bajó el primer tramo de la escalera que descendía al garaje. Baute se le había adelantado y ya había abierto la puerta del taller que tenía conexión con la sala de máquinas de estribor.

—¡Vamos! —gritó, cruzando el umbral.

Y Baute, el maquinista y el capitán Castillo entraron inmediatamente tras él.

75

10.20 horas

*E*l piloto del F18 se lanzó en picado de nuevo, en dirección al lado de babor del *Nivaria Ultrarapide*. Calculó los cinco metros desde la popa y pulsó el botón de disparo.

La ráfaga comenzó a surcar su estela en el agua antes de dejar su impronta en el lateral del casco, que quedó destrozado sistemáticamente hasta llegar al techo. Continuó así, dejando un reguero de destrucción a su paso, hasta que sus proyectiles cayeron de nuevo en el agua, al otro lado del barco.

Rey miró hacia atrás y comprobó que la velocidad del barco no disminuía.

Se maldijo de nuevo. Solo le quedaba una última oportunidad. Y, por mucho que le pesara, no le quedaba más remedio que utilizar las JDAM, las *Joint Direct Attack Munition*: bombas guiadas por un sistema de navegación inercial asociado a un GPS, concretamente las MK-82.

Contra un barco de pasajeros.

El teniente piloto volvió a persignarse.

Olegario se encogió cuando una andanada de proyectiles de grueso calibre perforó el techo del garaje, cerca de la popa, y destruyó los automóviles que alcanzaba. En uno de ellos, explotó el depósito de combustible. La onda expansiva retumbó en todo el garaje, e hizo que los hombres que estaban dentro de él perdieran el equilibrio. Olegario, agarrado al chasis del camión del checheno, vio a Galán, en mitad de aquel gran espacio, caer hacia atrás.

Se asomó al otro lado del garaje y observó que el otro terrorista había caído del techo del camión a uno de los vehículos cercanos debido a la explosión. Se incorporaba, tratando sin duda de subir de nuevo al tráiler.

Olegario se alegró de tener una nueva oportunidad y comenzó a correr hacia el checheno.

Ariosto iba a abrir la puerta de la sala de máquinas cuando sintió los impactos del F18. Se quedó petrificado mientras retumbaba toda su estructura durante los apenas cinco segundos que tardó el avión en hacer su pasada. El taller se libró del ataque, igual que sus ocupantes.

Se rehízo como pudo y abrió la puerta. Varios impactos habían alcanzado la sala de máquinas. Los agujeros en el techo y en las paredes lo dejaban claro; una atmósfera de humo y polvo la invadía por completo. Pero, como si de un milagro se tratara, ninguno de los proyectiles había tocado los motores amarillos en línea, que seguían trabajando al máximo de su rendimiento.

—¿Dónde es? —le preguntó Ariosto al mecánico.

El hombre entró en la sala y se dirigió a un cuadro de mandos. Abrió una pequeña puerta de metal y detrás vio una multitud de botones e interruptores.

—¿Sabe cuál es? —Esta vez la ansiedad provino del capitán de los GRS.

—Es este —dijo el mecánico, señalando un anodino botón negro.

—¡Púlselo! —gritaron varias voces al mismo tiempo.

El teniente Pinazo disparó su segunda granada desde la patrullera, que ya estaba a cierta distancia del *Nivaria*. El alcance de su arma se mantenía, pero ya no se podía afinar tanto la puntería. La primera no impactó en las turbinas. Y la segunda tampoco, se perdió bajo el agua.

Pinazo apuntó de nuevo, esta vez más despacio. Seguro del tiro, volvió a disparar.

Esta vez la granada dio en el blanco, el extraño ruido de

la explosión se lo dijo. Levantó la vista por encima del arma y comprobó, feliz, que la turbina de estribor se había detenido.

Se detuvo a pensar en las imágenes que habían pasado por su retina en los segundos anteriores. Tal vez la vista le había jugado una mala pasada, pero le había parecido ver los radios de la turbina justo antes de la explosión. Eso solo podía significar que el generador se había detenido antes del impacto. ¿O no? Ya no estaba seguro de nada.

O sí.

Quedaba por destruir la turbina de babor, la de la izquierda. Pinazo tomó aliento y volvió a apuntar.

Olegario llegó unas décimas de segundo tarde. El checheno subía por la escalerilla y casi había llegado al techo del camión cuando el chófer le agarró la pernera del pantalón. El terrorista se volvió, sacó la pistola de su cinturón y lo apuntó. Los reflejos de su juventud llegaron en el momento justo: soltó la pierna del terrorista y trató de esquivar el disparo. La pistola de Ajmed disparó una bala que alcanzó a su oponente en el hombro izquierdo. La fuerza del impacto a tan corta distancia lo lanzó hacia atrás. Cayó al suelo sintiendo que le aplicaban un hierro candente en la piel. Un borbotón de sangre comenzó a manchar el traje del chófer. Olegario, desesperado, miró a su alrededor. Descubrió a Galán a unos veinte metros, junto a la hilera de vigas centrales que aguantaban el techo.

El techo.

Una alarma saltó en el cerebro de Olegario.

Sobreponiéndose al dolor, sacó fuerzas para gritarle al policía.

—¡Galán! ¡La palanca que tiene a su lado! ¡Bájela!

El inspector miró a su alrededor y descubrió, oculto en una viga triangular, un pequeño aparato negro del que sobresalía una palanca.

El policía no se lo pensó.

Bajó la palanca.

—C15 a base —dijo el teniente piloto Rey—. El motor de estribor ha sido alcanzado y se ha detenido. Repito, el motor de estribor se ha detenido. El *Nivaria* está comenzando a derivar a su derecha. Solicito instrucciones.

—Base a C15, manténgase a la espera, pero no pierda de vista al barco.

Rey miró al cielo, agradecido, y mantuvo el círculo amplio que acababa de iniciar sobre el *Rossia*.

El capitán Kovaliov no se lo podía creer. El *Nivaria* había comenzado a desviarse a su derecha, la izquierda del *Rossia*. Sus años de marino le dijeron en un momento lo que estaba ocurriendo. El ferry había perdido una de las turbinas, y el empuje de la otra provocaba esa deriva. Si no tuviera ningún obstáculo, comenzaría a dar vueltas en círculo. Pero estaba demasiado cerca del superpetrolero para eso.

326

El mecánico se abrazaba con Baute y Ariosto. El capitán de la Guardia Civil trataba de informar de que el motor de estribor se había detenido.

—Lamento aguarles la fiesta —dijo Ariosto—, pero hay una bomba en el garaje.

Los hombres salieron de nuevo al taller y fueron a la escalera que bajaba hasta el aparcamiento. Allí se les unieron varios GRS. Todos bajaron a la cubierta de estacionamiento de vehículos.

La puerta estaba abierta. A través de ella, Ariosto y sus acompañantes asistieron a un espectáculo increíble.

Una de las rampas metálicas que se utilizaba para ampliar el espacio de aparcamiento para turismos estaba bajando desde el techo sobre los automóviles que había debajo. El mecanismo se detuvo al encontrar una resistencia. La base de la rampa había topado con el techo de dos tráileres, e impidió que prosiguiera su movimiento. El ruido del motor parecía quejarse de ello.

Ariosto aguzó la vista y comprobó que entre la parte inferior de la rampa y el techo de uno de los camiones había quedado atrapado el cuerpo de un hombre, que trataba inútilmente de liberarse con movimientos violentos. Fijándose bien, se percató de que más que intentar desprenderse del abrazo metálico, luchaba por llegar a la palanca de una escotilla. Pero no podía. Le faltaban unos treinta centímetros.

Y, en ese momento, el *Nivaria Ultrarapide* chocó contra algo.

—C15 a base —informó Rey—. El *Nivaria* se ha desviado a la derecha lo suficiente para evitar un impacto frontal, pero va a chocar con la esquina de la popa del *Rossia*.

—Recibido C15, siga informando.

El capitán Kovaliov no se lo podía creer, el *Nivaria* había girado hasta ponerse a cuarenta grados respecto al *Rossia*. La velocidad del ferry hizo que el contacto entre ambos cascos se convirtiera en una fricción más que en un choque. Las paredes de ambas embarcaciones se tocaron durante un par de segundos, levantando chispas y pintura. El catamarán llegó al final de la pared del *Rossia* sobre la que se deslizaba y saltó libre cuando rebasó la popa.

Kovaliov soltó la carcajada más alegre de su vida y, de nuevo, echó mano de la petaca de vodka.

En el garaje del *Nivaria Ultrarapide*, la presión del casco del ferry contra el del superpetrolero se oyó como un crujido gigante, un lamento profundo de un animal prehistórico herido. La cubierta se inclinó a la derecha y varios automóviles se desplazaron unos centímetros. Todos los ocupantes buscaron un asidero donde agarrarse. A ciegas, sin saber lo que ocurría en el exterior, no podían adivinar lo que vendría después.

El teniente Pinazo, desde la patrullera, silbó de sorpresa y dejó de disparar. El *Nivaria* había esquivado al *Rossia* en el último segundo. Incluso se había rozado con la parte trasera del

327

superpetrolero. El barco de la Guardia Civil también se desvió, persiguiendo al ferry. Pero aquello no había terminado. El catamarán se dirigía, con un motor al máximo de revoluciones, en rumbo de colisión contra la costa. Y no era precisamente una playa lo que le esperaba.

—C15 a base. El *Nivaria* ha superado al petrolero y se dirige directamente a la costa. Veo un espigón de piedras y un pequeño embarcadero de barcas de pesca en su camino. Detrás está la colina del Palmetum y la calle de doble carril de entrada a la ciudad. Va a estrellarse. Repito, va a estrellarse.

Natalya, ya recuperada y de pie en el puente de mando, fue testigo de excepción de las chispas que saltaron cuando el casco del *Nivaria* corrió sobre la pared del *Rossia*, que se perdía muchos metros arriba. Y sintió un alivio tremendo cuando el muro de metal rojo y negro del petrolero terminó y volvió a ver el mar. Poco le duró. A menos de doscientos metros, vio el siguiente obstáculo. Y de ese no había forma de escapar.

El *Nivaria Ultrarapide*, a una velocidad de treinta y cinco nudos, esquivó por dos metros el final del espigón. Lo dejó a su derecha, siguió adelante y su proa voló sobre los cayados negros de una playa minúscula. La quilla de estribor se subió a un pequeño rompeolas, ladeando el barco a su izquierda. El empuje de la enorme embarcación la impulsó hacia adelante; el ferry se deslizó hacia arriba por un talud de unos treinta grados. El catamarán salvó la inclinación, perdiendo velocidad, pero la inercia provocó que siguiera avanzando, llevándose por delante una valla que separaba la zona del embarcadero de la avenida marítima, que invadió a continuación. El barco, avanzando sobre el asfalto con sus dos quillas de aluminio, embistió una estatua que presidía una rotonda, una alegoría sobre los vientos del mar, y siguió avanzando, cada vez más lento, cruzando la calzada e invadiendo un aparcamiento. A continuación, derribó a su paso una hilera de flamboyanes, una farola gigantesca y cuatro palmeras altísimas. Estas últimas fueron el último obstáculo que fue capaz de superar. El *Nivaria* se detuvo, por fin, a las puertas del recinto ferial, un amplio edificio de diseño futurista, a apenas cinco metros de una valla publicitaria que rezaba: «Tenerife-Gran Canaria: mejor en barco».

Los sucesivos obstáculos que tuvo que sufrir el *Nivaria* desde que alcanzó la orilla provocaron el caos en su interior. En el salón principal, los productos de la cafetería salieron volando en todas direcciones. Los pasajeros, aferrados a la base de las butacas, recibieron toda clase de sacudidas y no se libraron de unas cuantas contusiones. Afortunadamente, solo hubo heridos leves.

En el garaje, los automóviles se movieron y algunos chocaron entre sí. Las personas que había en su interior trataron de no quedar aplastadas por las hileras de vehículos en movimiento. Hubo que lamentar cuatro heridos, dos de ellos graves.

Ariosto llegó al otro lado del garaje tras haber salvado la multitud de obstáculos que los automóviles desordenados oponían a su paso. Encontró a Galán atendiendo a Olegario, oprimiéndole la herida del hombro para detener la hemorragia.

—¡Queridos amigos! —exclamó—. ¡Qué alegría verlos!

El júbilo de Ariosto se atenuó cuando examinó la herida de Olegario. No parecía mortal, pero podía revestir cierta gravedad.

—¿Se encuentra bien, Sebastián? —preguntó.

—Perdone que no me levante, señor —susurró, apretando los dientes—. Me temo que no voy a poder conducir durante unos cuantos días.

—Está usted dispensado. Faltaba más. Y con el sueldo completo.

—Me imagino, señor, que el próximo viaje lo haremos en avión…

Ariosto pensó en la frase de su chófer medio segundo. Después, con profunda resolución, respondió:

—¿Y perdernos el romanticismo del viaje por mar? Nada de eso, amigo mío, nada de eso.

Ariosto dejó el garaje y subió por la escalera al salón principal. Al llegar, el panorama era caótico: quejidos de algún herido, sollozos de alivio y exclamaciones de alegría. Uno de los tripulantes había abierto una de las puertas y el aire de la ciudad entró en la estancia. En torno al catamarán, se oía el sonido de decenas de sirenas.

Ariosto buscó a sus amigos con mirada ansiosa. Los encontró, sentados, en una de las butacas del fondo. Se acercó a ellos rápidamente.

—¡Natalya! ¡Arribas! ¿Estáis bien?

La rusa sonrió. Su esposo, con expresión fatigada, agradeció con un gesto el interés de Ariosto.

—Estamos bien —respondió la chelista—. Unas pequeñas magulladuras de recuerdo. Y lo mejor es que Julio se ha recuperado de su desfallecimiento.

Ariosto sintió un alivio enorme. Atrás quedaba toda aquella tensión.

—Bien, entonces, ¿llegamos a tiempo para el ensayo de la orquesta?

Nota del autor

*E*spero que la lectura de esta novela no induzca a lector alguno a evitar las travesías en barco: un medio en el que todavía se puede tener la sensación de que viajar por mar es un placer, no solo ir de un sitio a otro.

Todos los personajes, salvo un par de cameos consentidos, son imaginarios, así como las situaciones que se plantean. Cualquier parecido con la realidad es pura coincidencia. Sin embargo, las localizaciones en tierra son todas reales.

A la hora de enfrentarme a una novela cuya trama está relacionada con el terrorismo internacional en Canarias, donde, por fortuna, no ocurren este tipo de cosas, he tenido que echar mano, imaginación al margen, de una serie de fuentes bastante heterogéneas.

El *Nivaria Ultrarapide* está inspirado en los ferris catamaranes que hacen las rutas entre islas en el archipiélago canario, tanto los del trayecto de Agaete a Santa Cruz de Tenerife, como los que recorren otras rutas. Quien conozca esos barcos sabrá que la descripción del *Nivaria* no se corresponde exactamente con ninguno de ellos. Es un poco mezcla de todos, con alguna que otra licencia.

El ANFO es un explosivo muy peligroso. Los datos del atentado de Oklahoma son verídicos. La forma de transporte y el sistema de explosión son invención de quien escribe: seguro que no es tan fácil que puedan explotar como se expone en el texto.

Las pistolas 3D existen. De hecho, la primera persona que ha fabricado una se publicita en Internet.

La sala del 112 y su sistema de funcionamiento es, más o menos, como se describe en su capítulo correspondiente. Es un servicio que vela por la seguridad de los ciudadanos las veinticuatro horas del día, los siete días de la semana. Dinero público bien empleado.

La torre de Salvamento Marítimo existe y está localizada donde se especifica en la novela. Su descripción se acerca en gran medida a la realidad. No se les escapa ni una.

El *Rossia* es también un invento. Para su descripción me he basado en varias fuentes, principalmente de publicaciones y páginas webs de compañías petroleras y de astilleros internacionales. A quien desee conocer cómo funciona un superpetrolero sin subir a bordo, le recomiendo la lectura de dos grandes novelas: *El cazador de barcos*, de Justin Scott, y *La alternativa del diablo*, de Frederick Forsyth. Ambas son referentes de este tipo de literatura.

Tuve la suerte de poder visitar una patrullera de la Guardia Civil. He tratado de plasmar lo que vi. El armamento que se cita existe y está disponible en este tipo de embarcaciones. Respecto a lo de saltar al abordaje a un barco en movimiento desde una patrullera a ochenta kilómetros por hora, uno de los mandos del Semar me explicó que era factible. Él lo hizo en una ocasión.

Y, para terminar, dos cuestiones más.

La primera: si me preguntan qué le ocurrió al guardia civil que cayó al mar, les puedo responder, según me han comentado, que fue recogido por la patrullera minutos después sano y salvo.

Y la segunda: no me pregunten qué es un libanés. Dejen algo para la imaginación.

Agradecimientos

Como es habitual, en primer lugar, agradezco a mi familia la paciencia que ha tenido y que tiene conmigo, con las horas que he dedicado y dedico al ordenador. Saben que disfruto con ello.

A mi padre, Eusebio, a quien hago caso de vez en cuando, por su crítica puntillosa capítulo a capítulo, y por sobrellevar su firme renuencia a la aparición de cualquier fenómeno sobrenatural en el texto.

A mis amigos Mamen Díez, Mercedes Marrero, Dulce Gutiérrez, Virginia Martínez, Chus Pedreira, Maloli Sánchez y Pilar Quintero, que han empleado su tiempo en la lectura, corrección y análisis del borrador de la novela, un pequeño club que se va haciendo grande.

A los profesionales que han contribuido en estos últimos meses a la promoción de mis novelas: Doris Martínez, Daniel Quintana, Mar Oropesa y Madi Ramos.

A Mercedes Marrero (la segunda vez que la cito), por sus comentarios acertados acerca de detalles marítimos y por facilitar que pudiera visitar la torre de Salvamento, además de otros lugares portuarios de mucho interés para la trama.

A Begoña García Calderón, una de las médicos del 112, de cuya mano pude entrar en la sala del Cecoes, y a José Domingo Linares, el responsable de la Sala Operativa provincial de Tenerife, que me explicó con toda amabilidad su funcionamiento cotidiano.

Al comandante naval Luis M. García Rebollo, por su cordial cortesía en abrir unas puertas difíciles de traspasar y por transmitir con entusiasmo su amor por el mar y la Marina.

Al capitán Félix Valverde, por descubrirme un mundo desconocido, la encomiable labor de la Guardia Civil del mar, no solo en nuestras costas, sino también en las misiones que realiza en el golfo de Guinea.

A Nacho González y a Jorge Mora, autores de los bocetos del Nivaria, esenciales para no perderse con las descripciones del barco.

Por supuesto, gracias también a mis editores, Blanca Rosa Roca y Carlos Ramos, que aceptaron sin rechistar la vuelta de tuerca que supone publicar dos novelas de un autor en un mismo año.

Y a otros amigos, que lo eran o no, pero que ahora sí que lo son, y que me han ayudado con diversos detalles que han enriquecido las páginas que anteceden y con alguna que otra gestión básica para su difusión: Raquel Gutiérrez, Luis Adern, María Álamo, Daniel Ferrera, Carlos Castro y Javier Capitán.

Y, como siempre, a los profesores y libreros que siguen recomendando mis novelas entre la gente joven y sus clientes, respectivamente.

Y, por supuesto, a todos mis cómplices de Facebook y de Tusantacruz.

ESTE LIBRO UTILIZA EL TIPO ALDUS, QUE TOMA SU NOMBRE

DEL VANGUARDISTA IMPRESOR DEL RENACIMIENTO

ITALIANO ALDUS MANUTIUS. HERMANN ZAPF

DISEÑÓ EL TIPO ALDUS PARA LA IMPRENTA

STEMPEL EN 1954, COMO UNA RÉPLICA

MÁS LIGERA Y ELEGANTE DEL

POPULAR TIPO

PALATINO

***
**
*

COLISIÓN

SE ACABÓ DE IMPRIMIR

UN DÍA DE OTOÑO DE 2014, EN LOS

TALLERES GRÁFICOS DE LIBERDÚPLEX, S.L.U.

CRTA. BV-2249, KM 7,4, POL. IND. TORRENTFONDO

SANT LLORENÇ D'HORTONS (BARCELONA)

***
**
*